그 여자, 무희

그 여자, 무희

그 여자, 무희

ⓒ 정길연, 2002

초판 1쇄 인쇄일 · 2002년 5월 16일
초판 1쇄 발행일 · 2002년 5월 18일

지은이 · 정길연
펴낸이 · 김현주
펴낸곳 · 이룸

출판등록 1997년 10월 30일 제10—1502호
121—210 서울시 마포구 서교동 395—101 우신빌딩 5층
전화 | 편집부 (02)324—2347, 영업부 (02)2648—7224
팩스 | 편집부 (02)324—2348, 영업부 (02)6737—7696
e—mail · erum9@hanmail.net

ISBN 89—87905—95—0 (03810)

값 8,000원

정길연 장편소설

그 여자,
무희

이룸

어느 글이 그렇지 않겠는가마는, 〈그 여자, 무희〉는 특별히 힘겨웠다. 능력의 문제보다 능률의 문제가 더 심각했다. 집중력과 속도와 체력의 현저한 저하. 고투였으니만큼 내게는 의미가 깊은 작업이었다.

글 속의 주인공들이 글에서 뛰쳐나와 내 어지러운 심연으로 텀벙 뛰어들거나, 내가 글 속의 주인공들에게로 스며들었다. 제법 긴 기간을, 엎치락뒤치락 이입되고 전이된 감정을 껴안고 그들과 삼투압했다. 우려하고 격려하고 간섭하고 간여했다. 그들이 나를 살아냈는지 내가 그들을 살아냈는지 경계가 불분명해질 즈음 손을 놓았다. 그리고 이제 그들을 세상에 내보내나니…… 가거라.

그들은 모두 나의 디엔에이에서 배아된 복제인간들이다. 나의 갈비뼈들……. 그 탓에 나는 많이 헐거워지고 많이 가벼워졌다.

그 사이 세간에는 꽃이 다 졌다.

그런데, 이상한 일도 다 있다. 지겨워서도 금세 잊으리라 했는데 떠나보내자마자 내 주인공들이 장차 어떤 삶을 꾸려갈지 궁금해지기 시작한다. 내가 미처 그리지 않은 그들의 미래는 전적으로 그들의 몫으로 남겨둔다. 그들은 어쩌면 내 바람과는 전혀 다른 선택을 할 수도 있을 것이다. 이따금 나는 그들의 안부를 걱정하다가 가만 고개를 저으

며 중얼거리게 되리라. 결합이든 결별이든 다른 무엇이든 인간의 의지
란 그 얼마나 곤고하고 허망한 것인가……라고.

　이 소설을 쓰는 내내 나는 환했다가 어두웠다가 부풀어올랐다가 가
라앉았다. 황무지가 되었다가 정원이 되었다가 막다른 벼랑이 되었다
가 곧게 열린 길이 되었다. 글을 쓰는 동안에는 글 밖의 현실에 붙들려
서 들썽이다가, 막상 글을 쓰고 있지 않은 시간에는 쓰다 만 글에 머리
채가 꺼들려서 질질 달려가는 기분이었다. 두 집 살림을 살아내듯이
고단했다. 소설을 끝내고 났더니 이번에는 오갈 데 없이 된 노년처럼
적막해졌다.
　당분간은 이 적막에나 정을 들이리라 한다. 때가 차면 적막조차 내
려놓고 다시 일상적 행각들로 분망하지리라 홀로 결의하면서.

　내가 나로써 빛날 수 있을 것인가, 이즈음 자주 그 생각을 한다. 작
가가 작품으로 빛날 수 있기를 소망하는 것과 크게 다르지 않을 자문
이지만 아직은 길이 어둡다.
　한 가지 분명한 점은 이제 나는 다른 길로 들어서게 되리라 예감한
다는 사실이다. 명백히 다른 그 길 위에서는 오래 적막하지도 때없이

들뜨지도 않을 것이다. 머뭇거리지도 붙들리지도 않을 것이다. 훗날 그 길 끝에서 문득 뒤돌아서면 거기, 발자국으로 징근 점들이 아득히 이어져 이룬 하나의 선을 보게 되리라. '나의 생(生)'이라고 부르게 될 선(線). 혹은 선(善).

알지 못했던 것, 알아야 할 것들을 알고 나면 두려움이 줄어든다. 겁내지 않아도 될 것이다. 더 좋은 글을 써낼 수 있을지, 더 근사하게 살아낼 수 있을지는 모르겠으나 결단코 나빠지거나 남루해지지는 않을 터인즉.

이 늦은 봄날, 꽃 진 자리 눈으로 더듬으며 내가 나에게 이른다. 두고 보아라, 너는 행복해질 것이다……라고.

내가 그 이름과 표정과 말투를 기억하는 사람들, 반대로 내 글이나 사소한 습관이나 부지불식간에 드러내고 말았을 나의 내면의 풍경을 기억해 주는 사람들, 나와 마주치거나 엇갈린 사람들, 그들 모두는 제각각 유일하게 내 생에 영향력을 행사한 존재들이다. 또다시 책을 내면서, 그들에게 감사의 말을 전한다.

이천이년 오월 수원에서, 정길연.

차례

1 안개의 계집

이름이 생애를 예언한다면 더할 나위 없이 위험한 문자의 조합이었다. ……그래 버려

지기 전에 버리는 것이 생의 유일한 전략이 되었다던 그 여자, 무희. 안개의 계집, 안

개의 여자. 죽어서 안개가 되었을 여자. 그 안개 속으로 끝끝내 내 아버지를 유인해

버린 여자.

두세 번 급하게 눈꺼풀을 닫았다 연다. 물기를 비췄던가. 아니
다. 그 갑작스런 일의 시작에서부터 마무리에 이르기까지 내내 눈
물 한 줄기 내보이지 않았다. 동행이던 사람들이 다 흩어진 뒤 맨
마지막으로 돌아서는 이 순간에도 사금파리에 반사된 날카로운 빛
이 망막을 파고들어 잠깐 미간을 찌푸렸을 뿐이다.

울지 않기로는 어머니도 마찬가지였다. 사람들은 그 험한 일을
치르면서도 눈물 한 점 떨구지 않는 모녀를 두고 어리둥절해하다가
종내는 기가 질린 듯했다. 마른 곡성도 없이 오직 침묵으로 치러낸
장례였다. 두고두고 말이 날 법한 일이겠으나, 그렇게 따지면 말은
이미 무성하게 난 뒤인 것이다. 그러므로 새삼 세간의 이목 따위를
염려하지 않아도 되었다. 듣지 않거나, 들어넘기면 그만일 터이다.

어머니는 선산지기 엄씨네 집 돌각담 모퉁이를 막 꺾어돌다 말
고 고개를 한 번 외튼다. 어머니의 시선이 마지막으로 머문 곳은 어

디일까. 푸슬한 붉은 흙이 흉하게 드러난 봉분일까, 뒤처져 비탈을 내려가는 내 모습일까. 아니면 생의 구빗길마다 한숨처럼 돌아보게 되는 지나간 시간들일까.

그러고 보니 사흘 동안 단 한 차례도 어머니와 정면으로 눈길을 마주쳐보지 않았다. 교묘하게 서로의 시선을 피해 가며 서로를 살피기는 했어도. 어머니가 그런 것처럼, 나 역시도 뒤통수나 옆얼굴에 닿는 어머니의 시선을 끝끝내 외면했던 것이다. 피차 상처라고 할 수밖에 없는 어지러운 심연을 그대로 드러내고 말 것에 대한 두려움이었다.

아버지의 예사롭지 않은 죽음이 슬프지 않다고 말할 수는 없는 노릇이다. 경악과 분노와 배신의 기제가 복잡하게 뒤얽히긴 했어도 내가 아버지를 아버지로서 한 인간으로서 인정한 사실까지 덮어버릴 수는 없는 일이다.

그랬다. 다행스럽게도, 나는 아버지를 사랑했다. 그리고 존경했다. 어머니도 아버지를 사랑……했다. 그리고 존경……했다. 그랬을까? 그랬을 것이다. 적어도 그렇게 믿어지는 사이였다. 무희가 끼여들기 전까지는. 어쩌면 그 치명적인 흔들림 이후로도.

무희가 화근이었다고 말할 생각은 추호도 없다. 시간을 거꾸로 거슬러 올라가면 무희를 이 도시로 불러들인 내가 발단이었을 수도 있겠고, 무작정 무희에게 끌려버린 스무 살 무렵의 내 정서가 발단이었을 수도 있겠다. 다소 억지를 쓰면 무희를 이 세상에 있게 한 무희의 부모가 발단이었달 수도 있으리라.

그러나 그렇다 한들 무슨 소용이겠는가. 시효가 지나버린 일로써 여전히 제 생살이나 찢어대는 착란에 불과한 것을. 무희는 두희 자신의 삶을 살았던 것이고, 아버지도 아버지 당신의 삶을 살았던 것이다. 어머니 역시 어머니에게 주어진 몫의 삶을 살았고, 여전히 살아내고 있으며, 살아가야 할 따름이다. 승자는커녕 가시 면류관을 쓴 최후의 잔류자로서의 삶일지라도.

외사촌 제현의 권유에도 불구하고 나는 어머니가 먼저 올라타 있는 자동차에 오르지 않는다. 장의 버스조차 이미 떠나버렸지만 굳이 고집을 부린다. 자동차 안에서 어머니는 나와 제현의 실랑이를 들었을 것이다. 제현을 불러들여 자동차를 출발시킨 건 어머니다.

"그 고집……. 저 하겠다는 대로 놔두고…… 가자."

제현은 고개를 잠시 수그리고 있다가 운전석에 올라앉아 안전벨트를 끌어당긴다. 차창을 닫기 전에 던지는 한마디가 출발의 신호인 셈이다.

"알아서 해."

어머니의 목소리처럼 제현의 목소리에도 아무런 감정이 실려 있지 않다. 짐짓 그런 체 구는 것이 못마땅하다. 범연하게 보이려는 태도 자체가 사실은 더 부자연스럽게 비쳐진다는 걸 모르는 모양이다.

나는 한 손을 들었다가 이내 내려놓는다. 다감한 작별의 제스처를 구사하기엔 적절치 않은 행사의 뒤끝이다. 상황에도 어울리지 않는다. 떠나는 자동차의 꽁무니를 뿌연 흙먼지 속에서 지켜본다. 목이 칼칼하다. 가문 날씨 탓인지 먼지는 오래도록 길 위에 남아 떠돈다. 안개처럼, 안개 속의 유령처럼. 무희를 떠올린다. 아니, 무희는 아버지의 부음을 받아든 순간부터 한시도 내 머릿속을 떠나지 않고 있다.

무희…….

무희는 안개 무(霧)자에 계집 희(姬)자를 썼다. 예사롭지 않은 작명이었다. 이름이 생애를 예언한다면 더할 나위 없이 위험한 문자의 조합이었다. 그녀의 아버지는 그녀에게 그 이름을 지어주고 다시는 찾아보지 않았다……고 했다. 그녀의 어머니와 함께 버려졌다……고 했다. 그래 버려지기 전에 버리는 것이 생의 유일한 전략이 되었다던 그 여자, 무희. 안개의 계집, 안개의 여자. 죽어서 안개가 되었을 여자. 그 안개 속으로 끝끝내 내 아버지를 유인해 버린 여자.

아버지는 무희가 제 목숨을 놓아버린 지 일 년 만에 세상으로부터 돌아섰다. 길을 잘못 든 생에 대한 속죄인지, 살아서는 잠재우지 못할 망집인지, 죽음의 내막을 구별하는 일은 별반 중요하지 않다. 중요한 건 아버지가 기어이 모든 것을 다 버렸다는 사실이다. 예순의 나이에, 무희의 선행된 죽음으로 고역을 치르긴 했어도 여전히 주위의 존망을 받던 입지에, 가장 극렬한 방법으로 생을 탁 접어버렸다는 사실이다.

내가 열두 살이나 스물한 살쯤이었다면 아버지를 용서할 수 없었을지 모른다. 더더욱 이해할 수 없었을지 모른다. 그러나 서른 살은 다르다. 한 인간의 삶과 사람에 대한 간절함은 온전히 그 인간 자신의 것이라는 사실을 스펀지처럼 받아들이게 되는 나이인 것이니까. 세상사에 고개를 가로젓는 일보다 고개를 끄덕이는 일이 더 잦아지는 나이, 서른인 것이다.

돌이켜보면, 특별할 것도 없다. 아버지는 한 여자를 사랑했다. 아버지가 사랑한 여자는 무희였다. 무희는 내 가장 절친한 친구였고, 일 년 전에 분신을 했으며, 아버지는 사흘 전에 약을 먹었다. 도저히 일어나지 않을 것 같은 일들이 일어나기도 하는 곳, 우리가 사는 세상은 그런 곳이다.

단지, 그뿐이다.

2 진혼—살아남은 자들의 시작

결코 기쁨일 수 없는 접목이었다. 슬픔의 강, 망각의 강을 건너는

의식처럼 서러운 몸짓이었다. 무희를 새벽강에 뿌리고, 무희를 잊

어야 하고……. 아버지를 마른 땅에 묻고, 아버지를 잊어야 하

고……. 그렇게 남겨짐으로써 버려진 사람들을 위한 진혼이었다.

"들어와."

정명은 오피스텔에 혼자 있다. 하긴 그는 언제나 혼자다. 그가 다른 누군가와 함께 있는 것을 본 기억이 아득하다. 정확하게는 그 자신 혼자일 때에만 내 방문을 허용했거나, 내 쪽에서 불쑥 그를 찾을 때마다 우연히도 그가 혼자였다는 이야기가 된다.

무희 이후로 그에게는 아직 다른 여자의 흔적이 묻어 있지 않다. 부주의한 얼룩 하나 없는 그의 무결함이 내 숨을 턱턱 막고 있음에도 나는 고양이처럼 그의 셔츠에 코를 묻고 킁킁대며 냄새를 맡곤 했다. 그는 내가 하는 짓을 십 초쯤 가만히 내버려두었다가 내 어깨를 붙잡아서 자신에게서 살짝 떼놓았다. 그러고는 제 친누이를 대하듯 담담하게 묻는 것이 다였다. 커피 줄까?

나는 정명의 가슴에 안겨들지 않고 곧장 침대로 가서 털썩 주저앉기부터 한다. 그는 오랜 버릇대로 내게 빈 가슴을 내어줄 듯이 서 있다가 균형을 잃고 뒤늦게 내 동선을 좇아온다. 평소처럼 그를 대하기엔 아무래도 나는 좀 지쳐 있다. 아버지의 삼우제를 지내고 돌아오는 길이다. 면바지 끝단은 흙과 먼지로 지저분했으며, 이틀 걸러 두 차례나 종일이다시피 그늘 없는 묘역에 서 있었으므로 피부는 땡볕과 바람에 그을려 꺼칠하다. 무슨 일이지? 그의 눈은 그렇게 묻고 있지만 입은 꾹 다문 채다. 그로 하여금 내 안색을 살피게 하는 것도 나쁘지는 않다.

"커피 줄까?"

"그래."

정명이 돌아서서 주방 쪽으로 간다.

그새 그는 더 야윈 것 같다. 어깨는 좁아졌고, 그래서 성장기에 있는 사내아이처럼 볼 때마다 한 치씩 길어지는 듯 느껴진다. 나는 그의 뒷모습을 보는 데 익숙하다. 그는 한 번도 정면으로 나를 바라봐주지 않은 사람이다. 그는 늘 다른 곳을 바라보고 있었다. 다른 곳, 무희…….

그러나 그는 무희조차 정면으로 바라보지 못했다. 그녀가 누웠던 빈 자리, 그녀가 벗어던진 옷가지와 읽다 엎어둔 책, 그녀가 젖은 머리카락을 말렸던 수건, 치약 찌꺼기가 남아 있는 그녀의 칫솔…… 이를테면 그는 그녀가 남긴 자취들을 홀린 듯이 바라볼 뿐, 그녀에게 아무것도 요구하지 못했다.

아무것도 요구하지 않는 남자와 아무것도 요구할 수 없는 남자. 무희를 사랑한, 혹은 무희가 사랑한 남자들은 결국 그녀를 고통스

럽게 만드는 존재들이었다. 고통조차 향유할 수 있게 하는 힘이 사
랑이라 하더라도 그녀는 참아내지 못했다.

나날이 남루해져 가는 사랑에 보복하기 위해 그녀는 죽음을 택
했다. 그 선택은 옳지 않았지만 살신의 의도는 적중했다. 그녀는 저
항할 수 없게 하는 매혹적인 악마성으로 자신의 남자들을 깊은 무
기력으로 빠뜨렸으며, 그들의 삶을 조종했다. 그녀가 진실로 원했
던 것은 합일의 사랑이 아니었다고 나는 단언한다. 파멸만이 불멸
하다는 것을 증명해 보이고자 그녀는 그 아름다운 자신의 몸을 기
꺼이 불 속에 던졌던 것이다.

"어때? 향이 그만이지?"

정명은 무심하다. 아니면 무심한 체 구는 것이거나. 그처럼 예민
한 남자가 나의 불안정한 기미를 눈치 채지 못했을 리가 없다.

나는 그가 머그잔 가득 담아준 커피를 천천히 마신다. 그는 방
한가운데 천장 높이까지 이르게 세워둔 나무 기둥에 살짝 기대선
채 담배를 피운다. 뿌리는 그의 몸속에, 가지와 잎은 그의 정신에
닿아 있지 않을까. 바닥과 천장 사이의 빈 공간을 지탱하고 있는 나
무 기둥을 볼 때마다 그런 생각이 들었다. 그가 어려서 살던 집터를
불도저로 밀어붙일 때 옮겨온 감나무라고 했다. 나무의 아래위를
전기톱으로 잘라내고 여기 그가 몇 해째 지내고 있는 오피스텔로
옮겨올 무렵에는 무희가 그 곁에 머물 때였다.

좋아. 이제 정명 씨에겐 과거도 미래도 없는 거야. 이 생나무 기
둥을 설치하게 내버려두는 건 그 점이 맘에 들어서야.

무희는 팔짱을 낀 채 선심을 쓰듯 말했다. 제 집, 제 남자처럼 도도하기 이를 데 없는 눈빛과 말투였다. 한 남자의 과거와 미래를 용납하지 못하고 오로지 현재형으로 가두고 복속시키는 오만함이야말로 무희의 사랑의 본질이었다.

"그런데, 이 시간에 여긴 웬일이지? 학교에 있어야 하질 않나?"

"개교기념일이란 것두 있잖아."

"그렇군."

사흘 전에 아버지의 장례를 치렀고, 오늘이 그로부터 또 사흘째로 삼우제를 지낸 날이라는 사정을 밝히기가 겁이 났다. 고속버스 터미널 근처를 지날 때 불현듯 뜨거운 기운이 치밀어올라 제현에게 차를 세우게 한 것도, 그 길로 서울행 버스에 오른 것도, 굳이 설명을 붙일 필요가 없는 사정들이다. 정명이 꼭 알아야 할 이유가 있는 것은 아니니까. 아니, 어쩌면 그와 무관한 일이 아니라는 사실 때문에 망설여지는 것인지도 모른다.

"아무튼 넌 문제교사야. 아마 애들에게도 인기가 있는 편일걸? 그렇지 않나?"

"학교 그만두려고 해."

미처 생각해 볼 겨를조차 없었는데 뜬금없게시리 말이 생각을 앞질러 튀어나온 경우다. 정작 그 건을 의논하려고 달려온 사람처럼 나는 우정 진지하게 자세를 고쳐앉는다. 그러나 그의 눈을 똑바로 들여다보지는 않는다. 그의 눈빛은 내가 감수해야 할 많은 것들을 가감 없이 담고 있으므로.

그 점에서 그는 여지껏 정직했다. 무희를 잊은 체하거나 내게 관심 있는 체하지 않았다. 그렇다고 무희를 입 밖에 내어 말하지도 않았거니와, 나를 들이지도 내치지도 않았다. 다행한 일일 수도 불행한 일일 수도 있었다.

정명이 담배를 비벼 끄고는 내게로 다가온다. 그가 침대 끝에 걸터앉은 내 양 어깨를 두 손으로 나눠짚으며 묻는다. 그에게서는 잘 마른 나무 냄새가 난다. 그리고 방금 피운 담배 냄새.

"말해 봐. 무슨 일이지?"

"정말 궁금해서 묻는 거야, 예의를 차리느라 묻는 거야?"

"걱정이 돼서 묻는 거야."

나는 머그잔 속에 남은 커피를 들여다본다. 맑은 다갈색의 커피처럼 그는 투명하면서도 그늘이 깊은 사내다. 그 깊은 그늘이 검푸른 바닷물처럼 출렁일 때마다 그의 육체와 정신은 점점 야위어가리라. 그리고 그럴 때마다 나는 한 치씩 쌓여가는 한숨에 매몰되리라.

"걱정……이라구? 그래. 별 의미야 없겠지만 어쨌든 고마워."

"전혀 아닌 것 같은데?"

"나 기진맥진이야. 말꼬리 물지 마."

"그건 네 전매특허지."

"알아. 그래서 선배가 날 지긋지긋해한다는 거."

"그런 말 한 적 없어. 그렇게 생각한 적도 없고."

"그럼 말해 줄래? 선배가 날 어떻게 생각하는지?"

기습과도 같은 질문 때문인가, 내가 모처럼 그의 눈을 빤히 을려다보기 때문인가, 그가 흘러내리지도 않은 머리카락을 쓸어넘긴다. 멋쩍거나 당황할 때의 버릇을 속일 수야 있나.

"넌 말야……"

"됐어. 애쓰지 마."

나는 다시 눈을 내리깐다. 그의 무릎 아래만이 시야에 들어온다. 그의 맨발을 노려본다. 정확하고도 간략한 손놀림으로 그려낸 크로키가 떠오르게 하는 발이다. 몇 개의 직선과 결코 부드럽지 않은 곡선의 불편한 조화가 느껴지는 그의 맨발은 골조만 남은 건물의 외관처럼 앙상하고 서글프다.

넌 왜 항상 남 걱정을 하고 있니? 그거 대단한 오만이다, 너?

무희의 말대로 주제넘은 연민인지도 모른다.

"잘 적응하고 있는 걸로 알았는데, 느닷없이 학교는 왜 그만두겠다는 거지? 설마, 결혼?"

"비참하게 만드는군."

그가 한 뼘 간격을 두고 내 옆에 걸터앉는다. 나는 그의 어깨에 복잡하다 못해 차라리 텅 비어버린 것 같은 머리를 올려놓는다. 그는 아무런 어색함 없이 내게 어깨를 빌려준다. 편하게 기댈 수 있도록 자신의 자세를 조금 교정해 주기도 한다. 하기야 오랫동안 그와는 그런 무람없는 관계를 유지해 왔다. 책이나 비디오 테이프를 빌려주듯 가슴도 빌려주고 침대도 빌려주는. 그럴 수 있다는 것은 내게 대한 긴장감이 없다는 뜻이기도 하다. 그것을 깨닫지 못했을 초반에는 꽤나 혼란스러웠다. 어느 날 지나가는 말처럼 내게 흘린 무희의 일깨움이 아니었다면 그 혼란은 좀더 길게 내 안에서 부풀려졌을 것이다. 그리하여 위선자가 되거나 자아 분열을 일으키거나…… 하지 않았을까.

애, 정명 씨는 네가 꼭 자기 누이 같대. 왜 그런 것 있잖니? 근친의 느낌.

은근히 끓이는 내 속을 모르지 않으면서 무희가 그의 말에 자신의 해설을 첨부해 전했던 까닭은 견제의 계산속이었을 터였다. 문패나 금줄의 효과를 겨냥한 노림수. 애당초 마음이 기울어진 상대로서의 정명을 무희에게 보여준 사람이 나였음에도. 그와 내가 만나는 자리에 그녀가 끼여드는 모양새였던 것이 머잖아 내가 그들 사이에 끼여드는 셈이 되어버렸다. 그녀는 나를 제치고 당당하게 자신의 소유와 권리를 공식화할 줄 알았다.

"난 떠나려고 해."

그가 문득 생각난 일인 듯 그렇게 말한다. 그러나 그가 그렇게 말할 때에는 나와는 다르다. 오래 묵혀 제 맛을 내는 간장처럼 이미 시간을 두고 추진중이었을 가능성이 농후하다. 반사적으로 그의 어깨에서 떨어져 나온다. 생감자처럼 아린 마음이면서도 내 대꾸는 다분히 어깃장이다.

"근사한 궁리를 하고 있었군그래?"

"라스팔마스로 가서 참치 배를 타는 건 어떨까?"

"멍텅구리배를 타지 그래? 새우잡이가 딱 제격이겠다."

"넌 내 모든 일에 화를 내는구나."

그가 절레절레 고개를 흔들다가 뒤로 벌렁 드러눕는다. 삐이걱, 매트리스의 스프링이 신음 같은 쇳소리를 낸다. 얕은 파도에 실릴 때처럼 가벼운 일렁임이 온몸에 전해 온다. 기실 내심은 사나운 풍랑 속이다. 나는 무게 중심을 놓치고 기어이 풍랑에 휩쓸려버린다.

"이 도시를 떠난들, 이 나라를 떠난들…… 무슨 소용이야? 무희에게서 떠나지 않으면 다 허사지. 하기야 떠나려구 암만 발버둥을 쳐두 죽은 무희가 산 선배 머리 끄덩이를 틀어쥐구 있을 테니 것두 쉽지는 않겠다."

"너 그새 말버릇이 아주 고약해졌다?"

"그러는 선배는 그새 닦은 도가 기껏 그 모양이구?"

"관두자."

"차라리 무휠 뒤따라 가지 그래? 언제나 죽을상을 쓰고 있는 선배는 멀쩡히 살아서 여생의 파라다이스를 찾아보겠다는데, 독 안의 물처럼 고요하게 가부좌를 틀고 있던 어떤 위인은…… 단칼에 베어버리더라. 마음 끊지 못해 목숨 끊어버리더라."

물론 과장이다. 위악이다. 아버지가 정히 무희에 대한 집착 때문에 목숨을 버렸다는 확신도 근거도 없는 마당이다. 아버지 나름의 책임감과 결벽증 탓으로 돌릴 수도 있는 일이다. 그런데도 나는 정명을 몰아세우기 위해 되는 대로 지껄여대고 있다. 아버지를 팔아넘기는 용렬한 공격이라는 것, 안다. 그가 벌떡 몸을 일으킨다. 무섭게 일그러진 얼굴을 내게 들이대며 다그친다.

"무슨…… 말이지? 목숨을 끊다니, 누가, 왜?"

갑자기 설움이 북받친다. 울음이 터져 나온다. 그제야 아버지의 죽음이 실감으로 다가오기 시작한 것이다. 나는 두 손바닥에 얼굴을 묻고 흐느낀다. 돌연한 내 태도에 그가 주춤거리듯이 목소리를 가라앉힌다. 하지만 그도 평온을 잃은 상태다.

"너, 오늘 그냥 여기 온 게 아니야. 그렇지?"

내 울음은 더욱 거세진다. 어깨를 들먹이며 껵껵거리며. 울음을 잦히지 못해 입술을 물어뜯으며. 나는 울고 또 운다.

장례를 치르면서도 삼우제를 지내면서도 눈물 한 자락 비치지 못하던 나였다. 그처럼 서운하게 아버지를 보냈다. 모래알처럼 버석거리는 건조함으로 아버지를 묻었다. 물끄러미 섰다가 뒤돌아오는 말짱함이었다.

그런데 이제 정명 앞에서 오열하고 있는 것이다. 가증스러운 오열이다. 아버지에 대한 죄책감이 뒤늦게 가슴을 친다. 그 바람에 눈물바람이 더 길어진다. 마침내 숙연해진 정명이 나를 끌어당긴다. 나는 길게길게 울음 끝을 늘이며 그의 가슴에 안겨 있다. 잠시 빌린 가슴일 뿐인 걸 알면서도 영원인 듯 시간이 멈춰지길 바라면서.

흐린 눈으로 실내를 더듬는다. 정명은 달리 조명을 밝혀두지 않았다. 간신히 사물의 경계를 식별할 수 있을 만큼의 네온빛이 흘러들어와 어둠을 밀어내고 있을 뿐이다. 그는 등을 보인 채 창밖을 내다보고 있다. 나는 망연하게 그의 뒷모습을 훔쳐본다. 입술을 깨문다. 나는, 그의 침대, 그의 체취가 밴 시트 속에 얇은 옷차림으로 누워 있었던 것이다. 그대로 잠이 들었던 모양이다.

몇 시나 되었을까. 그는 내도록 저렇게 서 있었던 것일까.

잠기운이 빠져 달아날수록 기이한 낯섦과 기이한 상실감이 묵은 피로처럼 몰려온다. 오리무중의 시간과 공간을 유영하고 난 뒤의 불시착 같은, 혹은 최면 상태에서 풀려난 것 같은, 허방의 느낌이 낭패스럽다.

부스럭거리는 기척에 그가 돌아선다. 천천히 침대 쪽으로 다가오고 있는 그 짧은 시간에, 나는 잠들기 전의 기억과 그 기억이 점유한 감각을 온전히 되살려낸다. 현기증이 인다. 느슨하게 이완되어 있던 내 안의 신경섬유 조직들이 불에 닿은 양모조각처럼 오그라드는 듯하다.

"깨우지 그랬어?"

마치 그의 잘못이기라도 하다는 양 볼멘소리를 한다. 그가 어깨를 으쓱 추켜올렸다 내린다. 그의 동작은 세세한 표정을 살필 수 없는 실내의 어둠으로 인해 두꺼운 막 위에 투영된 그림자 인형의 뚝뚝하고 평면적인 연기처럼 보인다.

"넌 좀 쉬어야 했어. 요 며칠 아주 힘들었을 테니까."

그래, 힘들었어. 아주 힘들었지. 나는 그가 들을 수 없게 속으로 끌어들인 혼잣말로 대답한다. 정작 이제부터 힘들어질지도 모른다는 생각이 섬광처럼 머릿속을 치고 지나간 때문이다. 칼날을 쥔 것 같은 회한의 시간들이 다가올지도 모른다는 불안감으로부터 그도 자유롭지는 못할 것이다. 그 때문인가, 그의 목소리는 메마르고 불안정하다. 아무리 안간힘을 써도 심연을 속일 수 없는 사람이 있게 마련이다. 그런 그가 묻는다.

"불 켤까?"

"아니, 그냥……. 근데, 몇 시지?"

시간 따위가 궁금했을 리 없다. 그렇지만 다른 걸 물을 수는 없다. 물어서는 안 되는 것이다. 이를테면, 그의 지금의 감정이라든가, 엉겁결에 복잡해진 관계의 방향이라든가. 그가 다시 한 번 더 어깨를 들어올렸다 내린다.

"글쎄, 두시쯤 됐을 거야."

그의 대꾸는 심드렁하다. 어차피 시간 따위야 그에게도 건성일 테니까. 나는 더 물을 말을 찾지 못해 아예 입을 다물어버린다. 그도 마찬가지일 것이다. 어색한 침묵을 깨려는 듯 그가 의자에 걸쳐 두었던 내 옷가지들을 건네준다. 나는 낯을 붉힌다. 낯빛을 알아챌 수 없게 하는 어둠에도 고개를 조금 떨구고 옷가지들을 받아든다.

그로써 그와 나는 더 어색해져 버렸다. 그는 침대 끄트머리에 돌아앉은 자세로, 나는 말없이 상의를 껴입고 급히 바지를 꿰는 쑥스러움으로. 머리와 가슴과 다리가 분리되어 저마다 다른 생각에 사로잡혀 있는 것처럼 느껴진다. 이성과 감정과 말초신경의 교활한 동거라고 할 수 있는.

그에게 들리지 않게 한숨을 내쉰다. 늑골에 미세한 통증이 잡힌다. 잠들기 전 그와의 사이에서 일어났던 돌발사태에 대한 사실증명처럼. 잠에 빠지기 전에 그는 내 몸 깊숙이 들어왔다. 만날 때마다 아무 거리낌 없이 서로를 안아온 연인들처럼. 어떤 설명도 없이, 어떤 장애도 없이, 그저 일상의 수순처럼 무애하게.

어떻게 그런 일이 가능했을까. 어떻게 그런 감당할 수 없는 일이 일어났을까. 부적절한 순간의 불가해한 사건이랄 수밖에 없는 그런 돌연한 친애가, 내게, 그에게, 그 긴 세월 어긋나기만 했던 우리에게…….

그렇건만 결코 기쁨일 수 없는 접목이었다. 슬픔의 강, 망각의 강을 건너는 의식처럼 서러운 몸짓이었다. 무희를 새벽강에 뿌리고, 무희를 잊어야 하고……. 아버지를 마른 땅에 묻고, 아버지를 잊어야 하고……. 그렇게 남겨짐으로써 버려진 사람들을 위한 진혼이었다.

"가야 하지?"

마침내 정명이 묻는다. 떠다미는 투는 아니라 하더라도 꼭 가야겠느냐는 식으로 여지를 두는 물음도 아니다. 서운한가? 내심 자문해 본다. 아, 부질없다. 나는 별수 없이 고개를 끄덕인다.

"그래야겠지."

버스도 기차도 한참 전에 끊어진 시각이다. 택시를 대절하면 어떻게든 갈 수야 있을 것이다. 나는 갈래갈래 흩어지는 마음을 다잡는다.

"그래…… 그래야겠지."

다시 침묵이 흐른다. 희미한 어둠 속의 침묵은 도무지 알아낼 길

없는 서로의 내면을 더욱 막막한 것으로 만들어놓기에 적합하다. 침대에서 내려선다. 그의 몸에 닿지 않게 조심하면서 욕실로 간다. 전등 스위치를 올린다. 욕실은 바깥에 비해 지나치게 밝다. 눈부신 드러냄이 아니라 뻔뻔한 노출이다. 외부의 조건에 대한 까탈은 그 순간의 마음의 상태에서 비롯되는 것이리라.

거울 앞으로 다가선다. 생기는커녕 미혼의 긴장감조차 느껴지지 않는 부석한 얼굴이 거울 밖의 나를 내다보고 있다. 화장기 없는 안색에다 컬을 넣지 않은 생머리. 벌써 서너 해 전부터 눈가에 잡히기 시작한 잔주름과 며칠새 바짝 거칠어진 피부. 뚜렷하다고 할 수 없는 그저 무난한 이목구비. 어느 것 하나 정명의 성에 찰 리가 없질 않은가. 내 몰골에 비하면 일 년의 시차는 무시해도 좋을 정도로 생의 마지막까지 눈부시게 아름다웠던 무희였으니까.

수도꼭지를 세차게 틀어 쏟아지는 찬물에 얼굴을 씻는다. 열패감을 씻어내린다. 전에는, 무희의 타고난 아름다움을 부러워하긴 했었지만 비교하는 마음을 품어본 적이 없었다. 아니, 한두 번, 혹은 대여섯 번쯤 있었을지는 모르겠다. 언제나 나를 비껴 무희만을 바라보던 시선들에 주눅이 들었을 때라든가, 애태우는 한숨 소리가 바로 곁에서 들리는 듯싶을 만큼 집요한 시선의 주인공에게 내 쪽에서 안타까움이 일었을 때라든가, 아마도 그런 순간에 몇 번쯤은.

너의 매력은 중성적인 이미지에 있어. 남자들이 왜 네게서 그걸 발견하질 못하는지 모르겠어.

자신에게 집중된 눈길을 선별적으로 물리치고 나면 무희는 으레

그렇게 말하곤 했다. 머쓱해진 나를 위로라도 하듯이 툭 던지는 그
녀의 말투에 내가 상처를 받았던가. 그도 아니었지 싶다. 재수 학원
에서 그녀를 처음 보았던 이래, 나는 사심 없이 그녀를 좋아했고 자
랑스러워했으며 경탄과 흠모를 바치는 남자들 이상으로 그녀를 사
랑했다. 사랑……이라고 말하는 데 아무 주저함이 없을, 무희에 대
한 내 친밀감의 정체는 무엇이었을까.

수건으로 젖은 얼굴을 문지르다 나는 그만 얼어붙고 만다. 수납
장 맨 하단에 나란히 세워져 있는 셰이브 스킨과 밀크 로션 병이 눈
에 띈 때문이다. 더욱이 그것이 아버지가 쓰던 것과 일치했기 때문
이다. 물론 그럴 수 있다. 백화점 남성 화장품 코너에 가면 얼마든
지 구할 수 있는 제품이니까.

고만고만한 제품 중에 유독 그걸 골랐을 확률의 희박성 따위는
무시하자, 그들이 우연히도 정말 우연히도 같은 취향일 수 있다, 그
보다 더한 우연의 일치도 널리고널린 게 세상의 이치 아니던가……
라고, 아무리 나 자신을 설득하려고 해도 소용이 없다. 의혹이 아니
라 확신이다. 아버지와 정명 두 사람의 화장품은 한 여자에게서 보
내져 온 것이 분명하다. 그게 아니면 적어도 한 여자의 취향이 그들
두 사람 다에게 추억의 매개로 작용하고 있었다는 의미라고 하겠다.
그런 선언이겠다.

문득 사나운 심정이 된다. 무참한 심정이 된다. 이건 조롱이다.
명백한 조롱. 악을 쓰는 대신 셰이브 스킨 병을 집어 타일 바닥에
내동댕이친다. 날카로운 파열음과 함께 깨진 병조각이 사방으로 흩

어진다. 후련해지지 않는다. 정명이 뛰어들기 전에 나는 밀크 토션 병을 마저 집어서 던진다. 거울이 깨진다. 유리 파편인지 병 속에 들었던 액체인지, 찬 듯 서늘한 듯 예리한 듯한 무엇인가가 발목과 팔뚝과 얼굴에 튄다.

그가 욕실문을 확 열어젖힌다. 나는 그 자리에 꼼짝도 않고 서서 그를 노려본다. 그의 얼굴이 흙빛으로 변해 간다.

시내와 외곽을 차례로 벗어난 자동차가 고속도로로 진입할 때까지도 정명은 말이 없다. 나는 그의 옆자리에 타고 있다. 그는 눈을 부릅뜬 채 오로지 앞만을 응시하고, 나는 그 길이 빨리 끝나버릴 것과 영영 끝나버리지 않기를 동시에 바라면서 눈을 감고 있다. 그는 지나치게 속도를 낸다. 그가 출발지에서부터 창을 한 뼘쯤 내려두었으므로 해변의 깃발처럼 퍼덕이는 바람이 안으로 들이쳐 내 머리카락을 마구 헝클어놓는다. 엉킨 머리카락처럼 나는 가닥을 잡을 수 없는 불안감과 자포자기의 위기감에 휩싸인다.

정명은 욕실에서 나를 끌어내며 말했다.

이런다고 달라질 건 없어.

그 말은 내게, 네 몸속에 내가 들어갔다고 해서 달라진 건 없어, 로 들렸다. 나는 후드득 몸을 떨었다. 오금을 박지 않아도 충분히 깨닫고 있다고, 소리 지를 뻔했다.

그가 나를 내몰고 흩어진 유릿조각들을 치우는 동안 나는 침대

에 걸터앉아 거푸 두 개비의 담배를 태웠다. 어지럽고 빈 속이 울렁
거렸으나 비벼 끄지는 않았다. 학교로 첫 출근을 하던 날 끊었던 담
배였다. 아버지가 교장으로 재직하고 있던 학교였으니만큼 매사에
각별한 주의를 기울여야 했었다. 내 간곡한 청에 아버지가 손을 써
주어 이듬해 부임하게 된 무희는, 그러나 문제학생처럼 미술실이나
어두컴컴한 도서실 앞 복도 같은 곳에서 별 거리낌 없이 담배를 빼
물곤 했었다. 정명의 말대로 문제교사인 데다, 그래서 오히려 아이
들에게 인기가 있는 쪽은 내가 아니라 무희였었다. 그랬다. 언제나
무희, 무희, 무희였었다. 무희를 제친다는 건 불가능했었다.

세 개비째 담배에 손을 뻗으려고 할 때 그가 욕실에서 나왔다.
담뱃갑을 그에게 건네고 가방을 집어들었다.

가겠어.

그가 나를 침대에 도로 주저앉혔다. 그러고는 점퍼를 걸치고 저
녁 내내 한 번도 울린 적이 없는 휴대전화를 점퍼 주머니에 찔러넣
었으며 열쇠를 찾아들었다.

자, 이제 일어나. 데려다 줄게.

그의 목소리조차 달라진 건 없었다. 메마르고 불안정하면서도
여전히 꼭꼭 닫힌 문을 연상케 하는 목소리. 내게도 달라져서는 안
되는 일이라고 강조하는 듯한 목소리. 평정을 유지하기란 병을 던
지고 악을 쓰는 것보다 두 배쯤 힘들기야 하겠지만.

핸들이 급하게 꺾이는 느낌이다. 반사적으로 눈이 떠진다. 자동
차는 휴게소로 진입하고 있다. 광장에는 대형 화물 트럭 몇 대와 승

용차 몇 대가 주차되어 있긴 하지만 사람의 움직임은 눈에 띄지 않는다. 휴게소의 주 건물은 불이 꺼져 있다. 캔음료와 커피 자동판매기가 설치된 옥외 구역만 배우의 등장을 기다리는 무대 위처럼 환하다.

그가 자동판매기 앞에 차를 세운다. 나를 한 번 돌아다보고는 권유나 참견 없이 차에서 내린다. 나는 그를 따라 내리지 않는다. 움직이고 싶지 않았으므로 안전벨트도 풀지 않은 채 그대로 앉아 있다. 겨루기나 시위로 비쳐질 것이 신경 쓰이지만 곧 어떤 생각도 더 진전시키지 않기로 원칙을 정한다. 머릿속의 전원을 꺼버린다. 그러자 정말 그 어떤 생각도 떠오르지 않는다. 그가 종이컵 두 개를 들고 자동차로 돌아올 때까지 나는 초 단위로 점멸하는 계기판 옆 전자 시계를 멍하니 바라보고 있다.

다시 운전석에 오른 정명은 이번에도 말없이 종이컵을 건넬 뿐이다. 나는 머릿속의 전원이 저절로 켜지는 것을 막기 위해 계속 멍청한 표정을 짓고 있다. 그래야 휴지(休止)의 상태가 유지되기라도 한다는 듯이.

커피는 그런대로 마실 만하다. 간혹 크림과 설탕을 듬뿍 넣은 인스턴트 커피가 그리워질 때가 있다. 우울할 때나 화가 났을 때. 지금은 어느 쪽일까. 우울일까, 분노일까, 둘 다일까. 마음속으로 얼른 도리질을 친다. 생각의 전원을 꺼버리라니까. 아메바가 되는 거야. 그와 있는 이 시간 동안만이라도. 그렇게 안간힘을 쓰고 있는데도 머릿속에 전류가 흐르기 시작한다. 뿐 아니라 금세 과부하가 걸릴 지경이다. 차에 오르고 나서 처음으로 입을 열어 하는 말치고는 대번 삐뚜름하다.

"이러지 않아도 되는 걸 그랬어."

"뭐라고?"

그는 내 말을 못 알아먹는다. 말할 수 없거나 말하지 않은 말은 더욱 못 알아들으리라고, 귀가 아니라 마음으로 들어야 하는 말일수록 당연히 더 못 알아먹으리라고…… 나는 밑도 끝도 없는 앙연(怏然)함을 감추기 위해 짐짓 짜증스럽게 목소리를 높인다.

"이러지 않아도, 된다고."

"뭐가?"

두 번씩이나 밍근한 그의 반문에 말문이 막힌다. 그리고 화가 난다. 그 또한 생각의 전원을 꺼버리고 무뇌아처럼 굴기로 작정한 것일까. 그의 침묵은 '내부수리중'이 아니라 '외유중'의 표지인 것일까.

"선심 쓰지 않아도 되는데 공연한 애를 쓰고 있다는 뜻이야, 선배가."

그러자 그가 내 손에 들려 있는 빈 종이컵을 확 낚아채며 덩달아 언성을 높인다.

"맘에 없는 소리 이젠 그만 좀 해라."

그의 반응이 뜻밖이긴 해도 나는 나대로 내친 김이다. 그러나 헛주먹질처럼 한풀 결기가 꺾여버린 뒤다.

"내가? 내가, 왜?"

"넌 언제나 맘에 없는 말을 해대고 있어. 내가 보기엔 넌 늘 그래 왔어."

"날, 그렇게 잘 알아?"

"십 년이야. 내가 널 안 지."

십 년……. 정명의 말에 목이 민다. 신경통처럼 통증이 도진다. 그가 언급한 세월의 무게가 가슴을 짓눌러 갈비뼈에 새로운 금이 하나 생긴 듯하다. 창밖으로 고개를 돌린다. 그 세월로부터 고개를 돌리고 싶은 것인지도 모른다. 창밖은 어둠 속이다. 그 세월도 어둠 속이다.

휴게소 건물 뒤 야산의 검은 숲이 지나는 바람에 술렁거리고 있다. 휴게소를 거쳐가는 무수한 사람들은 한낮에도 그 숲에 들지 않는다. 숲을 이루는 수종(樹種)도 숲의 나이도 숲의 좌절도 숲의 지향도 알지 못한다. 알려고 하지 않는다.

내 안에도 저런 숲이 있다. 아두도 지나가지 않은 숲이, 누구 한 사람 들어와 길을 잃지도 헤매지도 않은 숲이 있다. 나무 한 그루로 시작해서 잎 떨구고 열매 썩어 드디어 숲이 된 십 년의 기다림을, 십 년의 들끓음을, 그는 알려고 하지 않았다.

"세월이, 시간이, 그런 것들이 나의 무엇을 설명해 주고 무엇을 증명해 주는데? 선배의 무엇을 설명해 주고 무엇을 증명해 주는데?"

나는 혼잣말처럼 중얼거린다. 그는 대꾸 없이 앉아 있다가 불쑥 차문을 열고 나가 쓰레기통에 종이컵을 던지고 돌아온다. 그러고는 예고 없이 자동차를 출발시킨다. 급가속이다. 몸이 앞으로 쏠렸다가 뒤로 젖혀진다. 그는 아랑곳하지 않는다. 열린 차창의 틈새로 어둠의 살을 찢은 바람이 들이닥친다. 내 살을 찢어놓을 듯한 기세로 뺨을 후려친다. 내 몸은 점점 뒤로 젖혀지는 것 같다. 머리카락이 흩어지며 엉키며 내 얼굴을 뒤덮는다. 젖은 수건 위로 물을 뿌리고 있는 것처럼 숨을 쉬기 어렵다.

그는 오로지 달린다. 속도계의 바늘이 가리키는 수치가 위태롭다. 시속 170, 180…… 폭주다. 바람은 속도에 저항하고, 그는 놓친 것에 저항하고, 나는 얻지 못한 것에 저항한다. 그런가? 이 전전 긍긍을 저항이라고? 투항이라고 해야 옳을 이 비겁한 들끓음을?

그의 옆모습을 흘끗 돌아본다. 그의 표정은 의외로 잠잠하다. 바람은 그를 비껴가는 성싶다. 오늘, 저 바람이, 그를 비껴가는 저 바람이, 기어이 나를 쓰러뜨리고 말리라.

고속도로를 빠져나오자 자동차는 정상 속도로 돌아왔다. 아니, 그가 정상으로 돌아왔다고 해야 옳은가. 톨게이트를 지나 시내로 진입하는 길과 인접한 군내로 진출하는 길의 갈림목 표지판 아래에서 정명은 속도를 거의 낮추고 굳게 닫았던 입을 연다.

"방향을 일러줘."

내가 알기로 그는 이 길을 너무나도 잘 알고 있다. 무희가 이 소도시로 떠나와 버린 뒤로 그는 뜨거운 속엣것 북받쳐오를 때마다 학교로 찾아오곤 했으니까. 무희는 그를 만나줄 때도 있었고 냉정하게 그를 돌려세울 때도 있었다. 무희가 만나주지 않으면 그는 내게 전화를 걸어왔다. 나는 모른 척 호들갑을 떨었다.

아, 선배가 날 보러 여기까지 날아왔다니 안 나갈 수 없지 뭐야?

그러면 그도 아무렇지 않은 척 내 말을 받아넘기곤 했다.

그래 맞아. 이진이 널 보러 왔는데 마침 있었네.

그것은 게임의 룰 같은 것이었다. 모르는 체하기, 아무렇지도 않은 체하기.

"여러 번 다녀갔잖아? 새로 난 길 같은 건 없어. 아파트가 좀 들어서긴 했지만."

지금 나는 그 어설픈 게임의 룰을 깨고 있다. 그가 당황한다.

"너희 집 가는 길을 묻는 거야."

"학교에서 멀지 않아. 어차피 학교를 지나가게 돼 있으니까."

그는 더 이상 묻지 않고 길을 찾아간다. 먼 능선과 길가의 건물들과 나무들은 여전히 먹빛이지만 그 시커먼 어둠 덩어리 너머로 열린 허공은 한 켜 한 켜 짙은 청회빛 장막을 걷어내고 있다. 어제와 다르지 않고 어제와 같지 않은, 묵묵히 치러내야 할 이승에서의 유배의 연장일 뿐, 서서히 밝아오는 이 하루도 찬란하지 않으리라. 눈부시지 않으리라.

삶은 너그럽지 않고, 삶의 반전은 너무 이르거나 너무 늦게 우리를 찾아온다. 사랑이 너그럽지 않고 너무 이르거나 너무 늦게 우리를 찾아오는 것처럼. 그리하여 우리의 삶은, 또는 우리의 사랑은 파

멸을 꿈꿀 만큼 지리멸렬해지거나 감당할 수 없게 전복적이 되어가
는 것이다. 아침에 눈을 뜨면 조바심이 난다던, 매일매일을 생의 첫
날인 듯 살겠다던, 스무 살의 설렘과 다짐은 낡은 가구처럼 처치 곤
란한 감상이 되어 젖은 아궁이 속으로 던져진 뒤인 것이다.

그리고 서른. 스물과 마흔 사이, 미혹과 불혹 사이. 나아가지도
물러서지도 못하게 거추장스러운, 이 어정쩡한 서른의 갑옷…….

이 하루, 시늉으로라도 생의 첫날인 듯 맞이하기엔 차 안의 공기
가 너무 무겁다. 정명에서 무희로, 무희에서 아버지로, 전생 전전생
끝없는 윤회처럼 이제 또다시 아버지에서 정명으로 이어지는 이 인
연의 업장이 너무 무겁고 무겁다. 가능하다면 몸을 바꾸고 싶다. 몸
을 바꾸지 못한다면 마음을 바꾸고 싶다.

차창을 완전히 내린다. 심호흡을 한다. 싸늘한 외기를 폐 깊숙이
밀어넣는다.

이제부터는…… 얼음장처럼 차가워질 것. 깃털처럼 가벼워질
것. 잘 들어둬, 함이진. 이건 명령이야. 내가 이진, 너에게 내리는
지상명령이야. 살아가는 데에는 불을 지는 뜨거움보다, 존재를 떠
안는 엄숙함보다, 얼음과 새의 정신이 유용한 것이니까. 편리하고
유리한 것이니까. 이제는 그렇게 살아.

손바닥으로 얼굴을 감싼다. 냉장고에서 막 꺼낸 푸르뎅뎅한 사
과처럼 뺨이 얼얼하다. 과연 나는 속속들이 차가워질 수 있을까. 가
벼워질 수 있을까. 차창을 끝까지 올린다. 차 안은 이내 물속처럼
고요해진다.

"어느 쪽이지?"

학교 정문이 보이는 사거리에서 그가 묻는다. 믿을 수 없게 착 가라앉은 목소리다. 과장되고 가장된 침착함이란 결국은 허세일 뿐이다. 연약지반 위의 철골 구조물 같은 허장성세. 나는 마른침을 삼킨다. 편도선이 부은 것 같다.

"왼쪽 길이야. 삼거리가 나오면 거기서 직진. 근데, 괜찮을까?"

"뭐가?"

"날밤 샜는데 또 운전해서 돌아가야잖아."

"가다 졸리면 차 세우고 눈 좀 붙였다 가지. 내력 없는 일도 아닌데 뭐."

하긴 그렇다. 그런 일은 자주 있었다. 무희가 살아 있었을 따까지는. 그녀가 무작정 달려온 그를 만나주건 돌려세우건 그날 밤은 대체로 술로 이어졌다. 만나면 만나는 대로 어찌해 볼 수 없는 간극의 확인이었을 뿐이겠으며, 외면이면 외면인 대로 접어지지 않는 집착이었을 테니까.

그는 주로 독주를 마셨다.

이진아, 왜 난 취하지도 않냐? 이러다 술이 날 꿀까닥 마셔버리겠다.

취하지 않았다고 우길 때쯤이면 그를 술집에서 끌어내야 했다. 그 지경이면 상당히 취한 것으로 봐야 했으니까. 밤새 들이부은 술기운을 새벽 호수의 바람에 간신히 헹궈내고 나서 처지고 지친 몸 운전석에 털썩 주저앉히는 그를, 나 역시 아무 도리 없이 돌려보내게 될 때마다 간극과 집착의 양날 면도칼에 써걱 살을 베곤 했다.

"다 왔어. 저기 놀이터 앞에 세워줘."

"여기니?"

"아니. 저 위에 보이는 집."

"집 앞에까지 데려다 줄게. 어차피……."

"조금 걷고 싶어. 데려다 줘서 고맙고. 이건 맘에 없는 말 아니다?"

그가 피식 웃는다. 찡그림에 가깝다고 할 그런 웃음이다. 이를 드러내고 환하게 웃는 모습 본 적이 오래되었다는 사실, 문득 깨닫는다. 무희와 삐걱거리기 시작하면서부터 그는 잘 웃지 않게 되었다. 무희는 그의 모든 것을 빼앗았다. 그는 그녀에게 무엇이든 다 내어주고도 빼앗겼다. 그는 아버지의 돈으로 그녀를 치장했고 그녀를 보살폈다. 그녀는 사치스럽고 영악했지만 그가 한 가지 몰랐던 게 있었다. 그것은 그녀의 삶의 방편이었지 사랑의 방식이 아니었다는 사실이었다.

그녀는 천성적으로 삶에 유연했고 사랑에는 자율적이었다. 삶에는 타협이 가능했지만 사랑에는 협상이 없었다. 자신의 삶으로는 자신에게 호의적인 모든 사람을 끌어들였으나 사랑의 상대로는 오직 자신이 원하는 사람이어야만 했다. 그녀는 삶을 경영했고, 사랑은 선택했다. 철저히 이기적이었지만 그에게는 그녀가 응당 누려야 할 특권으로 용인되었다.

그의 비극적인 행복은 그러나 비극적인 신파로 끝이 났다. 집안의 간섭을 핑곗거리로 내세워서 그녀는 그를 떠났다. 나는 그녀가 그를 떠나 자리를 잡을 수 있도록 이 도시로 불러들였다. 학교 재단이 외가인 점과 아버지가 교장으로 재직중인 점이 유리하게 작용했다. 내가 아무리 부인한다 하더라도 그녀에 대한 내 배려의 밑바닥에는 그들을 갈라놓고 싶었던 질투심이 깔려 있지 않았을까. 표면적으로는 그녀를 도왔고, 동시에 그의 쓰라림을 위무하는 역할이었지만.

화살은 엉뚱한 곳으로 가 꽂혔다. 이번에는 그녀 쪽에서 비극적인 행복을 선택함으로써 모두를 비극으로 몰아넣었다. 그는 내가 그녀의 유일하다시피 한 친구로서 언제나 헌신을 다했음에도 불구하고 오히려 그녀로부터 나와 내 가족이 치명적인 피해를 입었다고 생각했다. 하지만 냉정하게 말해 그 덫은 내가 놓은 것이었다. 자업자득의 자선이 되고 만 셈이었다. 그 새로운 비극은 사회법과 윤리라는 비극적 조건들에 의해 파국으로 치달을 수밖에 없었다. 죽음과 죽음……이라는 대단원이었다.

이후로 그는 완전히 웃음을 잃었다. 아직도 그는 집안과의 불화로 무희가 떠났다고 믿고 있다. 진실은 그를 떠나기 위해 그녀가 그 잡음을 이용했다는 데 있는 것인데, 그는 모른다. 끝내 외면한다. 이제 겨우 입 가장자리를 구기며 웃기는 하지만.

"조심하고…… 잘 가."

내 인사에 그는 고개만 끄덕인다. 웃음기는 사라지고 없다. 안전벨트를 풀고 차문을 연다. 땅에 두 발을 딛자 서운함과 안도감이 교차한다. 붙들어주지 않는 데에 대한 서운함과 내적 갈등으로부터 벗어난 데에 대한 안도감. 정명과 연루해서는 거의 언제나 양가적으로 지각하고 감각하는 것에 대해서도 넌더리를 낼 줄 알아야 할 것 같다.

차문을 닫기 전에 가볍게 손을 들었다 내린다. 그는 무슨 말인가를 할 듯하다가 관두는 눈치다. 나는 차에서 한 걸음 물러선다. 그가 핸들을 크게 꺾어 차를 돌린다. 좁고 한갓진 도로여서 반대편 차선으로 건너가고도 그와의 물리적 거리는 별로 좁혀진 것 같지 않다. 어디까지나, 물리적 거리. 그가 운전석 쪽 차창을 내리고 창틀에 팔을 얹는다.

"이진아."

나는 정명을 바라보지만 눈의 초점을 맞추지는 않는다. 그의 말을 기다리며 서 있지만 정작 다음에 이어질 말을 듣기가 두려운 것이다. 제발 섣부른 위로 같은 건 필요 없으니까 그냥 돌아서서 가버려. 그리고 어디로든 떠나버려. 라스팔마스건 안나푸르나건 희망봉이건, 과거건 미래건, 그리고 무희에게건 선배의 그 잘난 아버지에게건…… 나와 무슨 상관이겠어? 나는 속으로 지껄인다. 그러면서 혀를 깨무는 심정으로 다짐한다. 차갑게, 가볍게. 얼음처럼, 새의 깃털처럼.

"……들어가라."

기어이 그 말뿐인가. 그 말이 다인가. 얼음이니 깃털이니, 속다짐이 무너진다. 입술을 지그시 깨문다. 비릿한 핏내가 입 안에 퍼진다. 박하를 깨물었을 때처럼 싸아하면서도 명징한 슬픔이 꾸역꾸역 목젖을 타고 넘어온다.

마침내 정명의 자동차가 움직인다. 그는 더 이상 머뭇거리지 않고 힘껏 페달을 밟아 나아간다. 달아난다.

몸을 돌려 천천히 집 쪽을 향해 걷는다. 집은 완만한 오르막길 끝집, 아버지가 손수 설계하고 감독하고 긴 세월 공들여 단장한 이층 양옥이다. 집채의 옆터와 뒤터는 담장 없이 터놓은 과수원이다.

생업이 아닌 과수 농사는 아버지의 여갓거리였으며 사치였다. 비난당하지 않고 폄하되지 않을 소박한 사치 덕분에 아버지는 오히려 드높아졌다. 수묵(水墨)을 치고 방학 때마다 단기 서당을 여는 일로보다 수확한 과실을 주위와 나누는 인정으로 더 덕을 샀다. 그러나…… 삯일꾼의 노동력을 빌려 아버지가 누리고 싶어했던 것은 무엇이었을까. 누구의 눈에도 요란하지 않게 비칠, 검박하고 수수한 정신의 과시, 혹 그 자적(自適)의 제스처가 아니었을까.

급히 고개를 가로젓는다. 아버지의 죽음 이후 오로지 아버지를 부정하기 위해 아버지를 추억하고 있다는 혐의가 든 때문이다. 비탄과 추모는커녕 무도한 패악이 스스럼없어 온몸에 잔소름이 돋는다. 어쩌다 이 지경이 되었을까.

어느새 지척에, 집채와 과수원의 사과나무들이 다가들어 있다. 희부윰한 밝음 속에 쇠락의 기미를 보이며 서 있는 집채와 과수들. 따가운 햇살의 한낮에도 주인 잃은 포리 종의 애견 율리시즈처럼 집과 과수들은 순식간에 비루해졌다. 빗장을 걸어두지 않은 대문을 슬그머니 밀치며 들어서는데도 율리시즈는 짖지 않는다. 그저 바닥에 축 엎드린 채 적적한 눈길로 나를 올려다볼 뿐이다. 율리시즈의 머리를 쓰다듬어준다. 머리를 앞발 사이에 더 깊게 묻으며 가는 신음을 한 번 뱉는 것이 반응의 전부다. 어쩌면 율리시즈만이 순수한 상실의 아픔을 지닌 채 아버지를 추억하는 유일한 존재인지 모를 일이다.

"그래, 네가 낫다."

내 말에도 율리시즈는 엎드린 자세 그대로 꼬리를 두어 번 흔드는 게 고작이다. 현관문으로 돌아서려는데 때마침 뒤뜰 쪽에서 바스락거리는 소리가 난 듯싶다. 소리만이 아니다. 이른 아침부터 무엇을 태우는지 매캐한 연기가 공기중에 섞여 있다. 종이 타는 냄새 같기도 하고, 마른 옷가지 타드는 냄새 같기도 하고, 헌 사과 궤짝이나 짚단 타는 냄새 같기도 하다.

과수원지기 정씨라면 그런 일은 저물 무렵에나 한다는 걸 알고 있다. 날삯 일꾼들이 돌아가고 난 뒤 혼자 뒷설거지삼아 허섭스레기들을 태우면서 담배를 피워무는 모습을 종종 봐왔으니까. 막내누이뻘인 내게도 이렇다니 저렇다니 하대를 하지 않고 꼭 함 선생이라는 호칭을 안기는 바람에 나를 곧잘 무안하게 만드는 사람이 정씨다. 그런 식의 거리두기가 외려 그를 어렵게 느끼도록 해서 꼭 전할 심부름말이 있지 않고서는 먼저 곁을 붙여보지 못했다.

정씨가 아니면 이 시간에 누굴까. 석연찮은 궁금증이 뒤뜰로 발

 | | | 그 여자, 무회

길을 돌리게 한다. 율리시즈가 슬그머니 몸을 추스려 일어서는 듯하다가 도로 주질러앉는다. 하는 짓이 아무래도 오래 못 갈 것 같다던 영주댁의 말을 그저 방정맞은 입방아로 여길 일이 아닌 성싶다.

집채의 옆귀퉁이를 돌자 거기 뒷모습인 채 작은 불숲을 뒤적이고 있는 어머니가 보인다. 한 손에는 불 뒤지는 용도의 작대기를, 다른 손에는 아버지의 낙타색 중절모를 들고서. 평소에 정씨가 이런저런 쓰레기들을 몰아넣고 태우곤 하던 우묵한 구덩이에서 타닥타닥 불길이 오르고 있다.

어머니는, 얇은 실내복 차림에 간신히 숄을 두르긴 했지만 어쩌자고 복숭아뼈를 하얗게 드러내놓은 맨발일까. 게다가 용처를 벗어나면 한없이 부박해 보이게 마련인 욕실용 플라스틱 슬리퍼를 꿰고 있다. 그러고 보니 불을 뒤지는 작더기도 아버지의 단장(短杖)이다. 호두나무 재질에다 구부러진 손잡이에 상아 장식을 댄 고급의 것으로, 이제 속절없게시리 불기에 닿아 그 끝부분부터 까맣게 으스러지고 있다. 부질없어라. 존재의 영락을 보는 것 같아 마음 한켠이 착잡하게 무너져내린다.

우정 발소리를 내며 다가드는데도 어머니는 뒤를 돌아다보지 않는다. 모르진 않을 텐데, 저건 원망이나 항의가 뒤섞인 고집이 분명해. 나로서는 그렇게 짐작하는 수밖에 없다. 평생을 일관했던 두형의 고집과는 다른 차원의 고집이다. 무시와 배척의 의도가 다분한.

"여기서…… 뭐 하세요?"

어머니가 태우고 있는 것들이 아버지의 소지품들이라는 사실을 한눈에 알아챈 뒤이지만, 그럼에도 나는 절차를 밟는 심정으로 묻는다. 접근자가 나임을 알리려는 뜻과 함께.

어머니는 움쩍도 하지 않는다. 내 기척임을 이미 알고 있었다는 증거다. 어머니에게서는 어설픈 옷매무새에도 불구하고 도도한 적의마저 뿜어져 나온다. 그뿐이 아니다. 그 소스라치게 하는 적대의 기운을 떨쳐내기 위해서라도 어머니 곁에 바짝 다가들자, 어머니는 마치 내게 그 장면을 보여주기 위해 내내 기다리고 있었다는 듯이, 쭈뼛거림 없이, 날렵하고도 정확하게, 아버지의 펠트 천 중절모를 불길 속으로 휙 집어던지는 것이다. 어머니의 단호한 투척 앞에서 나는 할 말을 잃고 망연해질 도리밖에 없다.

"준오가 오늘 도착한다는구나."

피할 겨를 없이 꽂히는 두 번째 창이다. 잦아드는가 싶다가 화르르화르르 되솟구치는 불꽃으로부터 주춤 물러서듯 돌아서는 어머니의 표정은 정작 그림자처럼 무주의(無主義)하다. 어머니는 자신의 어깨에서 스르륵 미끄러져 내린 숄을 아랑곳없이 짓밟으며 나를 비껴간다. 지근지근 밟힌 것은 숄이 아니라 나인 것만 같다.

어머니의 부당한 위엄 앞에 나는 달군 쇠꼬챙이에 꿰인 듯 꼼짝도 할 수 없다. 비명을 지를 수도, 주저앉을 수도, 이제 와서 내가 어쩌기를 바라느냐고 어머니에게 달려들듯 되물을 수도 없다. 다만, 어머니의 슬리퍼 발자국 소리가 집 모퉁이를 돌아 사라지고 난 뒤 허리를 굽혀 재와 젖은 흙에 지저분해진 숄을 집어서는 불길 속으로 던져넣을 따름이다.

3 그가 돌아오다

가을걷이를 얼추 끝낸 나무들은 제 몫을 다한 삶처럼 한가롭거나 쓸쓸하다. 사물은

바라보는 이의 마음에 따라 빛나거나 남루해진다. 사람은 다르다. 저켠의 마믄에 따

라 저켠을 응시하는 이켠이 빛나기도 하지만, 대개는 남루해진다. ……그럴 것이다.

얼마나 많은 사람들이, 사랑들이, 그 남루를 감당했어야 할까. 얼마나 많은 사람들이,

사랑들이, 작아지고 작아지다가 마침내 한 점 치명적인 얼룩이 되어갔을까.

벽시계를 올려다본다. 시간이 궁금해서가 아니다. 삼십 분째, 제현의 지긋한 추궁으로부터 딴청을 피우고 있는 중이다. 동갑내기면서도 어른스럽게 구는 그가 미더운 만큼 때로는 들어줄 수 없게 짜증이 나는 것도 사실이다.

동급의 고등학교 시절까지만 해도 내게 쩔쩔매는 형국이었는데 어느새 구도가 역전되었다. 아마도 그가 군에서 제대하고 난 뒤부터가 아닐까. 저보다 이 년 육 개월이나 먼저 사회로 뛰어들었으니 오히려 내가 누나 역을 해도 크게 틀리지 않다고 할 마당인데 기껏 사 개월 빠른 생일까지 들먹여가며 태생의 서열을 강조하는 꼬락서니라니, 우스꽝스럽다 못해 귀엽지 뭐냐고 놀려대도 그는 막무가내 오라비 노릇에 열심이다. 나쁠달 거야 없다. 제현이 나이에 비하 속이 웅숭깊은 게 사실이고, 융통성이나 현실 대응 면에서도 나무랄 데 없는 처신이 높이 살 만하다. 거기에다 살갑기까지.

"그래, 약은 먹었니?"

"응."

나의 결근을 확인하자마자 제현이 전화로 다짜고짜 만나자고 윽박지르는 통에 몸살중이라고 둘러댔다. 편도선이 붓고 미열이 있는 참이니 영 거짓말은 아닌 셈이었다. 그러나 그는 쉽게 넘어가 주지 않았다. 내가 니 꿍꿍이를 모를 줄 알고? 죽을 지경 아니면 좀 나와라. 아니면 내가 그리로 가랴? 그래 별수 없이 둘이 자주 가곤 하던 재즈바로 나왔더니 의처증 남편처럼 전날의 행적부터 이실직고하라고 벌써 반 시간째 들들 볶아대고 있는 것이다.

끝내 속시원한 대답을 않자 제멋대로 추정한 상황을 기정사실로 못박고는 또 한바탕 잔소리 같은 걱정을 늘어놓기에 이르렀다. 하기야 제현의 추측이 어긋난 건 아니었지만 나는 그조차도 긍정도 부정도 아니게 가는귀먹은 사람처럼 묵묵부답으로 밀고 나가는 중이었으며. 마침내 그가 손을 들었는지 원래의 살가움으로 돌아가서 내게 묻고 있는 것이다.

"병원엔 안 가도 되겠어?"

"그런 눈물 나게 간지러운 마음 씀씀이는 아껴뒀다 이 담에 니 마누라한테나 유감없이 발휘해라."

"말 잘했다. 너도 제발 나 같은 휴머니스트에 목을 매라. 정명이 형말고."

호시탐탐 기회를 엿보고 있었다는 듯이 제현이 대번 정명을 걸고 넘어진다. 나는 눈을 치뜨고 그를 노려본다.

"오 선배 얘긴 왜 자꾸 되씹는 거야? 지겹지두 않니?"

"내가 묻고 싶은 말이다. 그 선배, 그 인간, 신물 올라오지도 않
냐?"

"그딴 소리나 끊임없이 주절거리려구 아프다는 사람 나오라구
했니? 그만큼 했으면 이제 나 갈게."

나는 파묻히다시피 기대고 있던 소파에서 발끈 몸을 일으킨다.
제현은 나를 올려다보는 대신 고개를 푹 꺾어 바닥을 내려다본다.
그리고는 목소리를 착 내리깔고 짧게 만류한다.

"앉아."

"간다구."

"앉아!"

내가 테이블과 소파 사이의 좁은 통로를 빠져나오려고 몸을 비
틀자 제현이 버럭 소리를 지른다. 뜻밖이다. 좀체 큰소리를 치거나
화를 내는 법이 없는 그인지라 내심으로는 움찔 놀라지 않을 수 없
다. 그렇지만 그의 지나친 개입에 대한 내 반발심도 만만찮다. 나는
차가운 시선으로 그의 정수리를, 내상(內傷)이라곤 겪은 바 없을 그
의 행복한 머리통을 째려본다.

가뜩이나 산란해 죽겠는데…… 가능하면 정명과 무희와 아버지,
그들과 연루된 모든 결과로부터 무심해지려고 내 딴엔 안간힘을 쓰
고 있는 판국인데…… 그리고, 무희고 정명이고 아버지고 간에 그
불길하고 불안정한 존재들을 떠나 오로지 나 함이진의 정체성이 뭘
까 고민하고 회의하는데…… 생에 단 한 번도 고꾸라져본 적이 없

는 네 따위가 어떻게 내 속을 알아? 뭘 안다고 함부로 지껄여대? 그런 앙분한 마음이 울컥울컥 치민다. 급기야 자제력을 잃는다. 제현에 맞서 내 목소리 또한 자연 높아지고 갈라지고 떨려 나온다.

"니가 내 애인이니? 내 보호자니? 사 개월 선수쳤다고 진짜 오빠 행세라도 하겠다는 거야? 웃기지 마라, 박제현. 내가 보기에 넌 아주 한심해. 너무 약고 재미없고 그래서 끔찍해. 교과서에 범생이에 해피보이, 그야말로 미숙함의 총체라구."

어쩌자고 나는, 진실로 진심과는 무관한, 진심으로 진실과는 무관한, 거칠고 야비하고 무례한 어휘들을 구사하고 있을까. 폭력이나 다를 바 없는 악다구니를 뒤집어쓴 그의 표정은 굳고 어조는 차분하다.

"난 니 사촌이지만, 니 친구이기도 하고 니 카운슬러이기도 하다. 가장 오래고, 그 긴 세월에 기대 말하자면 가장 절친하고, 무엇보다 가장 안전하다고 할 수 있지. 그런 의미에서의 너의 유일한 아군이자, 남남처럼 갈라설 수 없는 근친. 지금까진, 불만 없었지 않나?"

차분함을 넘어 쓸쓸하기까지 한 그의 반박에 나는 맥없이 소파에 주저앉고 만다. 그렇다. 그처럼 오래도록, 그처럼 한결같게, 그처럼 완전하게 내 편이 되어준 사람은 없다.

마치 넌 내 쌍둥이 혈육 같아. 왜 그런 말 있잖니? 영혼의 반쪽. 유치하게 들릴지 모르겠지만 암튼 내 느낌은 그래.

그땐 닭살 돋는다고 그의 등짝을 후려치며 면박을 주긴 했었지만, 이제는 안다, 지상의 어떤 우정도 어떤 연정도 그처럼 말해 주기란 쉽지 않으리라는 걸. 성장의 통과의례를 치르느라 제 나름의 우물에 빠져 있던 당시의 그가 다분히 수상쩍게도 〈좁은 문〉의 알리사와 제롬을 자주 들먹이긴 했지만.

"그건 고맙다고 할게. 내 온갖 지리멸렬한 인생사와 고색창연한 연애담, 들어주고 걱정해 주고 충고해 준 거, 때 오면 다 갚을게. 그렇다고 너더러 나 같은 수렁에 빠져 허우적대라는 악담은 아니니까 고깝게 듣진 말구. 아무튼, 여기서 그만 끝, 더 이상 넘치지는 마."

나는 제현의 담뱃갑에 손을 댄다. 제현은 나를 물끄러미 건너다보다가 내가 담배 한 개비를 뽑아 입술로 가져가자 두 손을 모아 불을 붙여준다. 그래, 너는 지금 이 모습처럼 한결같이 내게 정성스러웠어. 그에겐 들리지 않을 속엣말을 담배 연기와 함께 날린다.

"좋아. 고모부 삼우제 치르고 내려오는 그 길로 니가 어디로 달려갔건 그건 니 맘이다. 니가 누군가를 속에 담아두고 전전긍긍해 온 시간도 니 선택이니 곪든 터지든 그것도 니 몫이다. 그런데 고모는……? 조카인 나도 바라보기 조마조마하고 민망한데, 나이 서른의 하나밖에 없는 그 딸이란 종자는 천지 분간 못하는 열 살짜리 기집애모양 널을 뛰어야겠니? 남 보기 어떻더라는 얘기가 아니다, 이건. 너 스스로 모질어빠진 그 창잣속이 징그럽지도 않냐는 거다."

잔소리에 다그침에 훈계의 오토리버스. 오늘따라 제현은 끈질기다. 내게 페미니스트적 경향이 있다면 그건 순전히 고모 때문이라고 할 수 있어, 그렇게 선언할 정도였으니까 지금 날 몰아붙이는 것도 순전히 그 때문이리라.

제현은 누구에게나 일편단심, 처음 품은 한 가지 마음으로 밀고 나가는 바람직한 고집이 있지만, 나는 그렇지 못하다. 누구에게나 둘이나 셋, 때로는 다섯 종 이상의 복잡한 감정이 생긴다. 어머니에 관해서도 마찬가지다. 연민과 수치심과 존경과 원망과 안타까움이 수시로 다른 비율로 결합되고 해체되면서 나를 인격파탄의 경계선 상으로 끌고 가는 것이다. 비단 어머니의 잘못이 아니더라도 근원 적으로 어머니가 떠안고 있는 문제인 만큼 원인 제공자로서 불리한 입장일 수밖에 없다. 아무리 제현인들 모녀간의 그 깊은 골을 온전 히 이해할 수 있을까. 글쎄, 불행에 관한 한 무경험에 가까운 그 행 복한 머리통이 말이다.

"엄마한테 내가 전부라고, 지금 그 말 하려는 거니?"

"잘 아네."

"너두 틀릴 때가 다 있구나. 아니면 눈 질끈 감고 사기 치려는 것 이거나."

제현의 안색이 변한다. 네온 불빛에 반사되는 유리창처럼 붉으 락푸르락이라고 놀려주고 싶을 정도로. 어디에서고 이런 대접을 받 을 리 없는 무고한 인생이란 그리 흔치는 않을 축복일진대, 지금은 그런 그가 그저 갑갑하고 못나 보인다.

"무슨 말인진 모르지만 지나치다는 생각 안 드니?"

"넌 모르는 일이야?"

"무얼 모른다는 거야?"

"우리 집 일, 외삼촌이나 외숙모보다 더 소상히 꿰차고 앉았으면서 어째 오늘은 귀가 어둡네."

"깐죽거리는 건 좋은데, 빙빙 돌티지는 마라."

제현은 정말 모르고 있는 모양이다. 일부러 시치미를 떼고 있다고 생각지는 않지만 막상 그 소식을 모르고 있다는 것도 의아하게 느껴진다. 아버지의 상을 당하고 그 뒷수습을 하는 동안 상주인 나보다 더 상주답게 망자와 산 자에게 고루 지극했던 그다. 준오의 귀국도 그 뒷수습의 차원일 터인데 어머니는 왜 그에게 미리 귀뜸하지 않았을까. 어머니의 그 속을 알 수 없다.

"오늘, 준오 오빠가 도착할 거라던데? 몰랐다니 안됐다. 아니, 놀랍다."

아니나 다를까, 그는 몹시 당황한다. 그 사실을 전해 받지 못한데에 대한 섭섭함일까, 준오의 뒷북치는 등장에 대한 낭패감일까. 나는 담배를 비벼 끄고는 유리컵에 남아 있는 물을 마신다. 편도의 부기가 심해진 것 같다. 제현은 고개를 떨구고 있다. 그는 상식적인 선에서 이해하려고 들 것이다. 제때 부고가 날아갔다 하더라도 즉시 한국으로 나오기는 어려운 사정들이 있었지 않았겠나, 이제라도 날아온 건 망자에 대한 인간적인 예의 내지는 도리가 아니겠나, 여태 각자의 길을 걸어왔는데 새삼스럽게 긴장할 필요가 있겠는가……등등, 설교의 테두리를 크게 벗어나지 못할 설득의 말들을 늘어놓고 싶어할 것이다.

"넌 고모한테서 들었을 테고?"

"준오 오빠가 내게로 통보할 리 만무하잖아?"

제현이 나를 건너다본다. 측은해하는 눈빛이다. 그런 눈빛은 나를 불쾌하게 하고 끓어오르게 한다. 순혈의 혈통이 은연중 발산하는 불온한 광휘라고, 선량한 그를 매도하고 싶게 만드는 눈빛이다. 타인의 관점에서 보면 나의 자격지심이겠지만.

"누가 마중 나가?"

"제 발로 오겠지."

"나가 있은 지가 언젯적 일인데, 오는 길이 쉽진 않을 것 아니냐?"

"박제현, 또 시작이니?"

"뭘?"

"제발 넘치지 말란 말야. 나이 서른하고도 셋인 성인 남자야. 집을 못 찾아올 이유가 어딨겠어? 안 찾아올 이유야 있을 수 있겠지만."

나는 그의 앞에 놓인 물잔을 마저 당겨 비우고 다시 담배를 뽑아 문다. 제현이 벌써 내 입술 사이에 끼워진 채 불을 기다리고 있는 담배를 뽑아 제 입으로 가져간다. 다툴 기력도 없거니와 그러고 싶지도 않아 그가 하는 대로 내버려둔다. 보나마나 제 깐엔 염려의 마음이라고 할 테니.

"기관지가 말썽을 부릴 땐 담배가 좋지 않아."

"기관지가 말썽을 부리지 않더라도 담배는 좋지 않아."

제현은 치뜬 눈으로 날 한번 곁눈질하고는 담배 한 개비가 다 타들어갈 때까지 말이 없다. 준오에 관한 기억을 더듬고 있을 것이 뻔

하다. 그의 머릿속에 저장된 기억들이란 나의 기억과 거의 일치하
거나 사소한 대목에서는 어긋나기도 할 것이다. 같은 상황을 놓고
도 전혀 다른 방향으로 이해하거나 해석하는 경우도 없잖아 있을
것이며.

그러나 그에게도 준오란 반가움과는 별도로 부담스러운 존재일
것이 분명하다. 어쩌면 어머니를 제외한 주변의 모든 사람들에게
준오란 어느 한구석 지워지지 않는 편견으로부터 자유롭지는 못할
존재이리라. 각자가 품을 수 있는 개인적 호의에도 불구하고. 준오
라는 인물의 본질과는 무관하게 그를 죄는 부당한 질곡은 태생적
한계에서 비롯된 것이다. 그것이 생경의 근원지로부터도 그를 밀어
내고 있는 소인이 되고 있는 셈이다.

그렇다면 준오에 대한 내 감정의 정체는 무엇일까. 그가 내게 잘
못을 저질렀다고도 할 수 없는데, 오랜 세월이 지나가버린 현재에
도 나는 그의 존재가 여전히 편치 않다. 그의 존재 자체가 유발하는
불편함 때문이라고 말해 버린다면, 단지 그 이유 때문이라고 말해
버린다면, 나야말로 구제불능의 협잡꾼에 지나지 않으리라.

따지고 보면 가족 간의 이산에 있어 그의 잘못보다 내 잘못이 더
크다. 내 잘못이 그의 삶의 진로를 송두리째 바꾸어버렸다고 해도
과언이 아닐 것이다. 그런데도 왜 그를 불편해하는가. 왜 엉뚱하게
그에게 분열의 책임을 전가하는가. 내 잘못에 대한 불편함을 왜 그
에 대한 불편함으로 덮어씌우는가. 왜 그를 모함하고 축출에 기여
하고 그러고도 한사코 그에게 사죄하기를 마다하는가. 아무리 부정

하고 싶다 한들 한 어머니의 피를 나눠받은 그가 아닌가. 그 또한 그의 죄목이랄 수는 없는 것인데……

신열이 급속하고도 맹렬하게 온몸으로 번진다. 어지럽다. 손바닥으로 이마를 받치듯 짚는다. 손바닥이 불덩어리에 닿은 것 같다.

집안은 아이들이 다 빠져나간 교정처럼 썰렁하다. 그런 가운데서도 어머니의 동선은 소리 없이 분주하다. 비워두었던 방을 들락거리고, 오며가며 영주댁의 주방일을 곁눈으로 간섭한다. 준오를 맞을 채비가 명백한데도 마치 그 때문이 아니라는 듯 나와 부딪힐라치면 슬그머니 무기력하고도 게으른 태(態)로 위장하기에 급급이다. 그러나 생기라고 하는 기운은 감추려고 해도 뜻대로 되지 않는 일종의 발열인 것이다. 여간해서 내심을 드러내지 않는 어머니조차도.

언제나 기척을 내지 않은 채 기민한 어머니다. 발자국 소리가 전혀 나지 않은 듯싶은데 뭔가 서늘해서 뒤돌아보면 어느새 등뒤에 거진 다가와 서 있곤 하던 어머니로 인해 집 안팎 식구들 누구나가 서너 번 이상은 놀란 경험들이 있다. 때로는 감시를 당하고 있는 것 같다는 영주댁은 내놓고 면전에서 툴툴거리기도 했다.

아유, 사모님 실내화에다가는 방울이라도 달아놓든지 해야지, 사람 꿈쩍꿈쩍 놀라자빠지게 만드는데, 생기지도 않은 애 떨어질 판이네요.

발기척 인기척을 내지 않는 사람은 남의 명을 이어산다든가? 흉한 옛소리가 무근거한 날조라 하더라도 불현듯 오싹한 기분에 빠지게 하는 건 사실이다. 좋게 봐주면 음전하고 조신한 몸가짐이겠지만 번번이 가슴 쓸어내렸던 입장에서는 늘 꼭뒤가 불안할 수밖에 없다. 별다른 느낌이 일지 않아도 한 번씩 뒤를 확인하는 버릇이 들게 마련이었다.

영주댁은 준오에 대해 아는 바가 없다. 그가 떠난 몇 해 뒤 집으로 살러 들어왔으니까. 삼우제까지 치른 뒤끝이겠다, 간만에 만판 늘어질 요량으로 있던 영주댁으로서는 뒤늦게 닥친다는 손님이 떨떠름하다는 눈치다. 이리하고 저리하라는 지시사항만 있지, 당사자인 준오에 관해서는 아무것도 일러주지 않을 듯하니 노상 입 궁금한 그녀에게는 그만한 생고생이 따로 없다. 그러니 그녀가 나를 붙들고 늘어지는데, 말투가 뚱하다. 나는 약 넘길 물을 챙기러 주방으로 들어서던 참이다.

"집안 간이야?"

"집안…… 간이라뇨?"

"오늘 들이닥친다는 손님 말야."

"네에……."

뭐라고 해야 하나. 엉겁결에 말끝을 흐리고 만다. 어차피 알게 될 일이라면 간략한 귀띔쯤 무리는 안 되련만, 한편으론 모르거 넘길 일이기도 한 것이다. 나는 영주댁 앞에서 약봉지를 털어넣는다. 두 팔을 엇갈리게 해서 몸을 감싸는 시늉은 몸 상태가 좋지 않으니

공연히 말 시키지 말라는 암시다. 영주댁은 입을 한번 삐쭉 내밀고는 압력솥에 앉힌 요리 재료에다 양념장을 끼얹으며 구시렁댄다.

"사모님은…… 문상 받는 분위기가 아니라 잔치 치르는 분위기 같네, 어째?"

그 한마디라도 갖다 붙여야 직성이 풀리겠다는 얼굴이다. 뭔가 심통날 일이 따로 있었는지도 모르지. 그래도 왠지 뜨끔하다. 주방을 나와 곧장 이층 내 방으로 올라가려다 꼿꼿한 뒷모습의 어머니를 발견하고 걸음을 멈춘다.

어머니는 거실 전면창 앞에 서서 바깥을 내다보고 있다. 표정은 알 수 없지만 그 심중은 꼬이며 갈라지며, 그렇듯 여러 갈래이리라. 눈길만 던져놓고 있을 뿐 기실 바깥 풍경의 변화를 곰살궂게 짚어내고 있지는 못하리라. ……당연히.

나는 기둥처럼 서 있는 어머니의 어깨 너머, 햇살 눅어지고 바래어가는 틈새로 서서히 쇠락의 기미를 띠기 시작하는 십일월의 과수원을 내다본다. 주인 잃은 개도, 주인 잃은 과수원도, 제초제를 덮어쓴 풀숲처럼 시름시름 앓는 중이다.

집터와 과수원터는 한 울타리이되 서로의 영역을 함부로 침범하지도 않는 앉음새다. 다소 상투적이고 규격화된 구도가 주는 안정감 때문에 평화로움의 환상에 젖게 하는. 한 장의 도화지 안에 원경과 근경이 짜임새 있게 들어앉은 풍경화처럼 익숙하던 다정함은 이제 온데간데없다. 안마당 격인 평지 끝자락에서부터 완만하게 경사진 둔덕을 따라 사과나무들이 적당한 간격으로 흩어져 퇴락하고 있을 뿐이다.

사과나무들은 대부분 경제적 수령을 넘긴 터여서 실하고 풍성한 과실을 기대하기가 어렵다. 게다가 집의 나무들은 해거리를 한다. 올해는 해를 거르는 차례여서 알이 더 적게 달렸다. 그만큼 과수원의 일감도 줄어들었다. 한 해 과수농사의 성패가 살림과 직접 관련이 없는, 순전히 아버지의 전원 취향이었으니만큼 아무도 안달을 내지 않았다. 수확철에 덜컥 경황 없는 일을 치렀으니 차라리 다행스러운 흉년인 셈인가. 집안 사정에 밝은 삯일꾼 중의 누군가는 그런 생각을 입 밖에 내어 천연덕스럽게 주절댔을 법하다.

가을걷이를 얼추 끝낸 나무들은 제 몫을 다한 삶처럼 한가롭거나 쓸쓸하다. 사물은 바라보는 이의 마음에 따라 빛나거나 남루해진다. 사람은 다르다. 저켠의 마음에 따라 저켠을 응시하는 이켠이 빛나기도 하지만, 대개는 남루해진다. ……그럴 것이다. 얼마나 많은 사람들이, 사랑들이, 그 남루를 감당했어야 할까. 얼마나 많은 사람들이, 사랑들이, 작아지고 작아지다가 마침내 한 점 치명적인 얼룩이 되어갔을까.

어머니가 돌아선다. 알 듯 모를 듯 달라지고 있는 어머니, 점점 야생의 기운을 얻어가고 있는 듯한 어머니다. 그만큼 멀어지고 낯설어지고 있는 어머니와 맞닥뜨리는 일은 괴로움이면서 동시에 놀라움이다. 나는 어머니의 눈빛과 움직임에서 분명한 동요를 읽는다. 지나온 시간에 대한 명확한 이반(離反)을 읽는다. 그리고 그 동요를, 그 이반을, 오랜 방어의 습벽을 미처 버리지 못한 데서 오는 주춤거림으로 해석한다.

언제나 속내를 들키지 않으려고 보호색을 띠며 살아온 사람은 정작 어머니가 아니었을까. 짧은 순간에 그런 생각이 스치고 지나간다. 그러자 이제부터는 그 구중궁궐 같은 속내를 들키지 않으려고 보호색을 띠며 살아갈 필요가 없게 되었다는 걸 어머니 자신도 깨닫고 있을지 모르겠다는 뒷생각이 벼락처럼 스치고 지나간다. 본연의 색을 회복하기 위한 내면의 여행으로 이미 들어선 어머니에게 나는 묘한 시기심을 느낀다.

"사표 냈다며?"

자리를 뜨려는 나를 어머니가 짐짓 심상한 말투로 붙든다. 힐난의 투는 아니지만 꺼림함이 영 없지는 않을 것이다. 교직에 적을 두고 안 두고는 나 개인의 문제일 뿐이지만 학교 재단이 외가에 의해 세워진 것이니만큼 넓게는 집안의 문제이기도 하다. 교장 직에 있었던 아버지마저 영구한 부재가 되어버린 마당이니 이 시점의 내 사표는 실은 민감하게 받아들여질 만한 사안이랄 수 있다.

그러잖아도 교감과 교무주임은 난처해했다. 충격과 상처를 모르는 바는 아니지만 아무튼 적절한 시기가 아닌 것 같다고, 차근차근 시간을 두고 생각하는 게 어떻겠느냐고, 아버지의 후임이 채워지고 정상적인 분위기로 돌아간 다음에 결정해도 늦지 않을 것이라고…….

그러나 나는 알고 있다. 그들의 만류는 형식적인 것이며, 시선의 집중포화에 엄폐물 없이 노출되어 있는 지금이야말로 가장 적절한 시기라는 사실을. 짐작건대 그들은 재단 이사장에게 내 사의를 보고했을 것이고, 내게는 외숙이 되는 이사장은 어머니에게 에둘러 여부를 물었을 것이다. 아까 재즈바에서 헤어진 제현이 별다른 추궁이 없었던 걸 보면 그는 아직 모르고 있는 모양이고. 나는 선 자리에서 어머니의 다음말을 기다린다. 어머니의 물음에는 내 묵묵부답이 이미 대답인 셈이니까.

"꼭 그래야겠니?"

"자신 없어요."

내 심드렁한 대꾸에 어머니는 의외로 선선히 고개를 끄떡여준다. 나의 입장을 이해해서라기보다 번복하지 않을 게 뻔한 딸의 고집스러움에 대한 이해일 것이다.

"좀 앉자."

어머니가 먼저 소파에 앉고, 나는 그 앞에 대각선으로 마주앉는다. 그러면서도 나는 어머니가 무심코인 듯 스스로를 앉힌 자리가 늘 아버지의 자리였다는 점을 놓치지 않는다.

"그래, 뭘 할 거니? 계획은 있는 거야?"

어머니는 잠깐 뜸을 들였다가 입을 연다. 실로 세상의 딸에게 세상의 어머니가 그러하는 것처럼 전혀 이물스럽지 않게.

"배낭 여행이나 갈까, 공부나 더해 볼까…… 차차 궁리해 보는 거죠, 뭐."

그저 쉬고 싶다는 생각, 숨고 싶다는 생각이 전부라고 말하지는 않는다. 쉬든지 숨든지 집을 떠나야겠다던 감정적인 충동이 어느새 마음 밑바닥에 차분하게 가라앉아서 석회처럼 굳어가고 있는 건 사실이지만.

"지금 이런 말이 네겐 어떻게 들릴지 모르겠다만……."

어머니가 말끝을 흐리는 데에는 망설임보다는 완화의 의도가 있는 성싶다. 본론에 앞선 전제에서 나는 어머니가 나를 불러앉힌 이유가 내게 해야 할 말이 있어서가 아니라 뭔가 털어내고 싶은 말이 있어서임을 감지한다.

"무희 그애가 가엾구나."

내 짐작이 맞다!

무희는 금기다. 금기의 이름이다. 무희의 죽음과 함께 이 집에서는 사라진 이름이다. 아버지와 어머니, 그리고 나, 마음으로는 누구에게나 한 치도 벗어날 수 없는 이름이긴 했지만 입 밖에 내어 발음하기에는 너무 위험한 환기였다. 적어도 이제까지는.

나는 놀랍고도 착잡한 심정을 감추지 않는 채 어머니를 바라본다. 이렇게 정면으로 눈을 마주쳐보기는 오랜만의 일이다. 그게 언제였던가. 이번에는 어머니조차 내 눈길을 피하지 않는다. 어머니의 눈빛은 몹시 깊고 서늘하고 그래서 나이를 잊을 만큼 아름답다. 서른이 되어서야 처음으로 알아채게 된 사실 앞에 나는 아연해진다. 어머니의 아름다움을 깨닫지 못했을 만큼 어머니를 미워했던가? ……아닌 것 같다. 무의식으로라도 내 어머니가 아니기를 바랐던가? ……아닌 것 같다. 어머니를 미워하기 위해 기를 썼다고 한다면, 내 어머니가 아니길 바랄 수 없기에 더욱 냉랭했었다고 한다면? 그것은 맞는 말인 것 같다.

"그애 때문에 내가 많이 힘들었던 것도 사실이고, 그애로 인해 네 아버지가 그리 되신 것도 사실이고, 모든 것이 하루아침에 다 무너져버린 것 같은 참담함도 사실이고……."

어머니는 내 무언의 제지를 무시할 요량인 모양이다. 삭이지 못할 동통을 수반할 것이 명백함에도 기어이 무희를 전면에 끌어내는 걸 보면.

"하지만 무희가 뛰어들어서 내가 자유로워졌던 것도 사실이다. 딱 거기까지만이었더라면 좋았을 것을, 그애가 네 아버지 마음 안에 길게 들어앉아서 요사를 부렸을지언정 돌이킬 수 없는 일들만 뒤따르지 않았더라면 좋았을 것을……. 어쩌겠니? 무희는 모질어서 그렇게 갔고, 네 아버지는…… 네 아버지는, 무희가 불러서 갔나 보다."

"엄마 정말 왜 그래?"

나는 앙칼지게 소리 지른다. 어머니의 입가에 얹힌 선명한 냉소가 섬뜩했던 것이다. 저 일그러진 미소라고, 바로 저 일그러진 미소 때문이라고……. 나는 어머니와의 간극이, 불화라고 할 수 없는 불화가, 이따금 어머니의 입가에 떠오르곤 하는 저 차가운 비웃음의 발견에서부터 비롯되었음을 뒤늦게 인식한다. 아버지 앞에서 언제나 한 수 접거나 한 걸음 물러서는 듯한 태도를 취하곤 하던 어머니에게서 어느 날 덜컥 저 비수처럼 번득이는 미소를 발견하고서부터, 표면의 섬김과 이면의 배척을 포착하면서부터, 나는 도저히 어

머니가 요해되지 않기 시작했던 것이다. 어머니는, 저 여자는, 누구
인가……싶었던 것이다.

"집착이야. 부질없는……."

"다 버린 사람들이에요. 삶도 명예로움도 그 정점에서 다 놓아버
린 사람들이에요."

그들을 옹호할 마음은 추호도 없었다. 어머니 앞에서 그들을 세
우게 되리라고도 생각하지 못했다. 그랬는데 이 무슨 찬란한 반발
심인가.

"똑바로 봐둬라. 삶도 명예로움도 놓치지 않으려고 비장의 카드
를 날린 사람들일 뿐이니까. 어리석고 무모해서가 아니야. 비열하
고 교활해서지. 너처럼 잘난 체하는 애가 그걸 모르니? 모르지는
않는데, 박애주의자라서 덮어주려는 거니?"

이건 모독이다. 엄연한 배반이다. 창을 던지듯 가히 전복적인 발
언을 서슴지 않는 어머니에게서 나는, 새벽, 불길 속에 아버지의 중
절모를 휙 집어던지던 모습을 본다. 그 소각의 의식이야말로 전복의
선언이었으며 한판 살풀이 춤사위였던가. 서슬 푸른 복수였던가. 알
수 없다. 어머니는 과연 아버지에 관한 모든 것을 뒤집고 싶은 것인
가. 그 곁에서 웅크리고 살아온 세월을 송두리째 갈아엎고 싶은 것
인가. 살아남은 자신을 위해서? 살아갈 어머니 자신을 위해서? 마
치 흑마술(黑魔術)의 힘이라도 빌린 듯이 문득 왕성해져서?

나는 벌판을 가로질러 맹속으로 전진해 오는 회오리바람의 돌발
적인 생성과도 같은 어머니의 저력이, 그 무겁(無怯)과 성급이 두렵

다. 두렵고 불길하다. 마른침을 넘긴다. 편도가 가라앉기는커녕 온
몸에 신열이 더 오르는 것 같다. 된몸살이라도 치르려나. 나는 으스
스 몸을 떨며 간신히 대꾸한다.

"좋아요, 무희나 아버지가 비열이고 교활이면, 이건……? 이제
야 주워담을 수 없게 마구 쏟아놓는 엄마의 이런 말들은…… 비겁
이고 뒤통수? 그래요?"

"나야 아무러면 어떠니? 인형놀음을 했건, 뒤통수나 치는 살벌
한 미망인 노릇을 하건…… 언제 안중에 있길 했니? 제 살 궁리 꽉
꽉 들어찬 네 그 속의 한줌 관심거리가 되길 하니? 너야말로 늘 그
래 왔던 대로 휙 비껴가는 바람결처럼 흘려듣지 그러는구나. 교육
청에서 내려보내는 행정문서 처리하듯 반으로 접어듣지 그러는구
나. 그럼 될 일을 갖구선, 우습다, 오늘따라 유독 새살스럽게 구니
말이다."

"뭘 그래 왔다는 거예요? 내가 알기로 아버진 엄말 존중했
고……."

"그래? 그러면 너는? 너는 어땠니? 날 존중했니?"

"……."

말문이 막힌다. 존중은 몰라도 최소한 무시하거나 경멸하지는
않았다고, 차마 그렇게 말할 일은 아닌 것이다. 그리고 이런 식의
대화는 어질머리가 난다. 깎아지른 절벽을 타오르듯 가파르고 날
선 대화들. 어머니와 나는 이렇게 서로를 후벼파는 대화를 해본 적
이 없다. 아니다. 어머니와 나는 애당초 대화라는 걸 시도해 본 적

이 없었다. 지극히 일상적이고 구체적이어서 전달 이상의 의미를 지니고 있지 못한 알림장 같은 대화를 제외한다면.

어머니는 내 대답을 기다리지도 않고 채근하지도 않는다. 일깨 워주는 것으로 그만 되었다는 것인가. 어머니는 다시 무희와 아버지에게로 돌아간다. 마치 지금이 아니면 다시는 그들의 이야기를 꺼낼 수 없다는 듯이. 아니면, 그럴 결심이거나.

"무희와 네 아버지, 두 사람의 공통점은 저 자신밖에 모르는 이 기주의자라는 것이야."

"그건 엄마도 나도 마찬가지예요."

어머니가 지지 않으려는 나를 빤히 쳐다본다. 예의 그 냉소가 입 가를 스쳤기는 하지만 눈빛은 한결 눅어져 인색하게나마 평소의 성 정을 되찾아가고 있다.

"그러니? 다행이구나. 그렇담 그렇게 등뒤에서 물끄러미 서 있기 만 하지 마라. 마주보고, 마주쳐보고, 그러고 나서도 아니면 그땐 아 주 돌아설 수 있어야지. 네가 너 자신밖에 모르는 이기주의자라면."

난데없는 비약에 나는 맥없이 허둥거린다. 어머니는 지금 정명 을 이야기하는가. 그를 바라보는 내 위치를, 그 초라한 응시를, 이 야기하는가. 하필 이 시점에. 멀고 오랜 출장을 배웅하듯 아버지를 보내고, 그 일을 빌미로 멀고 길었던 외지살이에서 돌아올 준오를 기다리며, 하필 딸의 어리석은 해바라기를 타박하는가. 그에 앞선 놀라운 고백, 무희가 뛰어들어서 어머니 자신이 자유로워졌다는 말 은 또 무슨 의미인가. 그 개별적인 현실들이 어떻게 유기적으로 얽혀 있는가.

"세상 인심이란 게 살인을 하고 죽어도 죽은 사람만 불쌍하게 돼
있지. 그게 억울해서도 아니고, 무희나 아버지한테 맺힌 맘이 있어
서도 아니다. 혼자 남게 되었으니까 혼자 살아갈 이유들을 날조해
서라도 버티자는 거지. 슬픔 따위를 위장하기는 싫더라. 나마저 죽
은 듯이 엎어져 기신거리기는 싫더라. 이 개명한 시대에 부장품이
될 일 있다니? 네가 네 갈길 가려는 것처럼 나도 내 숨통이나 좀 열
어놓고 살아봤으면 싶다. 그런 소망에서 널 붙잡고 애먼 소리 털어
봤다. 이해를 하건 못 하건 그건 네 맘이고. 그리고 그 사람들……
정직하기는 했잖니? 너나 나나, 그러질 못하고 살았는데 말이다."

어머니가 창밖으로 고개를 돌린다. 어머니를 좇아 내 시선도 자
연 과수원으로 옮겨간다. 사과나무와 사과나무 사이, 물속에서 서
서히 풀려 나가는 먹물처럼 어둠이 흘러내리고 있다. 과수원지기
정씨가 서둘러 켜놓았을 외등이 아직은 어정쩡하다. 안개에 갇힌
수은등처럼, 근원을 알 수 없는 슬픔처럼, 불빛이 흐릿하게 번지고
있다. 문득 귀에 익은 어떤 목소리가 들리는 듯하다.

애, 저기 저 나무들 아래로 걸어 내려오는 남자, 누구니?

이층 내 방 창가에서 과수원을 내다보던 무희가 잊혀지지 않을
그 말을 불쑥 내뱉었던 것도 바로 이맘때였다. 늦가을, 저물 무렵,
흐린 외등 불빛…….

누구……?

무희가 가리킨 남자는 내 아버지였다. 내 어머니의 남자였다.

으응, 아버지.

내가 미처 그렇게 일러주기도 전에 무희의 말이 먼저 튀어나왔다.

나, 저 남자 사랑해도 되니?

내가 곤혹스런 얼굴을 하자 그녀는 깔깔 소리내어 웃어댔다. 그녀가 두 번짼가 세 번째쯤 이 집에 놀러왔던 날이었다. 그러나 정작 그녀가 아버지에게로 뛰어든 건 훨씬 후의 일이었다. 그리고 그때 가서야 오래 전 무희가 했던 말이 되살려졌다. 오싹한 기억의 재생이었다.

나는 창밖으로부터 눈길을 거두어들이면서 스쳐지나는 척 어머니를 곁눈질한다. 어머니는 아직도 바깥을 내다보고 있다. 언뜻 물기가 비치는 젖은 눈이다. 다시 무희가 속삭인다.

누구라도 상관없어. 한눈에 그 영혼의 그늘까지 알아보겠는걸.

나는 귓가에 달라붙는 그녀의 말을 도리질로 뿌리친다. 그러자 또 깔깔거리는 무희의 웃음이 비집고 들어온다. 그녀의 입김까지 느껴지는 것 같다.

애는, 왜 그런 낭패한 얼굴로 날 쳐다보니?

훗날 그녀의 농담이 현실이 되었을 때 그녀는 웃지 않고 단호하게 말했다.

주홍글씨 따위는 겁나지 않아. 나도 그렇게 태어났어.

어둠은 한순간에 몰려온다. 소나기나 운명처럼. 피해 갈 겨를이 없이, 거역할 기운이 없이.

"오랜만이다."

나는 준오가 내미는 손을 어색하게 맞잡는다.

"정말…… 그러네."

그는 달라졌고 낯설어졌다. 언제나 핏발이 서 있던 충혈된 눈빛은 잠잠해졌고, 무엇이든 그 몸에 부딪히기만 하면 곧장 튕겨져 나갈 것 같던 앙상하고 강파르던 몸의 선들도 너그러워 보일 만큼 부드러워졌다.

장시간의 여행에도 그는 그다지 피로한 기색이 없어 보인다. 여유로운 표정이나 태도에서도 그가 계획에 없던 이번 귀향을 불편해하거나 복잡해하지 않는 쪽으로 받아들이고 있음이 느껴진다. 오히려 그의 등장을 불편해하고 복잡하게 생각한 쪽은 나였던가. 그러고 보면 변하지 않은 유일한 것은 그에 대한 내 옹졸함인 모양이다. 조금은 미안하고 무안하지만 그렇다고 단번에 환한 웃음으로 맞아지지도 않는다. 오래전 그가 이 집에 처음 발을 들여놓던 그때처럼.

그때에도 나는 그를 향해 도저히 웃을 수가 없었다. 내가 열넷, 그가 열일곱 살이던 해였다. 그는 말수가 적었고, 한 집에 살게 되었어도 함부로 집 안을 돌아다니지 않았다. 키는 이미 아버지나 정 씨를 포함한 과수원 일꾼들을 훌쩍 넘어섰으며, 딱딱하고 마른 몸은 반항적인 인상을 풍겼다. 그럼에도 학교 성적은 고등학교 1학년이던 그때부터 최상위권이었다. 특별히 말썽을 부리진 않았지만 다만 그 불온한 눈빛만은 한결같았다.

그래서였을까. 중학교 1학년 어린 마음에도 나는 내가, 내 집이,

보이지 않는 무엇엔가 유린당하는 듯한 기분이었다. 내 머리 위로, 내 집 지붕 위로, 커다란 날개 밑에 발톱을 감춘 맹금류의 그림자가 어둡게 드리워지는 느낌이었다. 근거를 제시할 수 없는 막연한 불안감이었다.

그는 자신의 존재를 드러내지 않는 방식으로 그 세(勢)를 넓혀갔다. 그가 온 뒤로 부적 출입이 잦아진 제현은 내 숨막힘을 일축했다.

준오 형이 얼마나 근사한지 네가 몰라서 그래.

나는 발을 동동 굴렀다.

야, 박제현! 내가 뭘 모른다는 거야? 그리구, 넌 대체 뭘 안다는 거야?

한창 변성기에 있던 제현은 가소롭다는 듯이 고개를 쳐들고 말했다.

보라구, 저 히스테리. 하여튼 기집애들이란…….

제현은 급속히 그의 영향권으로 들어갔다. 낯간지럽게도 '나의 우상' 이라든가 '나의 정신적 지주' 라는 표현이 동원될 때도 있었다. 어머니나 아버지가 집에 없는 날이면 나는 내 방에서 꼼짝도 않고 틀어박혀 지냈다. 그와 마주칠 일이 겁났다. 그럴 때에는 차라리 제현이 집에 다니러 와주는 편이 나았다. 그렇다고 그가 거칠게 으르거나 시비를 거는 것도 아니었다. 어쩌다 마주칠 때의, 단지 핏발선 눈빛만이었을 뿐인데도 그랬다.

"어서 와라."

어머니는 아버지의 생전에 손님을 맞던 때와 별반 달라 보이지 않는다. 필요 이상 웃지도 않고 반기는 말을 길게 늘어놓지도 않는다. 정녕 뒤늦은 문상객이라면 비감의 분위기를 연출해야겠지만 영주댁을 제외하면 굳이 체면치레를 해야 할 면면은 없는 셈이니 그런 억지도 불필요하다. 낮에 준오를 맞을 채비 때 보였던 은근한 기대감이나 초조감도 겉으로 드러내지 않는다. 표면적으로는 담담하기 그지없는 처세다. 영주댁이나 제현을 의식해서라기보다 나를 의식해서일 것이다. 나는 외려 그 자연스럽지 못한 노력에 더 넌더리를 내고 있는데.

제현은 준오와 함께 왔다. 기차역으로 나가서 준오를 집으로 데려오는 역할에 결국 제현이 차출을 당했던 모양이다. 아니면 정이 많은 성품대로 그가 먼저 오지랖 넓게 나서서 집사 노릇을 자청했거나. 뿐 아니라 제현은 자칫 미묘하게 흐를 수 있는 기류에 잽싸게 개입할 요량으로 감정적인 거리를 두고 물러서서 세 사람의 움직임을 예의 주시하고 있는 눈치다. 그 진지한 염탐이 가끔은 우습지만 그건 그의 타고난 선량함이다. 그의 비범한 선량함은 고집이 세서 말리지도 못한다.

"것봐, 형. 하나도 안 변했지?"

아니나 다를까, 대화가 매끈하게 이어지질 않자 제현이 끼여든다. 그 변화의 대상이 집인지 어머니인지 나인지 다른 무엇인지는 알 수 없다. 집으로 오는 차 안에서 그런 이야기들을 주고받았던지 제현의 말에 준오는 가타부타 대꾸 없이 웃기만 할 뿐이다. 그것도 입술 가장자리 근육을 시원스럽게 밀어올리는 웃음.

　그 웃음이야말로 낯이 설다. 이전에 그는 거의 웃는 법이 없었던 것이다. 제현의 말대로 하나도 변하지 않았다고 한다면, 오직 준오, 그 한 사람만을 변하게 한 세월인가. 까닭 모를 반발심이 치민다. 뭔가 쐐기를 박고 싶어 잇몸이 근질거리는 걸 참을 수 없다. 그래 기어코 입을 열어 한마디 찌르듯 뱉는다.

　"오늘밤은 칙사 대접으로 보내고…… 아버지 뵈러는 내일에나 갈 테지?"

　어머니는 고개를 돌리며 눈을 내리깔고, 제현은 어어 입을 벌린 채 준오가 못 보게 그의 어깨 뒤쪽에서 눈을 부라려 날 나무란다. 준오는 극히 짧은 순간 움찔하다가 바로 입가를 시원스럽게 밀어올리는 웃음으로 대처한다. 그는 그렇게 소리 없이 웃은 다음 내 눈을 한 차례 깊이 들여다보더니 정색을 하며 말하는 것이다.

　"정말이군. 하나도 안 변했어."

4 내가 원하는 것

몸은 얼음처럼 차디차고 그 속은 불꽃처럼 겨웁고 뜨겁다. ……살을 찔러대는 추위를 이기기 위해, 마음의 지옥이 옭아매는 집착을 끊어내기 위해 어금니를 악문 채 새벽의 냉기 속에 나를 버려둔다. 벌이다. 내부의 불꽃이 지고 심지가 꺼지고…… 오로지 표피의 통증만이 남게 될 때, 그때 일어서리라.

무희가 왔다. 차고 시린 몸으로 내 이부자리를 들추고 미끄러지듯 스며들어 왔다. 물뱀처럼 미끈덩거리는 감촉이 내 종아리에 닿았다. 무섬보다는 이물감이 더 섬뜩했다. 나는 몸을 도사렸다. 무희는 심하게 떨었고 심하게 흐느꼈다. 그녀답지 않았다. 나는 그녀를 달래지 않았다. 한참을 울고 나서야 그녀는 돌아갔다. 새벽 강기슭에 안개가 자욱자욱 피어오를 시각 즈음에야. 젖은 이부자리 속에서 나는 몸을 떨었다.

그녀가 나를 찾아온 것은 이번으로 세 번째다. 아버지가 생을 마감하기 전날 밤이 두 번째 방문이었다. 그것이 곧 들이닥칠 일에 대한 사인이었는지는 알 수 없는 일이다. 잠이 깨어서도 사라지지 않는 그녀의 울음소리가 환청처럼 귓바퀴에 달라붙는다. 그녀가 내

꿈에 다녀가면서 남겨놓은 흔적이다. 그러나 어쩌면 꿈이 아니라 꿈속의 내가 지어낸 환상인지도 모를 일이다.

오지 마라, 무희야. 날 찾지 마라, 무희야. 여긴 네가 그리워하는 사람도 네가 미워하는 사람도 없다.

단내가 나는 입술을 달싹여 중얼거린다. 꿈속의, 흙속의, 물속의, 무희는 귀를 틀어막고 듣지 않을 것이다. 커튼을 젖히고 창밖을 내다본다. 가는비라도 뿌리고 지나간 것인가. 검은 나무 그림자의 윗부분이 외등빛에 반짝이고 있다. 마른침을 삼켜본다. 목 안쪽은 여전히 그들먹하게 부풀어올라 있다. 숨구멍을 틀어막고 있는 것은 그러나 부어오른 점막이 아닐 것이다.

침대에서 내려와 방 안을 서성거린다. 오래달리기를 하고 났을 때처럼 횡경막이 뻐근하다. 그런데도 정작 어딘가로 내달리고 싶어진다. 머릿속이 텅 비어버릴 때까지, 더는 한 걸음도 나아가지 못할 만큼 지칠 때까지, 지쳐 무릎을 꺾고 쓰러질 때까지…… 실은 몸속의 물기가 다 말라버릴 때까지…… 나는 소파에 걸쳐두었던 카디건을 걸어 어깨에 두른다.

좁은 마루를 사이에 둔 건넛방이 준오가 머무는 공간이다. 예전에도 그는 그 방을 썼다. 두 개의 방문이 동시에 열리게 될까 봐, 그래서 그와 꼼짝없이 눈이 마주치게 될까 봐, 나는 방문 손잡이를 냉큼 돌리지 못한 채 마루 건너 그의 방 쪽의 기척을 먼저 살피곤 했다. 그가 직접 내 방문을 두드리는 일이나 내가 없을 때 드나드는 낌새가 전혀 없었음에도 나는 잠깐 방을 비우게 될 때조차도 방문

잠그는 것을 잊지 않았다. 호주머니가 달리지 않은 옷을 입고 있을 때에는 납작한 열쇠를 손바닥에 놓고 다녔는데 그런 날은 하루 종일 쇠비린내가 코끝에서 가시질 않는 것 같았다.

한번은 그가 욕실 세면대에 두고 나온 열쇠를 내게 건네주었다. 단박에 내 것인 걸 알아챘다면 매번 열쇠로 방문을 따고 들어서는 나를 감지하고 있었다는 뜻이었으리라. 그날 나는 그가 밖에 나가기를 온종일 귀를 세우고 기다렸다가 방문 손잡이를 통째로 교체해 버렸다. 나중에라도 그는 그런 사실을 알았을까. 알았다면 어떤 심정이었을까.

방문을 열고 마루로 나선다. 그에게 들리지 않도록 소리나지 않게 방문을 닫는다. 그 열쇠는 그가 떠난 뒤로 잊고 있었다. 책상 서랍이나 경대 서랍 어딘가에 처박혀 있을 것이다. 그가 돌아와 있다고 해서 새삼스럽게 열쇠를 찾아 방문을 걸어잠근다는 것은 우스운 짓이다. 아직도 내가 그를 두려워하고 있다면 그 두려움을 떨쳐내야 한다. 어차피 열쇠는 녹이 슬었거나 뻑뻑해져서 잘 돌아가지도 않을 테지만.

그런데 그는, 잠들지 않은 걸까, 잠들지 못한 걸까. 꼭꼭 맞물리지 않는 문틀과 문짝 틈새로 불빛이 새어 나온다. 두 차례 대대적인 보수 공사를 했어도 원체 오래된 집이다. 기진한 노년의 육체처럼 쌓이고쌓인 세월의 더께를 이기지 못해 한 땀씩 붕괴되어 가는 징조들이 손이 닿거나 닿지 않는 곳곳에서 나날이 안타깝게 발견되고 있는 중이다. 더 이상의 보수는 없을 것이다. 이제 이 집은 주인을 잃었으니까.

아래층으로 내려간다. 반들거리는 목조 계단은 힘을 받을 때마다 뒤틀리는 듯한 신음을 낸다. 잠들지 않은 준오나 잠귀가 밝은 어머니를 의식하며 아무리 조심스럽게 발끝을 내려놓아도 삐이걱거리는 소리를 줄이기는 어렵다. 거실은 어둡지만 과수원의 외등이 나눠주는 희미한 불빛 덕분에 가구들의 모서리에 부딪히지 않을 만큼은 된다.

현관 새시문을 밀고 밖으로 나간다. 차가운 공기가 달려들고, 율리시즈가 맥없이 다가와 앞발을 치켜든다. 율리시즈는 서너 번 머리를 쓰다듬어 주자 제 집으로 돌아가 털버덕 배를 깔고 도로 엎드린다. 계속해서 먹을것을 입에 대지 않아 비척거리는 걸음새가 심상찮다. 북어국물에 밥을 말아줘도 먹지 않을 정도면 이만저만한 상심이 아니다.

집채를 등지고 듬성듬성 붙박힌 나무들 사이로 걸어 올라간다. 발 밑에서 버스러지는 나뭇잎들은 축축하고 미끄럽다. 벗은 발목이 이내 젖어오고, 얇은 잠옷 치맛단이 전부인 아랫도리는 감각이 없으리만치 벌써부터 얼얼하다. 어깨를 감싼 카디건의 올 사이로도 냉기가 파고든다. 이마에 닿는 미세한 바람의 결은 이빨 딱딱 맞부딪게 하는 한기와 함께 정신이 버쩍 곤두서는 듯한 날 선 쾌감을 일깨운다. 도저히 방 안에 붙들려 있지 못하게 하던 신열이 급전직하로 곤두박질칠 때의 싸늘한 기화(氣化)가 아찔하면서도 명징하다.

하아 하아. 입을 벌려 찬 공기를 들이마신다. 몸속에 갇힌 열은 그러나 좀처럼 몸 밖으로 빠져나오지 않는다. 안다. 부은 편도 때문이 아니라는 걸. 이건, 이건…… 몸의 그리움이다. 마음에서 분리된 몸의 그리움……이다.

야트막한 둔덕이 끝나는 지점에서 걸음을 멈춘다. 거기서부터 내리막이 시작되고 삼십 미터쯤 전방 울타리가 둘러쳐진 곳에서 집 소유의 과수원이 끝난다. 울타리 너머에는 작은 저수지가 있다. 물웅덩이라고 불러도 좋을 작은 저수지 둘레에는 늪지처럼 높고 낮은 풀들과 억새가 무성하다. 선 채로 바래어가고 야위어가는 식물들의 그림자가 지나다니는 바람에 수굿하게 흔들리고 있을 것이다.

울타리 중간쯤에는 어른 손목 굵기의 통나무와 철사로 엉성하게 엮은 쪽문이 하나 걸려 있는데, 무희와 나는 그 쪽문을 통해 곧잘 저수지로 산책을 나가곤 했다. 사람의 발자국이 다져 만든 길이 저수지를 비껴 산 아랫동네로 이어져 있었으므로 이따금씩은 그 길로 시내로 내려가기도 했다. 그리고 그 오롯한 산길은 아버지가 부러 승용차를 버리고 걸어서 귀가하는 길이기도 했다.

미처 치우지 않은 사과 수확용 플라스틱 상자를 끌어다 뒤집어 놓고 그 위에 주저앉는다. 몸은 얼음처럼 차디차고 그 속은 불꽃처럼 겨웁고 뜨겁다. 정명은 어쩌자그…… 아니다, 나는 어쩌자고 그 불구덩이 속으로 뛰어들었을까. 어쩌자고 나는 나를 이 지경으로 내몰았을까. 아, 다시는 그에게로 달려가지 않겠다.

살을 찔러대는 추위를 이기기 위해, 마음의 지옥이 옭아매는 집착을 끊어내기 위해 어금니를 악문 채 새벽의 냉기 속에 나를 버려

둔다. 벌이다. 내부의 불꽃이 지고 심지가 꺼지고…… 오로지 표피
의 통증만이 남게 될 때, 그때 일어서리라.

시간이 흐른다. 십 분이나 이십 분, 혹은 일껏 일 분이나 이 분
쯤……. 영겁도 찰나도 분별하는 마음이 지어낸 시간의 단위에 불
과하리라. 한순간을 이기면 억겁도 무겁지 않으리라. 그러리라……
한다.

다시 무희가 왔다. 네 번째였다. 이번에는 내가 떨었고 내가 흐
느꼈다. 무희는 날 달래지 않았다. 나를 가만 내려다볼 뿐이었다.
설명하지 않아도 그녀는 내게 일어난 일을 알고 있을 것이다. 떠도
는 그녀의 영혼이 쓸쓸했을까. 치를 떨었을까. 정명이 그녀를 용서
했듯이 그녀도 나를 이해했을까.

그러나 나는 무희에게 묻지 않았다. 빌지 않았다. 무엇을 빌어야
하는가? 왜 빌어야 하는가? 그녀는 날 용서할 자격이 없는 것이다.
더군다나 나는 그녀로 인해 괴로운 것이 아니다. 나 자신을 용납하
기 위해 괴로운 것이다. 이것은 내 문제다. 정명과 나, 두 사람이 풀
어야 할 과제일 뿐이다.

그렇게 마음을 다져먹어도 내 울음은 쉽게 그쳐지질 않았다. 나
는 누워 있었고 그녀는 매트리스 가장자리에 걸터앉아 있었다. 언
제나 누군가의 삶을 틀어쥐고 흔들어야 직성이 풀리는 그녀가 역겨
워서 견딜 수가 없었다. 나는 그녀에게 소리쳤다. 그녀를 내쫓았다.

가. 아주 가. 다시는 날 찾아오지 마.

그녀가 앉았던 자리는 물을 쏟은 것처럼 홍건하게 젖어 있었다.

꿈인가. 꿈속의 환상인가. 또 무회인가.

흉중을 짓누르는 묵직한 무엇인가를 떨쳐내려고 버둥대다가 간신히 그 중량에서 헤어났다. 마취가 덜 풀린 것처럼 몸이 쉽사리 움직여주지 않는다. 누군가의 목소리가 날 깨운 것 같은데, 그게 누구의 것이지? 눈꺼풀을 밀어올리며 잠의 끝자락을 더듬는다. 내 목소리였던 듯도 싶고 뜻밖의 귀에 선 목소리였던 듯도 싶다.

"가위 눌렸나 보구나?"

이 목소리는, 준오……? 찬물을 확 뒤집어쓰기라도 한 듯이 소스라친다. 급히 주위를 둘러본다. 분명히 내 방, 내 침대 위다. 준오는 소파에 앉아 내 쪽을 바라보고 있다. 꿈보다 더 꿈같은 이 실제의 상황을 전혀 짐작할 수 없다. 짐작 이전에 경악할 노릇이다.

"어떻게……?"

"그 나이에도 키가 더 크려나? 험한 꿈을 다 꾸게?"

준오의 느긋한 대꾸에 비위가 상한다. 그 와중에도 나는 내 행색을 점검한다. 잠옷 차림이고 맨발이고 발치에는 진회색 카디건이 놓여 있다. 가물가물한 유년의 시간이라도 되살리듯 떠올릴 수 있는 가장 최근의 기억으로 거슬러 올라간다.

그래…… 나무 아래…… 추위와 집착과…… 노란 플라스틱 궤

짝과…… 그랬는데 여긴 어떻게 와 있는 거지?

어쩔 수 없이 그에게 의문문의 얼굴을 들이댈 수밖에 없다. 그제야 그도 정색을 하고 도리어 내게 묻는 투가 된다.

"생각나니?"

"과수원에…… 나갔었어."

"맞아. 넌 거기 있었어. 얼음기둥처럼 차갑게 굳어서. 설명해봐."

추궁하는 듯한 준오의 말투가 고깝다. 고까움을 떠나서 그에게 설명해야 할 의무랄 것이 없다. 설명이 가능한 일도 아니다. 그는 내 반감을 묵살한다.

"산책이라고 하기에는 이른 시간이며, 역시 산책중의 사색이라고 하기에는 납득이 가지 않는 자학의 포즈며, 그런 것들에 대해서."

"그걸 내가 왜 설명해야 되지?"

"내가 알고 싶어하니까."

저 확고부동한 자기중심적 말투는 무엇을 의미하는가. 혼란스럽다. 나는 머리를 흔든다.

"말이 안 돼."

"넌 거의 정신을 놓고 있었어. 내가 다가가도 몰랐고."

"이 방에는……."

"내가 옮겨다 놓았어. 정신이 들길 기다렸는데, 악몽까지 꾸나 보더라. 걱정 마. 지켜보기만 했어. 어머닐 부를까 하다가 것도 관뒀고."

"그냥 내버려두는 게 나았을걸."

"그럴 만큼 너 자신을 징벌해야 할 무슨 이유라도 있다는 건가?"

그의 눈빛은 감당하기 어렵다. 상대를 제압하려는 의도가 있을 때나 무엇엔가 사로잡힌 듯할 때 특히 그의 안광은 강력한 명령어나 다름없다. 이전에 내가 그를 피했던 것도 그 때문이었다. 그 위험스러움을 잊지 않았음에도 나는 그에 대해 잠시 방심하고 있었던 것이다.

"바람 쐬러 나갔어. 그게 다야."

"친절한 설명이군."

"고맙다고 말하면…… 이 방에서 나가줄래?"

"그전에……."

그가 등을 파묻고 있던 일인용 소파에서 일어나 내게로 다가온다. 어정쩡함이나 어설픔이라고는 없는 저 꼿꼿한 걸음걸이. 나는 반사적으로 몸을 움츠리고 그를 쏘아본다. 그는 아랑곳하지 않고 바로 코앞에까지 다가와 허리를 숙인다. 지나친 클로즈업이다. 내 뺨은 벌써 그의 두 손바닥으로 감싸여진 채다. 나는 어찌할 바를 모른다. 절로 눈꺼풀이 닫힌다. 그러자…….

흡. 내칠 겨를도 없이 그의 입술이 내 입술 위에 얹힌다. 순식간이다. 포충망에 갇힌 날벌레처럼 버둥거려 보지만 역부족이다. 그의 힘이 강대해서가 아니라 내 굴복이 너무 기민한 탓이다. 이미 알고 있었던, 오래 기다리고 있었던, 예정된 일의 순서처럼 이 돌발적인 사태가 내게 전혀 낯설지 않다는 점……. 반복된 일상과도 같은 기시감(旣視感)으로 내게 다가온다는 점…….

당혹감에 다시 한 번 그를 밀쳐낸다. 안간힘을 쓰면 쓸수록 그의 손바닥과 입술은 더욱 강한 힘으로 내 뺨과 혀를 끌어당긴다.

나는, 마침내, 스르르 무너진다.

그의 견인은 아찔하고 아뜩하다. 뜨겁고 날카롭고 찬연하다. 거대한 파도와 파도에 휩쓸린 물새의 환영이 스치고 지나간 듯싶다. 눈가가 젖고 날개가 젖고 부력의 의지가 젖는다. 그렇게 그에게로 곤두박질치듯 끌려들어 간다.

무력한 최후의 저항은 도덕률에 길든 자의 제스처일 따름인가. 자동화된 위선의 두뇌가 중얼거린다. 이건 명백한 추락이다. 이젠 끝이다. 나약하고 비루한 두 개의 문장 사이에 가로놓이는 것은 그러나 촉발된 격정이다. 자괴가 아닌 갈망이다. 그 명백한 추락이 말 그대로 참담하지만은 않다는 걸 또렷이 깨달을 즈음에야 그가 결박하고 있던 내 몸의 일부를 놓아준다.

"지금 네가 원하는 건, 단지 너를 안아줄 몸이야. 그걸 부인하지 마. 수녀처럼 살 생각이라면 모르지만."

그는 돌아서고, 나는 두 팔로 후들거리는 무릎을 당겨안는다. 눈을 감고 무릎 위에 홧홧이 달아오른 얼굴을 묻는다. 헛구역질처럼 속이 울렁거릴 뿐 아무런 생각도 진척시켜 나갈 수 없다. 그럼에도 그의 돌아섬이 서운해지고, 그 서운함이 두려워진다. 나는 모래펄에 씻겨 나가는 파도의 움직임을 헤아리듯 귀만을 열고 있다. 방문 손잡이를 돌리는 소리, 바짓자락 스척이는 소리, 이어 손잡이가 도로 제자리에 걸리며 내는 금속성 소리. 짧은 공백을 두고, 건넛방 문이 열리는 소리, 찰칵 문이 닫히는 소리. 그리고, 기척의 소강상태……

나는 무릎에 얼굴을 묻은 자세 그대로 숨죽여 운다. 고무질만 남은 껌처럼 종내는 미련 없이 버려진 기분인 채.

모든 사랑은 교전(交戰)이다. 모든 사랑은 패전이다. 모든 사랑은 환멸이다. 나는 맥락에

닿지 않는 문장들을 중얼중얼 이어가면서 새 잔을 채운다. 독약을 들이붓듯 그 잔을 단번

에 들이켠다. 입 안과 식도와 내장이 활활 타오른다. 한 움큼 불덩어리를 집어삼킨 것 같

다. 이 불덩어리가 내 암암한 속엣것 다 살라버리면 좋으리라마는. 그러면 좋으로 라마는.

“나야.”

“…….”

송수화기를 든 채 묵묵부답인 나를 준오가 무심한 척 주시하고 있다. 그 태도가 왠지 신경에 거슬린다. 어머니와 준오, 그리고 나, 세 사람은 응당 그래야 할 것 같은 의무감에 떠밀려 영주댁이 내온 모과차를 마시고 있던 중이다. 말하자면 오랜만에 한 자리에 모인 가족 구성원으로서 나름대로는 성의껏 가족적인 분위기를 연출하고 있었다고나 할까. 나는 다른 손으로 송수화기를 바꿔든다. 무심코, 또는 공연히 그러는 것이 아니라 가능하면 준오와는 먼 쪽으로 송수화기를 가져가려는 것이다.

“나, 정명이다.”

“그래, 알아.”

공백. 짤막한 대답이 그쪽을 당황하게 한 모양이다.

"바쁘니?"

"아니."

다시 공백.

"지금, 나올 수 있니?"

한 음절 음절 힘겨운 발성에서 뚝뚝 끊어지고 있는 대화를 이어 가려고 애를 쓰는 것이 느껴진다. 다시 약간의 공백을 두었다가 대답을 보낸다.

"그러지 뭐."

"여기, 집 앞이다. 지난번 너 내려줬던 데."

"그래."

복잡미묘하게 얽혀드는 심중에 반비례해서 나의 대꾸는 심드렁하기 이를 데 없는 단답형으로 계속 어긋나고 있다. 통화중의 빈번한 공백은 의도한 것이 아니다. 무희가 죽고 난 이후 정명에게서 먼저 걸려온 첫 전화라는 사실이 갑작스런 혼선처럼 비집고 들면서 의식의 장애가 일어났기 때문이다. 전화선 너머 더 이상 할 말이 없어진 정명의 머뭇거림이 전해져 온다. 그는 잡힐 듯 가까운 거리에 와 있다. 그러나 아득히 멀리 떨어져 있는 두 개의 섬과도 같은 거리감이 둘 사이에 가로놓인다. 명명백백한 부재증명처럼 적막한 거리감이다.

"……기다릴게."

"……그래."

그러고도 정명은 얼른 전화를 끊지 못하고 불편한 침묵을 송신

하고 있다. 이윽고 가느다란 한숨 소리와 함께 통화 정지 상태로 넘어간다.

"무슨 전화를 그렇게 받니?"

송수화기를 내려놓자마자 어머니의 가시 감춘 질문이 뒤따른다. 다른 사람은 흔히들 속고 있지만 어머니는 감이 아주 빠른 편이다. 일견 유약해 보이기까지 하는 정숙함 이면의 민첩성, 어머니의 그 숨은 재능을 읽어내는 사람은 몇 되지 않는다. 속내를 잘 드러내지 않는 아버지도 끝까지 어머니를 속인 일은 아마 많지 않았을 것이다.

"나, 나가요."

"널 보러 근처까지 온 모양인데, 웬만하면 들어오라잖구?"

"누구를요?"

"누구든 간에."

어머니는 시치미를 뚝 뗀다. 나는 아무것도 모른다, 라는 말투에 숨겨놓은 진의는 그 반대의 내용이다. 다 알지만 모르는 체 굴어줄 수 있다……. 어머니는 매번 그런 식이다. 비위가 틀려 급기야 나는 필요 이상으로 정색을 하고 필요 이상의 보충 설명을 하기에 이른다.

"방금 전화한 애는, 이애는, 작년에 담임했던 반 반장애예요. 소정이, 현소정이. 나 사표낸 거 알구 찾아온 거라구요."

"그러니? 난 정명이랬나, 그 선뱃가 친군가 하는 남잔 줄 알았구나."

왜일까. 어머니는 왜 이 순간에 정명을 거론하는 것일까. 그리고 나는 왜 이 순간에 준오의 반응을 살피게 되는 것인가. 정명을 반장애라고 둘러치는 거짓말 따위는 어머니에 대한 반발이 아니라 준오때문이었다는 사실을 인정할 수밖에 없을 듯하다. 부지불식간에 뒤를 맞은 사람처럼 멍해 온다. 준오는 무표정하게 찻잔을 기울이고 있다. 어제 새벽 그와의 일은, 또 다른 꿈이었던가. 혹 깊고 끈덕진 무의식이 저지른 환각이었던가. 그에게서는 감정적인 혼선을 전혀 발견할 수 없다. 부대끼는 속을 참아내느라 나만 이래저래 과민해지고 있다.

별다른 긴장감이 없는 짧은 외출인 듯 나는 윈드재킷만을 걸친 빈손으로 신발을 꿴다. 시종 준오를 의식하면서. 적시의 퇴장을 놓친 신참내기 배우의 서투른 연기처럼 물러나는 뒤꼭지가 쭈뼛쭈뼛 도무지 자연스럽지 못하다. 빌어먹을. 까닭 없는 욕설이 침처럼 입 안에 괸다.

현관문을 민다. 습기 많은 바람이 와락 가슴에 안겨온다. 빗방울이 몇 개쯤 이마와 콧잔등에 떨어진다. 멈칫, 걸음을 접고 하늘을 올려다본다. 두터운 먹장구름이 하늘을 뒤덮고 있다. 큰비가 한 차례 쏟아질 것 같다. 안으로 들어가 우산을 내올 마음이 없는 건 아니지만 그 때문에 돌아서기는 싫다. 비가 쏟아지면 후딱 뛰어들어와도 그만인 거리다. 겨드랑이에 두 손을 끼워 넣은 채 종종걸음을 친다. 단 몇 걸음의 이동에도 차가운 바람과 심상찮은 빗방울의 기세를 느낄 수 있다. 실은 요사로운 마음의 요동을 날씨 탓으로 돌리고 있는 것인지도…… 모른다.

정명은 전화로 일러준 대로 그제 새벽 나를 내려준 놀이터 앞에 자신의 핏빛 승용차를 세워두었다. 붉은 매니큐어나 립스틱을 떠올리게 하는 차의 도장(塗裝)은 무희의 고집이었을 것이라고 이제껏 확신하고 있다. 그렇다고 그에게 진짜로 그러냐고 물어본 적은 없다.

그는 보도와 놀이터를 경계짓는 인조목 벤치 등받이에 기댄 듯 만 듯 서서 담배를 피우고 있다. 이틀 사이 그는 더 말라 보인다. 볼 때마다 겨울 은사시나무처럼 앙상해져 가는 남자. 그는, 자신을 발견하자 오히려 걸음새를 늦추는 나를 물끄러미 바라보기만 할 뿐 달리 알은체하는 제스처를 취하지 않는다. 아주 잠깐 한 번 고개 숙여 발치를 내려다본 것을 알은체로 쳐야 하나, 말아야 하나.

벤치 주변으로는 황갈색 플라타너스 잎들이 어지럽게 흩어져 있다. 조금씩 비에 젖어가고 있는 나뭇잎을 밟을 때마다 퀴퀴하고 들큰한 살피듬 냄새가 물씬 피어오른다. 비가 오거나 기압이 낮은 날 유난히 짙어지는 플라타너스 특유의 냄새다. 오래도록 볕 들이지 않은 방 안에 떠도는 노인의 체취와 유사하다. 그런 탓인가, 늦가을의 정취보다는 어수선한 쇠락의 느낌이 더 진하게 다가온다. 그조차, 요사로운 내 심경일 테지. 그 가까이 다가서면서 나는 그렇게 나를 냉소한다.

"왔어?"

반가움도 떨떠름함도 섣불리 내색할 수 없는 관계의 구도를 의

식한다는 것은 불편하고도 부자유스러운 지각 활동이다. 자연 퉁명
스러운 인사가 될 수밖에 없다는 것도 내키지 않는 짓이며.

"괜히…… 왔니?"

정명이 신발 밑창으로 담배를 비벼 끄고는 함부로 내버려두는 것
도, 기껏 달려와서는 발뺌하듯 후퇴하는 태도도, 왠지 못마땅하다.

"괜히고 아니고, 선배 맘을 내게 왜 물어?"

"그럼…… 괜히 왔구나."

풀기 없는 정명의 목소리가 이상한 오기를 불러일으킨다. 슬몃
못되게 굴고 싶어지는 마음인 것이다. 이제 와 언제나 열세일 수밖
에 없던 내 자세를 만회라도 하려는가. 나는 다소 짜증기를 섞어서
그에게 묻는다.

"무슨 일 있는 거야?"

"춥다. 잘 좀 껴입지 그랬니?"

딴소리다.

"바로 집 앞인걸."

금방이라도 돌아설 것처럼 나는 턱짓으로 집 쪽을 가리키며 어
깨를 으쓱 들었다 내려놓는다. 빗방울의 간격이 눈에 띄게 촘촘해
지고 있다. 아닌게 아니라 으슬으슬 한기가 든다. 그가 자신의 자동
차로 다가가서 차문을 연다.

"우선 타라."

"멀린 못 가."

"멀리 가자는 게 아니라 좀 앉자는 거지. 너무 그렇게 도사리니

까 너 같지 않고……."

"나 같지 않음 누구 같은데?"

그의 말끝을 자르며 암팡지게 되받는다. 물론 나는 무희를 염두에 두고 물은 말이다. 맥락이 닿건 닿지 않건 그것은 하나도 중요하지 않다. 그간의 설움을 보상받기 위해 생떼의 수위를 자꾸만 높여가고 있는 미운 일곱 살짜리 작태라는 것도 안다. 그는 어처구니없다는 표정이면서도 온건한 방어로 일관한다. 날 잡아 오냐오냐하기로 작정한 것처럼.

"그냥, 딴사람 같다는 뜻이야."

"말해 봐, 딴사람 누구?"

"공연한 데 기운을 쓰는구나, 너 지금."

"무희? 그래?"

"이진아."

"무희도 없는데 여긴 왜 왔지? 언제나 어디서나 무희가 없어야나였잖아? 아하! 그날 그 일이 걸려서? 뭔가 도덕적인 애프터서비스를 하구 싶어서?"

정명의 표정이 딱딱하게 굳어가는 것을 보면서도 말을 끊을 수가 없다. 끊어지지가 않는다. 악수(惡手)인 줄 알면서, 유치찬란한 핏대인 줄 알면서 자제가 되지 않는다는 것…….

"아님, 바보 등신 같은 여자가 바라봐주는 게 가상해서? 그것도 아님, 무희랑 상관없이 달려왔으니까 내가 감지덕지 감동할 거라구 넘겨짚은 거야?"

　정말이지 서글픈 모노드라마가 아닐 수 없따. 나는 붉어진 얼굴을 가리기 위해 고개를 떨군다. 목덜미에 차가운 물방울이 투둑 떨어지고, 정수리로는 그의 말이 무겁게 떨어진다.

　"이제 보니 너, 점점 무희처럼 되어가는구나. 못쓰게 말이다."

　빗줄기가 굵어지고 있다. 정명은 위스키를 막 세 잔째 스트레이트로 비우고 있고, 나는 소지품 하나 없는 윈드재킷 차림으로 앉아서 바깥을 내다보고 있다. 창가 자리가 비어 있어서 그나마 다행이라고 뜻없이 되뇌는 중이다.

　조그만 일본식 정원이 내달린 카페. 금속 재질을 많이 사용한 인테리어 탓에 예민하고 군살 없는 신경증적 환자의 내면을 들여다보고 있는 것 같은 실내 분위기다. 널찍하게 자리를 차지하는 가죽 소파는 지나치게 푹신하다. 몸의 반쯤이 검은 진흙 속에 파묻혀버린 듯하다. 창밖, 하얀 페인트칠을 한 야트막한 목책 너머로는 정명의 핏빛 자동차가 보인다. 보닛 위에는 목책 안쪽 은행나무에서부터 날려간 노란 은행잎이 어지러이 들러붙어 있다.

　그가 또 잔을 채운다. 안주도 씹지 않는 깡술을 들이부을 만큼 그를 괴롭히고 있는 감정의 실체는 무엇일까. 자학일까, 시위일까. 그는 언제나 그 둘 다였다는 생각이 불현듯 뇌리를 스치고 지나간다. 그의 폭음은 정주(定住)하지 못하는 여자를 접을 수 없었던 자신에 대한 히스테리였을 것이다. 그리고 그 여자에게 가 닿을 길 없는 공허를 과다한 알코올로 과시했던 것이리라. 하필이면 나를 앞에 두고. 무희가 죽지 않았다면 나는 여전히 그의 자학적 시위 현장의 유일한 청중이자 관객으로 앉아 있어야 했을 것이다.

"천천히 해."

그를 말리는 것도 이제는 건성이다. 나는 얼음물에 엷게 희석시킨 내 몫의 술잔을 입술로 가져가 혀를 적신다. 미량의 액체만으로도 입 안이 홧홧하다. 찌르르한 통증이 목젖을 타고 넘어가 혈관으로 달음박질친다.

그는 아직 나를 찾아온 이유를 꺼내지 않고 있다. 이상하게도 그 이유가 궁금하지 않다. 잊었거나 아예 이유란 게 없었거나 발설을 망설이고 있거나……일 수도 있다. 망설이고 있는 것이라면 신중함이거나 우유부단함이거나……일 수도 있다. 서두르지 않는 것과 지연시키고 있는 것의 기준은, 그 차이는 무얼까.

무료함 때문에 무심코 손가락으로 껍질을 비벼 입속에 던져넣곤 하는 땅콩처럼 나는 쓸데없는 생각들을 도르르 폈다 말았다 하면서 과묵한 시간의 골을 메우고 있다. 아무려면 어때. 정말이야, 아무려면 어때. 비 오는 날 이렇게 명분 없는 술 한잔도 나쁠 건 없지. 소금과 식초에 절인 올리브를 씹으며 나지막이 중얼거리고 있다.

그래, 나쁘진 않지.

"뭐라고…… 했니?"

내 웅얼거림이 그의 침묵을 건드린 모양인가, 그가 번쩍 고개를 쳐든다. 마치 그제야 누군가 자기 앞에 앉아 있다는 사실을 까달은 듯이.

"혼잣말일 뿐이야."

"그래……."

그가 고개를 끄덕인다. 그래, 그래, 그래……라는 무의미한 의미
로 넷, 다섯, 여섯…… 끝날 것 같지 않게. 최면으로 이끄는 나지막
한 동어반복처럼. 그는 자기암시적인 끄덕임의 여운을 타고 슬그머
니 침묵으로 돌아서려 하고 있는 것이다. 나는 그의 몽롱한 뒷걸음
질에 딴죽을 건다.

"담배 있음, 줄래?"

그러자 그가 고개를 똑바로 세운다. 그러고도 잠깐 동안은 어리
둥절한 표정으로 주위를 살피면서 졸린 듯한 눈을 끔벅거린다. 흐
리마리한 가수 상태에 빠져 있다 돌아온 사람 같다.

"담배 달랬어."

그가 벗어둔 바바리 코트 호주머니를 뒤져서 라이터와 담배를
꺼내놓는다. 가늘고 긴 담배 역시 무희가 즐기던 것이다. 무희는 그
의 일상 깊숙이 침투해 있다. 젖은 손으로 문지르면 그 빛깔이 묻어
나는 착색염료처럼 무희는 그의 일상 곳곳에 녹아들어 있다. 그와
함께 있으면서 그녀를 떠올리지 않기란 불가능하다는 사실을 인정
할 수밖에 없다.

나는 담배를 뽑아 물고 불을 붙이고 후욱 연기를 날린다. 목의
상태가 좋지 않다는 걸 알면서도 요 며칠새 담배에 손을 대는 횟수
가 부쩍 늘고 있다. 허공에 퍼지는 연기 사이로 그를 건너보며 생각

한다. 무슨 말을 할까. 그가 할 말을 하지 않겠다면 나라도 무슨 말이든 해야 하니까.

"언제 떠나?"

"아무 때고. 지금이라도 당장."

정신을 흐리며 술잔을 기울이던 좀전과는 달리 대답이 즉각인데다 또렷하다. 그 질문이 있기를 기다렸던 것처럼. 이번에는 내가 고개를 주억거린다. 그래, 가라. 가버려라.

밖을 본다. 은행나무는 거의 알몸으로 비바람에 시달리고 있다. 그새 자동차 보닛 위에는 은행잎들이 더 쌓였고, 출입문 양 옆에 수문장으로 세워둔 나트륨 등에는 불이 들어와 있다. 시간에 비해 어둠이 빠른 듯하다. 아직 시간이 일러서인지 비 뿌리는 날씨 탓인지 평소보다 카페의 손님 수도 적은 편이다.

그마침 제현의 선배이며 건축 설계사이기도 한 카페 주인이 계단을 내려오고 있다. 주인은 이층 전체를 작업실 겸 사무실로 쓰고 있는데, 위층에서 아래층으로 내려오는 시각은 대략 다섯시 전후다. 건축 설계사에서 카페 주인으로 직업이 바뀌는 순간이다. 이를테면 퇴근과 동시에 카페로의 출근으로 이어지는 셈이다. 그는 나를 발견하자 가볍게 한 손을 들었다 내리며 바 안으로 사라진다.

"같이 가자."

정명의 입에서 그 말이 불쑥 튀어나온다. 얼른 알아들을 수 없는 말이다.

"……?"

"복잡하게 생각하지 말고, 그냥 패키지 여행 떠나는 기분으로."

제대로 그의 말을 알아듣는다. 알아듣기는 들었는데 알아듣지 못한 것만 못하다. 이거였나? 이 엉뚱하기 짝이 없는 제안을 하려고 날 찾아온 건가? 복잡하게 생각하지 말라는 그의 주문과는 반대로 단박에 머릿속이 복잡해지고 있다. 뜬금없고, 당치 않고, 얼떨떨하고, 뒤틀린다. 부지불식간에 따귀를 한 대 얻어맞은 기분이다. 그는 부드럽게 어루만졌다고 생각하겠지만. 진의를 확인하기 위해 그를 바라보지만 그는 내 눈과 마주치지 않으려고 슬쩍 유리창으로 고개를 돌려버린다.

"흠, 내가 왜 그런 제안을 들어야 하지?"

"……."

"내가 어떻게 대답할 거라고는 생각해 봤어?"

"……."

그는 끝까지 내 눈을 피하고 답변을 피한다. 한숨이 나온다. 그렇게 오래 알아왔고 그렇게 오래 마음을 비껴왔는데, 긴장도 준비도 없이 해프닝처럼 이루어진 그 일 하나가 이처럼 묵은 관계를 뒤죽박죽 만들어버리다니, 놀라워해야 하나, 끔찍스러워해야 하나. 분명한 건, 결코 폭죽 터지는 환희는 아니라는 사실. 급히 꾸리게 된 여행용 짐 속에 함부로 처넣어진 일회용 비품처럼 쉽고 값싼 것이 되어버린 느낌을 떨쳐버릴 수 없다는 사실. 담배 연기를 깊이 들였다가 내뿜으면서 결론을 내린다.

"좋아, 못 들은 걸루 할게."

비로소 그의 고개가 제자리로 돌아온다. 불콰한 낯빛은 위스키 탓만은 아닌 성싶다. 제 딴엔 신중에 신중을 기해서 어렵사리, 어쩌면 도로 목 안 깊숙이 찔러넣고 돌아가고 말 제안을 꺼냈는데 그리 딱 잘라야 하느냐는 노염과 무안함일지도 모른다.

"왜, 어떻게, 그런 식으로 따지지 말고 예스나 노면 알아들어."

"아니, 안 들은 걸루 하겠어. 왜냐면……."

"……?"

담배를 끄고 심호흡을 한 다음 그를 똑바로 쳐다본다. 전처럼 그의 눈을 피하지도 겁내지도 않는다. 모욕감만큼 사람을 굳세게 만드는 것이 또 있을까. 나는 또박또박 말을 잇는다.

"왜와 어떻게라는 질문이 꼭 필요한 제안이니까."

그와 나는 각자 자기 앞에 놓인 술잔을 집어든다. 그는 단숨에 털어넣고, 나는 한 모금씩 끊어서 목구멍으로 넘긴다. 내장이 활활 타오르는 것과는 반대로 심장은 차갑게 얼어붙는 것 같다. 그가 탁 소리나게 술잔을 내려놓는다. 그는 내 반발을 다소 의외라고 생각하는 눈치다. 자신이 내민 달콤한 막대사탕을 내가 떨어뜨려 흙을 묻혀놓았다고 은근히 화를 내고 있는 듯하다.

"내게 한번 기회를 줘봐."

"어떤 기회?"

나는 싸늘하게 되묻는다. 부탁하는 처지의 말투인 듯하면서도 베푸는 입장이라는 흉중이 도리 없이 묻어나고 있는 것이다. 예상치 못한 그의 뻔뻔스러움이 내 속을 더 화끈거리게 한다. 이건 아닌 것이다. 결코 이런 식이어서는 안 되는 것이다. 나는, 다시는 서로를 안 보게 되더라도 어쩔 수 없다, 라고 마음을 다져먹는다.

"다시 시작해 보자는 거야."

내 귀를 의심한다. 방금, 시작……이라고 했나? 그러나 그 스스로도 자신 없어하는 어투다. 나는 어금니를 깨문다. 우릿한 통증이 머리끝으로 뻗친다.

"지난 십 년 가까이 내가 선배한테 말없이 절규했던 거야, 그건. 날 한번 돌아봐달라고, 내 마음을 읽어봐달라고."

"알아. 몰랐다고 하진 않겠어. 내가 무심했지."

"아니. 선배는 절대 무심하지 않았어. 무자비했지. 내 무참함에 대한 무자비 말이야."

"그래서 안 된다는 거니?"

"노. 패자부활전은 싫어. 남은 사람들끼리 다독거리는 척 어거지로 엮어서 시작하고 싶지는 않아서 그래."

나는 스트레이트 잔에 위스키를 채워 한입에 털어넣는다. 기어이 혀끝으로 떨궈내고 만 패자부활전 그 다섯 음절이 부메랑처럼 되돌아와 혈관 여기저기를 찌르며 돌아다닌다. 수십 개의 작은 바늘을 삼킨 것처럼 위장이 뒤틀린다. 패자부활전이란 그에 대한 모독이기에 앞서 나 자신에 대한 모독이다. 그런데도 그의 안면 근육이 한심하게 구겨지고 있다. 저렇게 상처에 민감한 그가 어떻게 그 긴 세월 무희를 감당해 내려고 안간힘을 쓸 수 있었다지? 나는 그를 빤히 쳐다본다. 대단하구나 싶어서, 욕지기처럼 꾸역꾸역 치밀어오르는 조롱을 던져주고 싶어서.

바 너머로 상체를 다시 드러낸 카페의 주인이 엄지와 검지를 동그랗게 맞붙여 흔들고 있다. 주인은 이쪽 테이블의 삐걱거리는 사정을 알 리 없다. 그는 사소하지만 사려 깊다고 할 서비스가 준비되었음을 손가락 사인으로 알려줌으로써 생색을 내려는 것이다. 나는 굳은 낯빛을 풀고 감사의 목례를 보낸다. 예의 바르게, 덕분에 더욱 행복하다는 듯이. 익숙하지 않은 화장처럼 두드러기가 생길 것 같지만, 참는다. 정명은 바를 등지고 있어서 주인의 등장도 오케이 사인도 알아채지 못했다.

"내가 잘못 느끼고 있는 건가?"

그는 지금 내 마음을 이용하려고 드는가. 우위에 서 있다고 믿는 자의 오만한 투정을 그도 당연한 권리쯤으로 여기고 있는가. 너는 나를 좋아하고 있다, 그런데 왜 거부하지? 차마 단도직입적으로 그런 문장을 나열할 수는 없었겠지만, 뜻은 거기서 거기다. 빈도와 강도의 문제일 뿐 사람은 누구나 야비해질 수 있다. 체온이 더 떨어지는 것 같다. 피는 차갑게 식으면 굳는다. 그리고 마음이 싸늘해지면 언사가 난폭해진다.

"제대로 느꼈어. 난 아직 선배를 밀어내지 않았어. 그것까지 부정하진 않아. 단지, 밀어내지 못하고 있다는 게 끌어당길 근거가 되는지를 모르겠다는 거야. 그리고, 배가 고파서 허겁지겁 먹어치우는 간식거리처럼, 썩 훌륭하지 않는 음식에 씻지도 않은 손으로 덤벼드는 식탐꾼처럼, 날 함부로 취급하고 싶지 않다는 거야. 난 정찬이 되

고 싶어. 정찬을 먹고 싶어. 정찬에 꼭 들어가야 할 메뉴는…… 절
실함이야."

"절실함……이라구? 그럼, 내가 절실하지 않다는 거야?"

"선배는 절실하지 않아. 전혀. 그래, 전혀."

"속단하지 마."

"꼭 너가 아니면 안 되겠다는 게 아니고, 너여도 괜찮겠다는 거.
그게 선배가 풀어서 내민 답이지."

정명의 술잔 비우는 속도가 더 빨라지고 있다. 이제는 나도 연이
어 스트레이트 잔을 당기고 있는 터다. 거의 빈속에 흘려보낸 위스
키는 독약이나 마찬가지다. 취기가 오른다. 온몸에 퍼진 실핏줄과
신경줄기들이 물풀처럼 흐느적거린다.

때맞춰 제이비엘 스피커에서는 모차르트를 편곡한 재즈 곡이 끝
나고 '호프만의 뱃노래'가 흘러나온다. 어련할까. 오펜바흐의 〈호
프만의 이야기〉 가운데 2막 '뱃노래'이긴 하지만 원곡 연주 음반은
아니다. 주인이 내게 들려주는 곡은 영화 〈호프만의 뱃노래〉 사운
드 트랙이다. 이 집 주인은 언젠가 내가 한 번 그 곡을 청한 후로는
묻지도 않고 어김없이 그 곡을 건다. 그 곡에 대단히 특별한 사연이
있다고 지레 짐작해 버렸는지도 모른다. 오버센스라고 수정을 하느
니 곤돌라 뱃전에 기대앉아 출렁이는 물살의 흐름에 몸을 내맡기고
있는 체 눈을 감는 편이 낫다.

하지만 오늘은 소파에 상체를 파묻고 지그시 눈을 감기도, 물의
희롱을 느끼게 하는 선율에 청신경을 묶어두기도 쉽지 않다. 잠깐

이라도 눈을 감아보면 심한 뱃멀미처럼 캄캄한 눈앞이 어지럽고 속이 메슥거린다. 두 눈을 억지로 부릅뜨고 사물의 초점을 맞춰보려 애를 쓴다.

밖에는 비가 내리고 있다. 나트륨 등 불빛을 받으며 빗방울들이 잘게 부순 유릿조각처럼 흩어진다. 높직한 천장에서 내려뜨린 풍성한 모빌의 술처럼 음악은 잔잔하게, 달콤하게, 교태를 부리며 실내 공간을 유영한다. 나는 나른하게 떠다니는 음표들을 낚아챌 듯 노려본다. 고양이처럼, 변심한 애인처럼, 발톱을 숨기고. 그러나 음표들은 손가락 사이를 빠져나가는 물처럼 자유자재하게 내 눈의 초점을 벗어난다.

"물어보고 싶은 게 있어. 정직하게 대답해 줬으면 좋겠어."

벼르고 별러서 간신히 꺼낸 말이다. 그것도 취기가 아니었으면 힘들었을지 모를 말이다. 그는 체념한 듯 순순히 고개를 끄덕인다.

"그러지."

"그날 왜 날 안았지?"

내 귓불이 붉어지고 있다. 그도 쉽사리 대답을 찾지 못한다. 묻기도 대답하기도 쉽지 않은 질문인 건 사실이다. 물어서도 안 되며 그 어떤 대답을 내서도 안 되는 질문인 것도 사실이다. 가까스로 그가 입을 연다.

"잘은 모르겠어. 아마 위로가 되리라고 생각했던 것 같아."

정직한 대답일 수도 꾸며낸 대답일 수도 있으리라. 하나 어느 쪽이 되었건 내가 원했던 대답은 아니다.

"고마워."

"뭐가 고맙다는 거지?"

"대답해 줘서. 그리고…… 위로해 줘서."

모든 사랑은 교전(交戰)이다. 모든 사랑은 패전이다. 모든 사랑은 환멸이다. 나는 맥락에 닿지 않는 문장들을 중얼중얼 이어가면서 새 잔을 채운다. 독약을 들이붓듯 그 잔을 단번에 들이켠다. 입안과 식도와 내장이 활활 타오른다. 한 움큼 불덩어리를 집어삼킨 것 같다. 이 불덩어리가 내 암암한 속엣것 다 살라버리면 좋으리라마는. 그러면 좋으리라마는.

"이런!"

누군가의 손이 내 어깨에 턱 얹힌다. 뒤돌아보지 않아도 귀에 익은 목소리다.

"설마, 했더니…… 역시 형이었네."

황당해하는 목소리의 주인공은 괴롭게도 제현이다. 그것도 혼자가 아니고 준오와 함께다.

"어? 누구? 제현이구나?"

정명이 얼떨결에 반갑게, 혹은 반가운 척 제현을 맞는다. 어지간히 들이부었는데도 대처가 제법 신속하다. 둘은 약속 없이 띄엄띄엄 마주치기는 하지만 별도로 왕래를 트고 지내는 사이는 아니다. 띄엄띄엄 마주칠 수밖에 없는 것도 나나 무회가 새중간에 끼여 있었기 때문이다. 둘은 서로에 대해서 비교적 덤덤하다. 그러나 어디까지나 표면적으로 그렇달 뿐, 제현은 정명에 대해 점점 냉담하게 돌아서고 있는 중이다. 정명의 처신을 이해할 수 없다는 게 냉담의 이유다. 인간관계란 모름지기 상대적이니만큼 정명 또한 제현에 대해 드러내지 못할 껄끄러움을 안고 있는지도 모른다. 그런데 거기에다 얽힌 곡절을 모르는 준오가 가세한 상황이라니, 술결의 나로서도 적잖이 당혹스러운 합류가 아닐 수 없다.

"제자가 와서 잠깐 나간다더니 그대로 실종이라고……. 핸드폰 때렸더니 벨은 이층에서 울리고 말야. 언제부터 형이 이진이 너 제자가 되어버렸냐?"

제현이 이죽거린다. 하필 정명이니 못마땅할 터이다. 준오는 꼿꼿한 자세로 날 내려다보고 있다. 비난도 아니고 그렇다고 단순한 관망도 아니다. 그런 준오를 의식해야 한다는 것 자체가 이미 조지 않은 구속이다.

"씹지 마."

여느 때 같으면 빈 주먹이라도 내지르는 시늉이었겠건만 그조차 준오가 걸려서 그만한 대꾸에서 그친다. 취기는 다소 가시는 듯한데 속은 만취 상태에 가깝게 뒤죽박죽이다. 그 와중에 정명이 제현을 끌어당긴다. 하긴 모르는 처지도 아닌데 따로 자리를 잡으랄 수도 없는 노릇이긴 하다. 그렇지만 준오는…… 어쩌라고.

"앉아라. 근데 일행이……?"

"이진이 오라버니. 그저께 캐나다에서 날아왔거든. 그래 술이나

한잔하려고 나왔는데 이진이에다 형까지 여기 와 있을 줄은 몰랐
네."

"강준옵니다."

"아, 네. 오정명, 입니다. 같이 앉으시죠, 뭐."

제현이 정명 옆에, 준오가 내 옆에, 각각 자리를 잡고 앉는다. 새
사람에 맞춰 새 술이 날라져 오고 새롭게 술잔이 오고 간다. 빤한
거짓말이 들통나버린 것쯤이야 아무렇지도 않다. 하나 준오와의 술
자리 동석은 처음 있는 경우인데다 이래저래 편안한 마음이기 어렵
다. 나는 제현을 슬쩍 흘긴다. 제현이 내 항의의 눈흘김을 억울해하
면서 부러 꾸민 짓이 아니니 넘어가 주라는 눈짓을 보내온다. 체념
하는 수밖에 없다. 세 남자는 일상적인 안부와 근황 따위의 가벼운
대화를 주고받기 시작한다.

나는 그들의 대화에 끼여들지 않는다. 대신 소파에 등을 완전히
기댄 채 눈을 감는다. '호프만의 뱃노래'가 가득히 밀려든다. 찰랑
이는 물결과 뱃전에 부서지는 햇살. 수면에서 튀어올라 이마에 닿는
물방울의 감촉. 곤돌라는 미끄러지듯 강의 하류로 들어서고…… 그
리고 치미는 메스꺼움.

나는 몸을 일으켜 급히 소파와 탁자 사이의 통로를 빠져나온다.
그 서슬에 탁자 위에 놓여 있던 무엇인가가 옷자락에 걸려 쓰러진
다. 날카로운 파열음이 뒤를 잇는다. 유릿잔 같은 것이 미끈한 대리
석 바닥으로 떨어지며 내는 소리는 앙칼지고 후련하고 이내 불길하
다. 질서정연한 사유의 단계를 거치지 않고 순식간에 확 달려드는

예감은 정확하다. 사람의 정신을 오그라붙게 만드는 힘이 있다. 그것이 불길함이라면…….

나는 곧장 화장실로 뛰어든다. 변기에다 고개를 처박는다. 욱욱, 속엣것을 쏟아낸다. 시큼한 액체와 으깨진 음식찌꺼기들이 역류한다. 도저히 참을 수 없는 욕지기들이 역류한다. 변기 속에 차오르는 맹렬한 역류의 진상은 끔찍하다. 끔찍한 부유물들이다. 그것들을 내려다보는 퀭한 응시도 끔찍하기 이를 데 없는 풍경이다.

수조의 레버를 당긴다. 쿠르르 쿠르르르 오물이 쓸려 내려간다. 사람은 그 뱃속에 얼마나 많은, 더러운 것, 악취 나는 것, 비틀린 것, 썩은 것, 문드러진 것……들을 다 담고 있는가. 온전한 것. 거룩한 것은 어디로 갔는가. 다 어디에 있는가.

눈가에 삐질삐질 물기가 어린다. 사람의 속은 믿을 수가 없다. 내 속조차도 알 수 없다. 번번이 깨닫고 번번이 속는다.

나는 얌전히 자리로 돌아가 앉는다. 아무 일도 없었다는 듯이, 아무 일도 아니라는 듯이. 그 바람에 열을 올리는 것도 무료해하는 것도 아닌 분위기의 대화가 잠시 중단된다.

탁자 주변은 말끔히 치워져 있다. 그들 중 누구도 내 실수를 지적하지 않는다. 내가 부리나케 화장실로 달려 들어간 까닭에 대해서도 묻지 않는다. 어떠냐, 괜찮으냐, 호들갑스런 걱정을 듣지 않아도 되어서 다행이다. 단, 내가 다시 술잔을 끌어당기자 우려와 만류의 눈길을 조심스럽게들 보내오기는 한다.

정명은 술이 지나친 것 같고 제현은 술이 받지 않는 것 같다. 준오는 겉돌고 있다. 그는 무슨 생각을 하고 있을까. 그의 정신의 외피는 박달나무처럼 단단하고, 그 내면은 호리병 속의 물처럼 깊이를 알 수 없다.

"아무래도 나 먼저 일어서야 할 것 같아."

"어떻게 가려고?"

운을 떼자마자 제현이 냉큼 물어온다.

"콜택시 불러달랬어. 좀 있음 올 거야. 나보다 선배가 큰일이야. 차는 요 앞에 세워뒀는데, 들어오면서 봤겠네? 새빨간……."

"아하!"

"운전할 수 있다고 우길 거야. 제현이 니가 책임지고 말려. 대리운전을 붙여주든지, 방을 잡아주든지, 밤새 붙들고 같이 마셔주든지."

"니 손님을 내게 왜 떠미니?"

"넌 모두의 공통인수이자 그 모두의 수호천사야."

"젠장, 언제는……. 해결사보다야 한결 듣기는 낫다."

"그래 너 엄청 승급했어. 축하해."

정명은 끝내 무표정하다. 자신을 면전에 두고 오가는 나와 제현 사이의 수작을 뻔히 듣고 있으면서도. 그는 불안스러울 정도로 낯색이 하얗게 질린 채다. 그의 안면 백반증은 그가 술이 몹시 과했을 때, 거의 필름이 끊어지기 직전의 상태까지 갔을 때 예외 없이 나타

나곤 하는 증상이다.

어쩌면 그는 내게 화를 내고 있는 중인지 모른다. 아니, 화를 내게 될까 봐, 무슨 불한당 같은, 적반하장이나 다름없는, 그런 억지를 쓰게 될까 봐 입을 꾹 다물고 버티는 것인지도 모른다. 무희에 대한 집요함만 아니라면 대체로 그는 상식적이고 예의 바른 사람이므로 보이지 않는 밧줄로 자신을 꽁꽁 묶어두고 있는 것인지도 모른다. 주사(酒邪)를 공포스러워하는 그이니까. 그러므로 그의 무표정도 일종의 표정인 셈이라고 할 수 있다.

"나도 같이 가지."

준오가 불쑥 끼여든다. 나는 그를 돌아다본다. 그는 자신의 관자놀이에 닿는 내 시선을 무시하고 남은 술잔을 태연히 비운다. 의외라는 듯 제현이 되묻는다.

"형이?"

"이진이 혼자 보낼 수는 없잖나? 속도 불편해 보이고, 밖은 어둡고."

"난 됐어. 남정네들끼리 한잔하는 게 부담 없어 편할 거야. 나 신경 쓰지 말고 더 있다가 와."

"어제 일도 그렇고…… 암튼, 택시 오면 같이 일어서는 걸로 하자."

하필 이 순간에 어제 새벽의 일을 꺼내는 저의란 입막음일 게 분명하다. 당혹감이 덮치는 찰나에도 세차게 끌어당기던 그의 입술이 생생하다는 건 지독한 환멸이고.

　나는 귀밑이 확 달아오르는 것을 감추기 위해 정명의 담배를 끌어다 불을 붙인다. 이를테면 가벼운 반항이라고도 할 수 있는. 준오는 다소 엄한 눈빛이긴 하지만 노골적으로 흡연을 제지하지는 않는다. 정명은 신경을 곤두세우고, 제현은 고개를 갸웃거린다.

　"어제 일? 어제 무슨 일 있었어?"

　결국 제현이 나선다. 궁금한 건 그냥 넘어가지 못하는 성미다.

　"아버지 일로 좀 심약해졌던가 봐. 정신을 놓친 걸 보면."

　준오가 적당히 둘러댄다. 나는 담배 연기를 날리며 속으로 중얼거린다. 그래, 저렇게도 말할 수 있겠구나. 은근히 약이 오르지만 내색할 수는 없다.

　"얘가? 정말? 어디, 집에서?"

　"어머닌 모르신다. 너 공연히 수선 떨지 마라."

　"나 참, 형도. 그나저나 별일이네, 저 거북이 등껍질 같은 강심장이?"

　어쩌자고 나는 제현의 눈에만 거북 등껍질 같은 강심장의 존재일까. 무희로 인해, 정명으로 인해, 번번이 넘어지고 깨어져서 철철 피를 흘리고 있는데…….

　종업원이 다가와서 콜택시가 도착했음을 일러준다. 정명을 본다. 난감한 얼굴을 하고 있다. 떠넘기다시피 제현과 붙여두고 가버린다는 건 어찌 되었건 경우가 틀린 일이다. 그렇다고 그만을 향해 어떤 말을 남기기도 쉽지 않은 상황이다.

　"미안해, 선배. 나 먼저 갈게."

"아까 그 얘긴⋯⋯."

"잘 다녀와. 떠나기 전에 통화나 한번 하든가."

그의 말을 자르고 내 말을 덧달자, 정명의 안색이 더욱 하얘지는 것 같다. 실의와 체념과 분노는 그의 몫만이 아니다. 그 사실을 그가 철저히, 그리고 처절히 깨달아주었으면 좋겠지만 그렇지 못하더라도 내 잘못은 아니질 않는가. 꼭 그의 잘못이라고 하기에도 적절치 않다. 어긋남이란, 딱히 누구 한 사람만의 과실로 못박을 수 있는 성질의 사건은 아니니까. 쌍방 과실이란 것도 있는 것이니까.

비는 그쳐 있다. 대신 뿌옇게 차오른 안개가 어둠 속의 모든 사물들을 포위하고 있다. 이 도시에서 안개는 친숙한 자연 현상이다. 미세한 물방울들이 운집하여 거대한 그물망처럼 도시 전체를 덮어 씌워버리는 일이 잦다. 안개의 빈번한 발생에도 불구하고 막상 그 속에 갇힐 때마다 나는 막막해지곤 한다. 축축하고 흐릿하고 몽롱한 대기가 내 생의 앞에 놓인 모든 길들을 감추어버릴 것만 같은 비현실적인 상실감 때문이다. 지금도 일상의 저녁 시간이 아닌, 낯선 시간 낯선 공간 속으로 빨려들어 가는 느낌이 든다.

"그래⋯⋯ 안개가 대단했었지. 이제야 돌아온 것 같은 기분이 드는군."

붕괴 직전의 낡은 벽에서 십수 년 전 악동 무렵 휘갈겨놓은 낙서를 찾아낸 청년의 감탄처럼 준오의 목소리가 부풀어오른다. 나는 그의 감회를 모른 체한다. 정확히 말하면 그는 돌아온 것이 아니지 않은가. 잠시 다니러 온 것일 뿐. 나는 입을 꾹 다문 채 그가 차문을 열어준 택시에 오른다. 그도 서슴없이 내 옆자리에 올라탄다. 운전사가 룸미러로 뒤를 살피며 묻는다.

"어디로 갈까요?"

내가 여전히 아무 말을 않고 있으므로 목적지를 일러주는 것은 그의 몫이다. 그런데 정작 그가 운전사에게 짤막하게 일러주는 지명은 집 동네가 아닌 엉뚱한 곳이다. 항의 조로 그를 쳐다본다. 이번에는 그가 나를 모른 체한다. 나는 차창 밖으로 고개를 꺾어버린다. 그로써 그의 일방적인 행선지 변경에 암묵적 동조를 한 셈이다.

택시는 이면도로의 유흥가를 관통한다. 지름길을 택했겠지만 결코 유쾌한 코스는 아니다. 도로변은 물론, 안쪽 골목 깊숙이에까지 술집과 여관과 오락실이 즐비한 환락의 거리인 것이다. 학교에서 사라지는 아이들 중 몇몇은 필경 저런 곳을 기웃거린다. 아예 생활의 터전으로 자리 잡은 아이들도 있다. 청소년 출입 통제 구역이란 표지판은 허울이다.

평소에 비해 차량의 흐름이 원활하지만 인도는 행인들로 북적거린다. 개중에는 수능을 치른 고등학교 예비 졸업생들도 상당수 섞여 있으리라 싶다. 비 뿌린 뒤끝에 기온이 뚝 떨어졌는데도 별 영향을 받지 않는 모양이다. 호객꾼들이 이미 몸가짐이 풀린 취객들을 붙잡고 늘어지는 광경도 더러 눈에 띈다. 술집이나 상점들도 거의 연말 대목의 분위기다. 곧 십이월로 들어서면 크리스마스 트리 장

식이나 캐롤도 등장할 것이다. 화려한 네온 간판들은 안쓰러운 명
멸로 얄팍한 지갑들을 노리고 있다.

"여긴 정말 놀랍게 변했군. 이걸 발전이라고 해야 하나?"

"웬걸요, 언제 바닥을 치게 될지…… 없는 사람만 죽어라 죽어
라 하는 거죠, 뭐."

빈정거림이나 다름없는 준오의 혼잣말을 기사가 착실히 받아서
넘겨준다. 동문서답이지만, 각자의 입지만큼은 여실하다.

"내 수입을 봐도 그렇고, 택시 손님들만 해도 다 죽겠다 죽겠다
하는데, 뭘 근거로 흑자입네 호황 무드입네 복장 터지는 헛소릴 해
대는지들. 저런 데 나와서 껍죽대는 젊은것들이야 지 부모 등골 빠
지거나 말거나……."

표시등도 없이 갑작스레 끼여드는 자가용 승용차를 슬쩍 비키느
라 차체가 쏠린다. 그 바람에 준오에게로 닿을 듯 몸이 기운다. 나
는 얼른 등뼈를 곧추세운다. 기사는 투덜거림을 멈추고 핸들 중앙
의 클랙슨을 두 번 거칠게 내리친다. 언제나 화를 낼 준비가 되어
있는 사람 같다. 타인을 향해, 세상을 향해. 조금도 펴지지 않는 가
계의 주름살 때문에, 만연한 불평등 때문에. 아마도 자신의 무능과
부족함까지도 가난한 부모와 사회 탓으로 돌릴 테지. 학교에서 사
라지는 아이들의 무책임한 항변처럼. 하긴 아이들의 그 무책임도
부모와 사회로부터 승계받은 것일 테고, 그 항변도 때로는 정당한
것일 테지만.

"정치판을 보면 이 나라, 아직 까마득해요, 까마득."

기사는 그렇게 말해 놓고서 뒤를 흘끔 넘겨다 본다. 준오조차도 아무런 반응을 보이지 않자 시큰둥해져서 입을 다문다. 공익적 다변에 정의로운 다혈질을 인정받지 못한 기사의 심사가 삐끗 틀어졌다는 것은 그가 잡고 있는 운전대를 통해 충분히 짐작이 가는 바다.

기사의 논평이야 틀리지는 않았더라도 새삼스러울 것도 없다. 누구나가 다 아는 사정이다. 경기 회복세를 나타내는 그래프는 어차피 속임수다. 표본에 따라 오차의 널을 뛰는 게 통계의 맹점이 아닌가. 목적이 분명할수록 리서치 문항은 정교한 트릭에 의해 배치되고 있다. 그 사실을 모르지 않으면서도 뉴스를 제작하는 방송사는 희망적인 도표와 함께 백화점 명품관으로 해외 리조트 콘도로 부화뇌동 달려가는 유한 계층의 북새통 행렬을 보여주느라 필름을 낭비해 대고 있다. 전날 노숙자의 다가올 겨울나기와 무료급식소의 길게 늘어선 줄을 보도했던 앵커우먼은 주가 반등이 절대 의심할 수 없는 경제 회복 현상임을 강조라도 하듯 자신감 넘치는 미소를 짓고 있지 않았던가.

백화점에서 쇼핑할 처지가 못 되던 혜미는 그런 빈부의 부조화를 코웃음 치던 아이다. 그 아이는 교사의 것이든 급우의 것이든 훔치거나 뺏으면 된다는 생각을 아무렇지도 않게 했고, 또 그렇게 실행했다. 죄의식은커녕 자랑스러움을 숨기지 않던 아이였다.

그 혜미도 저 뒷골목 어느 지하 단란주점에서 탬버린을 짤짤 흔들어대고 있을지 모른다. 그 상상은 그래도 좀 낫다. 그 아이는 상상보다 훨씬 더 나빠졌을 수도 있다. 본드 따위는 벌써부터 가소로워졌을 것이고, 술 취한 남자들을 여관방 침대로 끌고 가는 짓쯤은 맥주 한잔 함께 마셔주는 일만큼 대수롭지 않은 부업에 해당될 것이다. 화장은 점점 짙어져 이전에 알던 사람들이 그 아이를 알아보는 일은 드물어질 것이고, 공중목욕탕에 가는 것처럼 부끄러움 없이 산부인과를 들락거릴 것이다. 그리고 이제는 누군가를 옆구리에 끼고 버젓이 백화점으로 명품 숍으로 쇼핑을 다니기도 하겠지. 손가락에는 이미테이션 반지를 끼었을망정.

혜미 부류의 아이들은 매년 있어왔다. 수업을 맡은 반을 돌다 보면 어느 날 문득 보이지 않게 되는 아이들이 있게 마련이었다. 전학이나 건강상의 이유가 아니라 무성한 뒷소문을 남기며 사라지는 아이들. 간혹 돌아오더라도 얼마를 못 버티고 다시 제 발로 뛰쳐나가는 아이들. 지난해 담임을 맡았던 반에서도 혜미를 포함해 두 명의 최종 낙오자가 났다. 뜻밖에도 가정 형편이나 가망 없는 성적이 무단 이탈의 사유가 아니었다. 이제는 점차 가정 사정 같은 것은 편견에 불과하다는 사례들이 늘어가는 추세다.

혜미는 상담실로 불려와서도 기죽지 않았다. 혼자 감당하다 봉변이라도 당할까 봐 국어과 동료 김 선생에게 그저 앉아 있기만 해달라고 부탁을 해놓았는데도. 그래서 그 아이가 더 기고만장했을 것이라는 건 나중에야 깨달은 사실이었지만. 질타와 도덕으로 싸바른 훈계를 묵묵히 듣기는 하는구나 싶던 혜미가 번쩍 고개를 쳐들었을 때의 눈빛을 잊을 수가 없다. 단순히 되바라지다는 표현으로는 턱없이 모자랐다. 그 아이가 내뱉은 말은 더욱 지독했다. 반은 욕설이었고, 나머지 반은 경멸이었다.

아 씨발 짜증나네. 내 인생 내가 즐기겠다는데 지년들이 왜 지랄이야? 늙은 교장도 딸 같은 여선생하고 붙어먹는 판국에. 선생님, 내가 틀린 말 했어요?

나는 끝내 혜미의 따귀 한 대 올려붙이지 못했다. 그날 상담실 문을 밀치고 나간 사람은 퇴학의 엄포에 몰린 혜미가 아니라, 힘에 부친 내가 아니라, 김 선생이었다. 그는 창백했고, 몹시 허둥댔다. 숫기 적은 그는, 무희에게 은근한 마음을 품고 있던 위인이었다. 가엾게도.

"다 왔는데요?"

택시 기사가 강변공원 입구의 청동 조형물 아래 차를 세운다. 준오는 왜 여기를 오자고 했을까. 그에게 어떤 의미를 지닌 곳이기에. 그를 뒤따라 택시에서 내린다. 허방을 딛는 것처럼 발 밑이 쿨렁 가라앉는다. 무릎이 꺾이기 직전에 준오가 얼른 내 팔을 붙든다. 나는 그를 내버려둔다. 뿌리치는 것이 오히려 어색할 터이다. 아니다. 솔직하게 들여다보자. 그렇군. 나는 확실히 그에게 너그러워져 있군.

"계속 안 좋니?"

나는 택시에서 내리기 전부터 손바닥으로 입을 틀어막고 있었다. 내가 겨우 손바닥 하나로 가리려는 것이 무엇인지 모르겠다. 신음인지 울음인지 토악질인지…… 사람들인지 세상사인지 하늘인지…….

"물어보지도 않고 내 맘대로 한 게, 너한텐 무리였나 보다."

아무리 기억을 되살려봐도 이렇듯 조심스럽고 부드러운 그의 말투는 처음인 성싶다. 그의 뜻하지 않은 따뜻함이란 낯섦을 떠나, 한 번도 맛보지 않은 음식의 풍미가 최초로 혀끝에 닿을 때처럼 오감을 긴장시키는 데가 있다.

"됐어. 그냥…… 언짢은 생각을 좀 했어."

"넌 생각이 너무 많아 탈이다."

생각이 많다고? 실소를 금치 못하겠군. 십 년 가까이 그와 나는 떨어져 살았다. 그가 돌아온 지는 겨우 이틀밖에 되지 않았으며, 십 년 전의 그 이전에도 살갑지는 않았었다. 데면데면이다 못해 신경의 날을 세우고 지냈었다. 차라리, 원수의 자식 간처럼, 이라고 할 만하게. 그나마 십 년 전의 그 이전이란 세월도 육, 칠 년 남짓에 불과했다. 그런데 나더러 생각이 많다고? 그가 날 어떻게 알아서?

호흡을 고르는 체하면서 슬그머니 그에게 붙들린 팔을 빼낸다. 그러자 그가 걷기 시작했으므로 엉거주춤 그 뒤를 따를 수밖에 없다. 그의 뒤꼭지에다 대고 볼멘소리로 묻는다.

"근데, 이 밤중에 꼭 여길 와야 했어?"

그가 걸음을 멈춤과 동시에 몸을 돌려세운다. 그 바람에 내 얼굴이 그의 가슴팍에 닿을 뻔한다. 이상하게도 심장이 두근거린다. 느닷없이 기지개를 켜는 제 안의 요사스러움이란 타인을 현혹시키기에 앞서 먼저 자신을 당혹스럽게 만드는 것이기도 하다.

"돌아갈까?"

"싱겁네."

"저 집 말야, 저게 그대로 있다고 해서. 제현이 놈한테 물어봤거
든."

그가 턱짓으로 가리키는 곳은 공원 내 자리 잡은 카페 '연못'이
다. 몇 가지 간단한 식사와 차 종류, 그리고 맥주 정도를 갖춘 경양
식집 수준의 카페. 새로 생긴 시내의 수많은 카페나 바들에 비하면
실내 장식이나 집기들이 지나치게 소박해서 촌스러울 지경이었다.
단지 흐르는 물살을 단절 없는 프레임으로 내려다볼 수 있는 지리
적 조건이 여태 그 이름을 존속시켜 왔달 뿐, '연못'의 전성시대는
그 앞을 흐르는 강물처럼 흘러간 지 오래다. 상류나 하류 쪽으로 깔
끔하고 매혹적인 외관을 한 카페들이 우후죽순처럼 들어선 사정도
한 원인일 것이다.

젊고 세련된 연인들은 '연못'을 찾지 않는다. 옛날 영화를 보며
여전히 감동하는 정서적 복고주의자들이나 낡은 추억의 깃을 만지
작거리고 싶은 날 혼자서 혹은 둘이서 조금은 처연하게 들어서는
장소인 것이다. '연못'은 그들을 위해 존재하는 시간의 유적지로
쇠락해 가는 중이다. 쓸쓸하기는 하지만 아직 발걸음 끊어지지 않
은 유적지에서 불현듯 확인하게 되는 근원적 뿌리의식처럼, 변함없
이 카운터를 지키고 있는 나이 든 숙녀에게서도 동일한 안도감을
느끼지 않을까. 나이 든 숙녀 역시도 하나둘 늘어가는 잔주름에 침
식되어 가고 있기는 하지만.

"주인도 그대로야. 그게 언젯적부터였나? 암튼…… 그래."

"자주 와?"

"요즘은 안 와. 전에 무희랑 가끔……."

혀는 재빠르다. 부지불식간에 툭 튀어나오는 이름, 무희를 발음하고 나면 혀끝이 돌돌 말리는 것 같다. 혀에도 형상기억세포가 포진하고 있는 모양이다. 머리와 가슴에 앞서 독자적으로 움직일 때가 있다. 이따금, 그러나 치명적으로.

"무희……? 친구?"

"……."

그가 카페의 출입문을 열고 내가 먼저 안으로 들어갈 수 있도록 비켜서면서 묻는다. 평범한 질문이었을 것이나 이번에는 혀가 굳어서 움직이지 않는다. 나는 서두르는 걸음으로 준오를 지나쳐버린다. 그가 보았을 내 표정에 자신이 서지 않는다.

실내는 거의 그대로다. 변화가 없다는 건 무욕(無慾)인가, 침적(沈積)인가. 강바닥에 쌓인 모래흙이 오랜 세월을 견뎌 이루어낸 수성암(水成岩)처럼, 달뜨거나 비루한 태 없는 여주인은 카운터에 앉아 들어서는 사람들을 잔잔한 눈인사로 맞는다. 조명은 어둡지도 밝지도 않게 조절되어 있다. 너무 환하면 유리창에 실내의 구조가 그대로 투영돼 강 풍경을 전혀 즐길 수가 없기 때문이란다. 비록 검은 실루엣뿐인 건너편 산자락과 천천히 흐르는 강물이 풍경의 전부이지만. 그조차 유리창 가까이 이마를 대고 눈을 가느다랗게 좁혀 떠야 윤곽들을 알아볼 수 있다.

"앉자."

성큼 뒤따라온 준오가 의자를 빼준다. 그의 낯선 친절은 따뜻함이 아니라 짧지 않은 외국 생활중에 몸에 밴 습관일 수도 있겠다. 그와 나는 의자의 간격을 띄워 앉았으되 나란히 유리창을 향한 채다. 그가 기대했을 강 풍경은 낮은 조도에도 불구하고 가늠하기 어렵다. 대신 주변의 사물들을 배경으로 두 사람의 모습을 흐린 거울 속인 듯 얼비추고 있다. 다시는 이곳에 오지 않겠다는 맹세 따위를 품은 적은 없지만 어딘지 작심을 어긴 것 같은 불편감이 앉은 자세에서도 풍겨 나오는 성싶다.

나는 딱딱한 등받이에 상체를 기대본다. 편치 않다. 팔짱을 끼고 다리를 꼬아본다. 작별의 통보를 받은 여자의 꾸민 도도함이 그러하듯 어색하고 그래서 애처롭다. 카메라 테스트를 망친 배우 지망생처럼 점점 울상이 되어가는 여자, 저 여자…….

저 여자가 진정으로 두려워하는 것은 무엇일까. 삶일까, 죽음일까. 치미는 뜨거움을 삼킨다. 그 뜨거움이 기어이 무희를 불러내고야 마는 것을. 나는 등뒤로 다가서는 무희를, 안개처럼 휘감기는 그녀를 느낀다. 창유리 속에서 그녀는 내 어깨를 지그시 내리누르며 웃고 있다. 불을 삼킨 새처럼 내 심장도 녹아 없어지리라……던 무희. 스스로 불의 혓바닥이 되어 남은 사람들의 심장에마저 깊은 화인(火印)을 남기리라……던 무희.

나는 평정을 잃는다. 너는 마녀야. 저리 가. 널 보고 싶지 않아. 기억하고 싶지 않아. 너의 그 혓바닥이 더 이상 내 심장을 핥게 내 버려두지는 않겠어. 도리질을 치며 두 눈을 꽉 감았다 뜬다. 그녀는 사라지고 없다. 창유리 속에는 준오와 나, 둘뿐이다. 가벼워진 어깨를 손바닥으로 쓸어본다. 준오가 그런 내 기미를 창유리를 통해 읽어내고 있다.

"괜찮겠어?"

"무서워. 점점 무서워져."

"너 왜 그러니?"

"그애가 자꾸 날 찾아와. 오지 말래두, 내쫓아두, 그앤 지 맘대로야. 뭐든 막무가내야. 원래 그랬어."

"이진!"

그가 내 팔을 잡고 흔든다. 그를 돌아다본다. 나는 그의 안타까운 눈동자 속에 든 나를, 눈가가 젖은 나를 깨닫는다. 그리고, 한 번도 정면으로 부딪쳐본 적이 없는 질문을 자신에게 던진다.

그는 누구인가……..

겨울 초입으로 들어서는 바람결이 심술궂다. 비는 벌써 잦았는데 아직 중부지방은 태풍의 영향권 안에 있는 모양이다. 내륙에 갇힌 바람은 잔뜩 골이 난 사람처럼 곰삭은 목조 창틀을 와랑와랑 흔들어대고는 한풀 꺾여 물러나는 시늉을 했다가 재차 돌진하는 식으로 단속적인 시위를 하고 있다.

준오는 팔장을 낀 채 벽에 기대서 있다. 그는 자기 방으로 돌아가지 않고 내 방으로 따라 들어왔다. 제지나 허용의 겨를이 없었다. 나는 그더러 나가달라고 말하지 않았으나 의자를 권하지는 않았다.

어렸던 한때 그를 의식해 열쇠로 방문을 걸어 잠그곤 하던 일들이 기억의 조작처럼 여겨질 정도로 나는 그의 입실을 스스럼없이 받아들이고 있다. 처음부터 의좋은 남매이기라도 했다는 듯이.

정말 놀라운 일이군. 안 그래, 함이진? 내 속의 두 자아(自我)가 서로를 빈정거린다. 그래 놀랍다. 그런데 어쩐지 너 같지가 않아. 느끼겠니? 차고 미끈한 물체가 의식의 표면을 휘익 훑고 지나간 뒤처럼 모골이 송연하다. 무엇인가를 느낀다는 것, 그것은 경고가 아닐까. 마음의 구속에 대한 경고.

"계속 그러구 있을 거야?"

그러고 있으니 신경이 쓰인다는 투로 말해 보기는 하지만 피차 이상한 겨룸과 침묵으로 빠져들지 않게 하기 위한 형식적인 화술일 뿐이다. 그의 시선은 줄곧 맞은편 어느 한곳에 고정되어 있다. 뭔가 관심을 이끌어낼 만한 것이라도 발견했을까. 어떤 재미난 소품이나 특별한 장식품 따위를 줄줄이 늘어놓고 지내는 취향이 아니어서 뭘 저렇게 오래 쳐다볼 것이나 있을까 싶다. 무심코 그의 시선을 좇는다. 그제야 휴대폰 단말기의 깜빡이는 붉은 램프가 내 눈에 들어온다. 그러나 그의 시선은 단말기에서 비켜나 있다. 그는 다른 것을 보고 있다.

책상 위에 두고 나갔던 휴대폰 단말기의 액정 화면에는 부재중에 걸려온 전화의 횟수가 찍혀 있다. 다섯 통 전부 정명이거나, 어쩌면 그 가운데 두어 통쯤은 제현이거나. 파트너까지 바꾸어버린 술자리 뒷시중에 제현은 속을 푹푹 썩이고 있겠지. 그 심성에 내놓고 내색은 못하고.

그나저나 정명은 괜찮은가 몰라. 그의 제안은…… 잊어버리자. 내일쯤이면 그도 그 자신의 제안을 부끄러워하지 않을까. 나의 거절을 가소로워하거나, 허세를 부리는 것으로 오해하거나…… 그러지 않을까. 그래서 까맣게 잊어버리고 싶을지도, 까맣게 잊어버린 척 굴고 싶을지도 모르는 일이다.

휴대폰 배터리를 몸체에서 분리해 전원을 차단시킨다. 제현이라면 집 전화로 걸 수도 있을 것이고, 정명이라면…… 정명의 전화라면 받고 싶지 않다. 최소한 오늘만큼이라도.

"저어기."

준오가 여전히 등을 벽에 붙인 채 팔짱을 풀지 않은 자세 그대로 턱을 치켜든다. 나는 그의 턱짓이 가리키는 방향으로 다시금 눈을 돌린다. 소지품들이 널려 있는 책상 위나 대충 그 어름쯤이다. 특별히 그의 관심을 끌 만한 것은 눈에 들어오지 않는다. 나는 으쓱 들었다 놓는 어깻짓으로 뭘? 이라고 묻는다.

"액자 같은 걸 떼내서 생긴 자국 말야."

아, 용케도……. 골판지 무늬의 낡은 부직포 벽지에 생겨나 있는 엽서 두 장 크기만한 직사각형. 그의 말대로 액자를 떼내고 나니 그 자국이 남았다. 사진 액자였다. 무희와 내가 동시에 웃음을 터뜨리는 순간을 포착해서 정명이 셔터를 눌러주었던 사진. 환하고 개운한 폭소뿐, 시간대와 배경이 모호해서 즐거운 엇갈림이 난무했던 사진. 무희가 그렇게 가고 나서 액자를 걷어낼 때, 그 도려낸 듯 반

듯한 도형을 보며 혼잣말을 했다. 저건 흉터일까, 흉터 아물고 돋은 새살일까.

사진은 액자째 태워졌다. 그녀는 또 한 번 일렁이는 불구덩이 속에서 사지가 오그라붙는 화형에 처해질 수밖에 없었다. 나는 미안하다고, 그렇지만 네가 너무 무섭다고 물기 없이 말했다. 흐느끼지도 않았고 그녀를 가여워하지 않았다.

방 안에 널린 온갖 잡다한 사물들을 다 놔두고 하필 그는 그 빈 자리를 더듬는 것인지. 빈 자리, 부재에 대한 그의 과민은 어쩌면 그가 내밀히 숨겨온 지병이지 않을까. 나는 액자 자국에 대해 어떠한 설명도 달지 않는다. 묵비의 의미가 봉인임을 그라면 알아먹을 테니까.

"아래층에 가서 뭐 마실 거라도 좀 가져올까?"

그는 단호한 손사랫짓으로 나의 딴소리를 갈아엎는다. 그가 다짜고짜 취조하듯 묻는다.

"도대체 무슨 일이 있었니?"

그의 질문의 의도는 명백하다. 그는 봉인을 풀고 상자를 들여다보고 싶어한다. 핵심을 건드리고 싶어한다. 나는, 일단은, 얼버무린다.

"무슨…… 말이야?"

"너에게, 아버지에게. 어머니에게도 그렇고. 말하자면 이 집에서 일어난 일들을 묻고 있는 거야."

"이 집에서 일어난 일들? 그야, 세상 어느 집에서나 일어나는 일들이겠지. 반목하고 화해하고, 떠나고 남고, 더러 돌아오기도 하고……. 세상 어느 집에서나 일어날 수 있는 일이라면 아무 일도 일어나지 않은 것이나 다름없어."

그가 등을 기대고 있던 벽에서 떨어져 나와 방의 중앙에 놓인 의자로 다가간다. 꼭 세 걸음째. 그는 의자에 앉지 않고 의자 등받이의 윗부분을 아귀 힘이 꽉 느껴지도록 두 손으로 움켜잡는다. 그가 나지막이 읊조린다.

"말장난하지 말자."

쩌렁쩌렁한 고함질보다 더 의압적이다.

"나, 말장난하는 거 아냐."

"좋아, 그럼?"

찌를 듯 날카로워진 눈빛이 버겁다. 그의 존재는 여전히 내게 수수께끼다. 풀 수 없는, 정답도 오답도 비켜가는 난해한 수수께끼.

"말하고 싶지 않아."

"왜? 내가 남이라서?"

"그런 말이 어딨어?"

"그렇다면 왜 내게 연락했니? 날 불러들였으면 뭔가 제대로 된 설명이 있어야 할 것 아닌가?"

나직나직 말을 시작했던 그가 점점 언성을 높이고 있다. 나는 숨을 한번 고른 다음 차분하게 대꾸한다.

"정확하게 말해서 오빠에게 연락한 건 엄마야. 난 오빠한테 연락이 간 줄도 모르고 있었고. 그러니까 알고 싶음 엄마한테 물어봐야 할 거야. 그리고…… 오빨 기다린 사람은 엄마야."

내 말이 떨어지는 순간 그의 안색은 창백해지고 힘이 들어간 어깨는 맥없이 수그러든다. 그는 몇 번 고개를 주억거리고는 의자에 털썩 주저앉는다.

빈틈 없이 창문을 닫고 잠금쇠로 조이기까지 했는데도 스며드는 바람에 커튼자락이 들썩이고 있다. 헐거운 창틀은 요란하다. 간헐적으로 덜컹 소리를 내거나, 쨍한 바람끝이 감지될 만큼 유리의 표면을 바르르 떨어대게도 한다.

그는 두 손바닥으로 마른 세수를 하다가 문득 동작을 멈춘다. 손바닥으로 감싸듯 하관을 가린 채다. 눈동자는 초점 없이 흔들리고 있다. 저대로 어떤 생각을 하는 것일까.

그는 균형을 잃어가고 있다. 그것도 급속하게. 내 마지막 말이 틀린 건 아니지만 그 말 때문이라는 건 맞다. 무책임한 말이었지만, 그렇더라도 저러는 건 그답지 않다. 곤두서는 경우는 있어도 가라앉는 경우는 특히 볼 수 없었던 그다. 뜻하지 않은 방향으로 뒤틀려버린 그의 심경이 나를 불안하게 한다.

또 한 차례 유리창이 세차게 덜컹거리고, 페티코트 위의 롱 스커트처럼 커튼자락이 둥그렇게 부풀어오른다. 창을 통과한 바람이 이 묘한 기류를 형성하는 주범이거나, 창밖에서 안을 엿보며 간섭을 하는 누군가가 있는 듯하다. 오오, 어떤 보이지 않는 사악한 힘…….

그가 얼굴에서 손을 떼면서 내게 묻는다.

"적어도 너는 아니라는 거지?"

그의 자조 섞인 물음을 나는 머쓱한 얼굴로 되받을 수밖에 없다.

무엇이 아니라는 것인지. 그가 힐책하는 나의 부인이란 무엇인지. 그에게 연락하지 않은 것? 그에게 이 집 식구들에게 일어난 일들에 대해서 말하지 않겠다는 것?

그는 내 둔감에 실의를 감추지 않는다. 들릴락 말락 불분명한 목소리로 자신의 물음에 스스로 답을 잇는다.

"날 기다린 사람……."

겨울이 깊어지면 또 한 해가 가리라. 어떤 것들은 해를 넘겨서도 기억되고, 어떤 것들은 해가 가기도 전에 잊혀지리라. 추억으로 버티는 생은 망각으로 견디는 생보다 고달프리라. 속절……없으리라.

기억은 기록이 아니다. ……기억이란…… 바래거나 덧칠이 되거나,

꼬이거나 부풀려지거나, 잊혀지거나 무너지거나…… 하면서 매번 새

롭게 조명되거나 조작되는 속성을 지닌 그 무엇. 자생(自生)과 자활(自

活)과 자멸(自滅)의 생물체적 생명성과 순환성을 가진 그 무엇. 더욱이

그 어떤 경우에도 가증스러운 진실인 그 무엇. 그런 것이다.

율리시즈가 보이지 않는다. 늦잠 자고 난 날의 버릇대로 주방에서 커피부터 한잔 들고 나와 거실창 앞으로 다가서는데 어쩐지 썰렁한 분위기가 느껴져 내다보니, 그랬다. 사라지고 없었다! 율리시즈만이 아니라 개집과 플라스틱 밥그릇과 녀석이 제 집 밖에서 어슬렁거리다가 자주 엎드려 있곤 하던 군용 담요도 말끔히 걷혀진 뒤다. 녀석의 구역 전체가 사라져버린 것이다.

아버지의 죽음 이후로 거의 짖지 않아서 율리시즈의 무기척을 부재로 연결시키지 못한 채, 오늘은 유난히 더 조용하구나, 그리만 여기던 참이었는데 어떻게 된 노릇인가. 간밤에 준오와 '연못'에서 돌아올 때만 해도 율리시즈는 분명 있었다. 그 육중한 몸뚱어리를 축 늘어뜨리고 우멍한 눈빛으로 날 올려다보았던 듯싶은데……

가만, 정말 그랬나? 아니면, 그저 그랬으리라는 짐작인가?

필름을 거꾸로 되돌려본다. 대문 앞에서 택시를 내렸고…… 바람이 몹시 불어 아직 사과나무에 잔존하는 마른잎들이 사사삭거리며 흩날렸고…… 대문에서 현관까지 발자국 소리를 죽여가며 걷는 사이, 배를 깔고 드러누운 율리시즈를 보았던 것 같기도 하고, 기억의 관성적인 재구성인 것 같기도 하고…… 본의 아니게 어머니를 제쳐버리게 된 상황이 부담스러워서인지, 막연하게나마 어머니를 의식하지 않을 수 없는 공범의 정서가 주의력을 떨어뜨려서인지, 특히 그 부분, 현관문을 열기 직전의 재생이 선명하지 못하다.

그런 다음 바로 이어지는 장면은, 아니나 다를까, 제현과 나갔던 것으로 알고 있었을 준오가 뜻밖에 나랑 들어서자 어머니는 몹쓸 짓을 겪는 사람처럼 낭패스런 기색이었으며…… 그래도 얼른 표정을 정리한 어머니는 냉랭하기는 했지만 별말이 없었으며…… 가스불과 중간 밸브를 잠그고 막 돌아서던 영주댁은 졸린 눈으로 거실 쪽을 내다보기만 할 뿐이었으며…… 저녁은 먹었느냐는 형식적인 질문조차 생략한 채, 새로 저녁상을 차리게 될까 봐 조금은 끔찍해하는 얼굴이었으며…… 그때 이미 율리시즈에게 무슨 변화가 있었다면 눈꺼풀이 천 근이었어도, 밥상을 두 벌 세 벌 차리게 되었어도, 호들갑을 떨었을 영주댁이었을 것인데…….

그렇다면 밤 사이에? 혹은 아침 나절에? 영주댁 방정맞은 입놀림으로는 얼마 못 갈 것 같다더니…… 설마?

불길한 생각이 몸의 축을 휘청 꺾어놓는다. 나는 뒷걸음질로 물러서서 소파에 주저앉는다. 들고 있던 머그잔에서 커피가 튀어 셔츠와 면 스커트를 적시고 바닥의 카펫에도 얼룩을 만든다. 얼룩을 보자 지난 기억이 떠오른다.

주스나 우유 같은 액체를 엎지르거나 쏟으면 아버지는 휘파람으로 녀석을 부르곤 했다. 휘익.

율리시즈, 이리 와.

어머니나 영주댁은 흙발로 뛰어드는 율리시즈 때문에 기겁을 하지만 아버지는 젖은 자리를 혀로 핥아대는 녀석의 목덜미를 쓰다듬으며 한껏 흐뭇해하는 것이었다. 아버지가 불러들이지만 않으면 절대로 집 안에 뛰어드는 법이 없었는데도 어머니는 아버지에게 대신 애먼 녀석에게 험담을 퍼붓곤 했다. 몹쓸 놈의 짐승이 어딜 흙발을 삐대는 거냐고. 집 안팎도 구별 못하는 천치 같은 놈이라고.

아마도 아버지는 일부러 음료를 흘리지 않았을까. 율리시즈를 기쁘게 하기 위해서이기보다 어머니의 속을 한 번쯤 뒤틀어놓기 위해서. 그렇다면 어머니는 어머니대로 율리시즈에게가 아니라 아버지에게 욕을 퍼부은 속내인지도 모르는 일이다.

집 안은 조용하다. 영주댁은 주방에 없고, 이 시간쯤 부지런한 걸음으로 과수원을 가로질러 다닐 정씨는 시야에 잡히지 않고, 어머니는 안방에서 나오지 않고 있는 것인지 출타중인지를 알 수 없다. 준오는 제 방에 틀어박힌 눈치이지만 그에게 율리시즈의 행방을 물어볼 계제는 아니다.

나는 커핏물 밴 옷을 수습할 엄두도 내지 못한 채 창 너머 율리시즈의 빈 자리를 망연히 더듬는다. 최악의 상상이 머릿속에서 지워지지 않고 있다. 이 집에서 내 생의 절반을 함께 보낸 녀석이다.

아버지를 각별히 따르던 녀석이었지만 내게도 결코 약소하다고 할 수 없는 애정을 쏟아부어 주질 않았던가. 친애의 대상을 잃고 난 뒤에도 녀석은 충직했다. 아버지에 대해, 그의 딸인 나보다도 더. 만약에 잘못된 것이라면…… 가엾은 율리시즈.

안방 앞으로 가서 문을 두드려본다. 응답이 없다. 방문 손잡이를 비틀어본다. 이런, 돌아가질 않는다. 안으로 잠겨 있는 것이다. 당혹스러운 일이다. 어머니는 또 언제부터 방문을 걸어 잠그기 시작했는가. 보이지 않는 벽들이 하나둘씩 새로이 세워지고 있다는 뜻인가. 어제 준오는 이 집에서 일어났던 일들에 대해 물었다. 하지만 이제는 내가 이 집에서 새롭게 일어나고 있는 일들에 대해서 물어야 할 때인 것 같다.

커핏잔을 내려놓고 층계 쪽으로 다가간다. 밖에 나가서 정씨라도 찾아보려면 웃옷을 걸쳐야 할 테니까. 첫번째 계단을 막 밟으려고 할 때 전화벨이 울린다. 전화기는 거실 탁자 위에 놓여 있다. 다시 소파로 돌아가서 몸을 앉힌 다음 송수화기를 집어든다.

"여보세……."

"야!"

제현이다. 냅다 빽 소리부터 지른다.

"살아 있었구나?"

"살아 있었냐고? 하이고, 눈물나게 고맙구나. 이 몸, 생사 염려를 다해 주고 말야."

"어디야? 출근했어?"

"너는? 그러는 너는 이 시간에 왜 집에 있냐?"

"네 전화 받으려구."

"그런 콧방귀도 아까운 농담은 됐다 하고. 너는 무슨 애가 그렇게 무책임하다냐? 정명이 형은 술집에다 팽개치고, 학교는 절차도 없이 지 멋대로 엎어버리고, 그리고 핸드폰은 아무리 울려대도 받지를 않고……."

간밤에 휴대폰 단말기에 찍혀 있던 부재중 전화는 제현의 소행이었던가 보다.

"사무실 아니구나? 빽빽 소리 질러대는 거 보니까."

"잘도 알아요. 좀전에 형 해장국 한 그릇 멕여서 보내고, 나 지금 사무실로 들어가는 중이다. 넌 정말 어쩔 거냐?"

"수고했어. 넌 내가 아는 유일한 유익한 존재야. 잘살 거야, 틀림없이."

"아주 가지고 놀아라. 끊어!"

제현은 단단히 화가 난 모양이다. 하긴 그럴 만도 하다. 늘상 궂은 뒤치다꺼리가 그의 차지이니까. 제현에게 율리시즈가 보이지 않는다고 하면 그는 금세 마음이 뭉클해 가지고 냅다 달려올지도 모른다. 업무고 약속이고 만사 제쳐두고. ……과연? 나는 먹통이 된 송수화기에다 대고 중얼거린다. 제현아. 율리시즈가 안 보인다. 어디 갔을까?

밖에 나가볼 생각을 접고 도로 소파에 올라앉는다. 몸을 웅크린다. 빈 집 아닌 빈 집. 때 아닌 외로움이 가슴을 파고든다. 어린 날 사위가 어둑신해질 무렵 달고 오랜 낮잠에서 깨어 집 안의 적막을 두리번거릴 때처럼. 유리창을 투과해 거실 바닥에 납작하게 엎드린 햇살은 얇은 종잇장처럼 창백하고 빈약하다. 한 겹, 하얗게 바랜 저 체온증의 광선. 핏기 없는 손등을 내려다보고 있는 것 같다. 현기증이 난다. 뻑뻑하게 조여오는 각막을 진정시키기 위해 두 눈을 끔뻑인다. 눈 가장자리에 물기가 돋는다.

정명은 돌아가고 있겠지. 고속도로를 버리고 굽은 국도로 길을 잡았을 수도……. 휙휙 차들이 지나다니는 갓길에 그 선명한 핏빛 승용차를 대고 두물머리 물길을 내려다보고 있을지도……. 나붓나붓하게 손짓하는 갈대에 속수무책 흔들리고 있을지도……. 그 강 흐르는 물에 몸을 섞어 떠난 무희에게 붙들려서…… 그는.

손을 내밀기도 쉽지 않겠지만 내미는 손 뿌리치기도 쉽지 않다는 걸 정명은 알까? 만약 그가 다시금 내게 묻는다면, 함께 떠나겠느냐고 묻는다면, 어제와 똑같은 대답을 고수할 수 있을까? 남은 생의 모퉁잇길마다 무희에게 붙들려 속수무책 흔들릴 그를 알면서도, 날 데려가줘, 그렇게 번복하고 싶어지지 않을까? 무희라면 무쇠 같은 곁가지라도 뎅겅뎅겅 쳐내며 곧장 외길로 치달았을 텐데, 나는 왜 언제나 머뭇거리며 망설이게 되는 것인지. 물러서면 다가가고 다가오면 물러서는 이 영구미제의 줄다리기. 역겨워라.

막 내려놓은 송수화기를 재차 들고 귀에 대어본다. 뚜우…… 기계음이 울리고 있다. 정명의 전화번호를 눈으로 꾹꾹 짚는다. 다이얼이 늦었으니 다시 걸어주시기 바랍니다. 녹음된 안내원의 목소리가 주의를 환기시킨다. 송수화기를 제자리에 얹어놓는다. 야물지 못한 내 마음을 부끄러워해야 할 것인데, 나는 전화기를 끌어당긴 내 손을 부끄러워한다. 엉뚱하게도 어머니의 지갑에서 살그머니 지폐 한 장을 훔쳐내던 작은 손이 전화기로부터 거두어들이는 손 위로 포개진다. 그때 어머니는 내 소행임을 눈치 챘지 않았을까. 공연히 준오에게 불똥이 튀려나 해서 덮어두기로 한 것이 아니었을까.

그 일말고도 준오를 궁지로 몰 뻔한 자잘한 비행들이 더러 있었다. 그는 해명하지 않았고 나는 실토하지 않았다. 그가 정직하다는 걸 믿어주는 사람은 적었고, 내가 거짓말을 하리라고는 아무도 믿지 않았다. 나는 교활했고 용의주도했으며 뻔뻔스러웠다. 그리고 나중의 어떤 경우에는 심각하게 비겁했다. 까마득히 잊고 있었던 일들이 종횡무진으로 되살아나는 것은 아무래도 준오가 돌아온 영향이겠다.

시공과 대상을 들쑥날쑥 넘나드는 생각들에 낯 화끈거리는 무안을 타고 있는데 층계를 내려오는 발소리가 들린다. 준오인 게다. 못 들은 척 고개를 파묻고 있으려니 인기척이 바로 등뒤에 와서 멎는다. 나는 꼼짝도 하지 않는다. 목덜미가 뻣뻣이 굳는다. 공연한 긴장을 해서인지 그의 손끝이 내 머리카락을 건드리고 지나간 듯한 느낌이다. 마치 실수인 것처럼. 아니, 실수겠지. 그가 맞은편 소파로 가 앉으며 묻는다.

“제현이랑 통화해 봤어?”

“방금.”

정명이 화제로 떠오르거나 간밤의 혼란을 상기하게 될까 봐 나는 대답을 짧게 끊는다. 그도 더 이상 묻지 않는다. 그는 조금 달라진 듯하다. 파르스름한 면도 자국이 전체적으로 결벽스러운 인상을 주는 탓도 있겠지만 좀더 단호해지고 정돈된 분위기를 보여주고 있다. 그가 내 커핏잔을 넘겨다 보더니 몸을 일으킨다.

"커피 더 갖다 줄까?"

"내가 갖고 올게."

굼뜨게 몸을 일으키려 하자 그가 몸짓으로 나를 제지하며 커핏잔을 들고 주방으로 간다. 그의 뒷모습을 시린 눈으로 좇는다. 그렇다. 이상하게 두 눈이, 손끝이, 온몸이 시리다. 그가 밴쿠버로 돌아가면 이제 그의 빈자리를 실감하게 될 것 같다. 그만이 아니라 아버지와 율리시즈와 정명의 빈자리까지 마음자리 한켠에 아프게 아프게 음각될 것 같다. 창밖으로 동통으로 일렁이는 시선을 옮긴다. 율리시즈는 정말 잘못된 것일까? 정씨는, 영주댁은, 어머니는 다 어디로 가고 없는 것일까?

"이 커피, 향이 근사한데?"

준오가 건네주는 커핏잔을 받아들고 그 속을 들여다본다. 빛과 향이 짙고 깊다.

"아버지가 즐기던 브랜드야. 독일로 유학 가서 눌러사는 제자가 잊을 만하면 부쳐주고 있는데, 거기까지 아버지 소식 들어갔으려나……"

그것도 자진한 죽음이라는 벽력같은 소식이다. 살아생전의 아름다운 명패를 산산조각내어 버린 아버지의 마지막 집착을, 비속하고 명예롭지 못한 아버지의 결행을, 하여 남은 자의 오욕이 되어버린 그 죽음의 내막을 준오는 알고 싶어하는 것이다.

그러나 내게는 그 경위를 발설할 힘이 없다. 용기가 없다. 증오와 질투와 미움과 원망으로 뒤얽힌 그 모든 관계를 설명하려면 쓰라림과 부대낌을 감당할 수 있는 힘이 필요하다. 나는 내 비루함을 견디는 데 남은 힘을 다 써버렸다. 준오가 따져물었듯 그가 남이어서가 아니라, 손님처럼 떠날 사람이어서가 아니라.

"집이 조용하구나. 옛날에도 그랬지만."

"이젠 흉가야. 영주댁도 정씨도 떠난다고 할걸?"

"너 뭔가 안 좋구나? 제현이가 뭐라고 그러디? 저 두고 갔다고?"

"아니. 율리시즈가 죽었어."

그 말을 해놓고는 그보다 내가 더 소스라친다. 죽었다, 라고 하는 단정적인 표현의 파급 효과는 결코 가볍지 않다. 그의 파르스름한 뺨이 고랑처럼 길게 파이며 해쓱해지고 있다. 그가 일어서서 거실창 앞으로 다가간다. 밖을 내다본다고 새로운 사실이 알아질 리 만무하지만 사람의 마음이란 터무니없이 얄팍해서 그가 한참 동안을 우두망찰 그러고 서 있는 것이 내게 자그마한 위로는 되어준다.

"정말, 안 보이는구나."

"사실은…… 모르겠어. 그냥 그런 기분이 들어."

율리시즈의 빈자리를 확인하자마자 거두절미 죽음이라는 기정

사실로 만들어버리다니, 내 경솔함이 크다. 뒤늦게 직감의 강도를
둔화시켜 보려 하지만 엎지른 물이라 주워담아지질 않는다. 준오가
창에서 물러나 소파로 돌아와 앉는다. 나는 그가 섣불리 어떤 말을
꺼내지 않았으면 좋겠다고 생각한다. 가령, 안됐다느니 마음 아프
겠다느니, 그런 말들. 진의야 어떻든 진저리를 치게도 만들었던 그
런 말들. 때로는 상처가 될 뿐인 그런 위무의 말들.

아버지의 빈소를 찾은 조문객들이, 얼마나 놀라셨습니까, 유족
들이야 오죽하시겠습니까, 따위의 규격화된 문장들을 나열했을 때
나는 그 정중한 면면에다 대고 포악을 부리고 싶었더랬다. 나 역시
도 남의 상가에 가서는 판에 박힌 애도의 말들을 늘어놓곤 했다는
사실이 떠오르지만 않았더라면, 나 또한 그 말들이 그 당시로서는
진심 어린 혹은 진심에 가까운 표현이었다는 사실이 생각나 주지
않았더라면, 무슨 망종의 짓거리를 벌였을지 모를 일이었다.

자격지심이었으며 히스테리였다. 발보다 말이 더 빠른 이 빠한
소도시에서 아버지의 횡보와 횡사는 공공연한 화제로 옮겨다닐 수
밖에 없었다. 비방의 전파에 열심이었을 매양 같은 그 입들과 주고
받아야 하는 조의와 답례의 언사란 얼마나 가증스러운 것이었던지.
그 속사정을 알면서도 깊이 절을 하고 절을 받기란 얼마나 치욕스
러운 것이었던지. 남의 수군거림을 받아가면서도 눈물 한 방울 떨
구지 않는 냉랭함으로 하관까지 버틸 수밖에 없었던 것은 그래서였
다. 아버지에 대한 원망보다는, 세상에 대한 두려움보다는, 조롱에
대한 조소였던 것이다. 그러니 급조의 혐의가 짙은 위무의 말들은

사양한달밖에.

　다행히도 준오는 커핏잔을 다 비울 때까지 아무런 소리가 없다가 전혀 엉뚱한 말을 불쑥 꺼낸다.

　"나하고 어디 좀 가지 않을래?"

　그 뜬금없는 제안을 차라리 고맙다고 해야 할 것인가. 나는 이러지도 저러지도 못하고 그의 눈을 마주 바라본다. 거절할 수 없게 만드는 눈빛이다, 라고 느낀다. 나는 고개를 끄덕인다. 느낌이란 자기 안에서 자기가 바라는 대로 조작될 수 있다는 사실을 겉으로 드러내지 않는 한숨으로 인정하면서.

　"언제?"

　"당장이라도, 너만 좋다면."

　"좋아."

　여하튼 나는, 거절하고 싶지 않은 것이다.

　영주댁이 거실 한복판에 서서 층계를 내려가는 날 올려다보고 있다. 어쩐지 화를 내는 것 같기도 하고 뭔가 못마땅해하는 것 같기도 하다. 내가 이층에서 옷을 갈아입고 간단한 소지품을 챙기는 사이 돌아온 모양이다. 밖으로 나가기 전 영주댁을 볼 수 있어 다행이라는 내 생각에 그녀가 찬물을 끼얹는다. 율리시즈에 관해 내가 무어라고 묻기도 전에 그녀가 대뜸 내지르듯 쏘아붙인 것이다. 말투가 영 불퉁스럽다.

"나가려고?"

"어디 잠깐……."

"인정머리하고는."

영주댁이 홱 돌아선다. 앞뒤 없이 들이대는 그녀의 반감이 갑작스럽다. 할 말은 꺼내지도 못한다. 그 와중에 준오까지 외출할 낌새로 층계를 내려오자 그녀가 되돌아서며 드디어 씰룩대기 시작한다. 그녀는 굵은 허리춤에 손바닥을 갖다 붙인 자세인데, 여차하면 삿대질이라도 해댈 기세로 보인다. 철 단위로 몰려들었다 몰려나가는 과수원 뜨내기 일꾼들 중의 누가 지분거린다거나, 믿고 거래해 온 단골가게에서 상자떼기로 들인 부식 재료가 위아래 다른 눈속임이라는 걸 알았을 때나 제 집 뺏긴 벌처럼 붕붕거리는 건 봤어도……이 경우는 좀 뜬금없다.

"어째 그리들 무심할까? 든 자리 몰라도 난 자리는 안다는데, 아무리 말 못하는 짐승이기로서니…… 그러는 거 아니네, 이진이도. 그리고 저 먼데서 온 양반도."

괄괄하기는 해도 요량 없이 막말부터 퍼부어대는 성미는 아닌데 속이 어지간히 상해 있는 듯하다. 영주댁에게는 먼 곳에서 다니러 온 낯선 객(客)일 뿐일 수도 있는 준오까지 한 두름에 꿰어서 욕을 먹는 지경이라니. 다행히도 그의 안색이 가만가만해서 불미한 충돌로 번지지는 않는다. 그녀가 울퉁불퉁 내뱉는 말의 내용으로 봐서는 예상대로 율리시즈에게 변고가 생긴 듯하다. 가슴이 이내 벌름거린다.

"아줌마. 찬찬히 말해 봐요. 그러잖아두 율리시즈 땜에 나 속 벌벌거리고 있다구요. 율리시즈만 안 보이는 게 아니구, 녀석 쓰던 물건들까지 죄 안 보여서 어찌 됐나 하구…… 엄마두 아줌마두 정씨두 다 보이질 않으니 누구한테 물어볼 수를 있나……."

"그래서 찾아나서기라도 하려던 참이야, 시방? 좌악 빼입고설랑?"

준오와 나의 위아래를 훑어내리는 그녀의 눈매가 계속 곱지 않다. 그녀의 거친 말투를 타박하고 싶지도 않거니와 일단은 자초지종을 들어야 한다는 생각이 먼저여서 숨을 고른 뒤 고분하게 되묻는다.

"어떻게 된 거예요?"

"어떻게 되긴. 정씨가 파묻으러 갔지."

"그럼……?"

"세상에 짐승도 애통 절통을 아는데, 거기나 나나 사람이라고 하는 것들은 때 되면 따박따박 밥숟갈질 해댔고, 저물면 뜨신 자리 골라 퍼지질 않았나 싶구만. 그래, 알어. 천하에 제일 모진 것이 사람이란 종자야."

자신을 포함시켜 싸잡아 비난하지만 그녀의 본심은 이 집 식구들의 몰인정을 겨냥하고 있는 게 분명하다. 짐작건대, 그녀의 매도는 딱히 율리시즈 때문만은 아닌 것 같다. 무엇이 그녀를 바짝 사납게 만들었는지는 모르겠으되, 그렇더라도 나야말로 율리시즈를 영원히 잃은 데 대한 내 아픔을 토로할 기회는 고사하고 그녀의 지나치다 싶은 투정에 신경줄이 팽팽해져야 하는가 말이다. 한편으론 날조된 죄를 덮어쓰듯 고약한 경우가 아닐 수 없다. 나는 또 한 번 드세지려는 심사를 간신히 억누른다.

"엄마는요?"

"집을 내놓으시겠대."

그녀는 또 기다렸다는 듯이 냉큼이다.

"네?"

어리둥절한 나의 반문. 내가 그녀에게 물어본 건 어머니의 행방이 아니라 율리시즈를 아주 잃은 데 대한 어머니의 반응이었으니까.

"못 알아들어? 이 집 말이야, 이 집."

영주댁이 왈칵 짜증을 부린다. 집……이라고? 아하, 그랬군. 그녀가 왜 덜 마른 목재로 켠 마룻장처럼 틀어져버렸는지 알 만하다. 이 집에 정이 들었네 아니네를 떠나, 얹혀 살든 붙들려 살든 한식구 같은 마음인 자신이 형식적인 의논에서조차 배제되었다는 사실이 못내 서운했던 것이리라. 한 몸 거취 따위야 차후에 얼마든지 정할 수 있는 일일 것이다. 문제는 전혀 고려의 대상이 되지 못하고 있는 자신에 대한 수치심, 이 집과 이 집의 식구들에게 바친 세월에 대한 허무감이 원인이었으리라.

"사모님은, 정씨더러 죽은 놈을 교장 선생님 옆에다 묻어주라고 이르고는…… 귀살쩍어서 도저히 이 집에서는 더 못 견디겠다고 하데. 그러니 집 팔고 이사하시겠다고, 오늘에라도 부동산중개손지 복덕방인지 것다 내놔야 쓰겠다고…… 사십구재도 한참이나 먼 마당에 뭐가 급해서……."

영주댁이 어머니의 방 쪽을 힐끔 돌아다보고는 느닷없이 도도한 말투로 낯을 바꾼다. 한 번도 그녀를 아랫사람쯤으로 얕잡아 여긴 적은 없건만, 그녀 쪽에서 생뚱하게 신분 복귀를 주장하고 나서는 구도가 되어버린지라 그동안 대단히 부당한 핍박이라도 일삼은 장본인이 된 듯한 기분이다.

"내가 나설 일은 아니지만 사모님도 그러시는 거 아니지. 귀로 들은 건 둘째 치고 내 눈으로 본 것만으로 쳐도 돌아가신 어른이 이 집에다 들인 공력을 말하자면……."

"그만해요, 아줌마. 그만, 됐어요."

그쯤에서 그녀의 말을 자른다. 그녀의 난데없는 당당함은 수위를 넘겼다. 그녀의 나이를 감안하면 차마 끌어다 붙이기 민망한 정서적 혼동, 즉 맹랑함으로 비칠 뿐이다. 더군다나 아버지까지 동원해서 언짢은 속을 씻어내자는 건 봐줄 수가 없는 노릇이다.

집은 그 집에 사는 사람의 것이다. 죽어서 사라진 사람이 아닌 살아서 남은 사람의 것. 이 집에 대한 아버지의 권리는 그 죽음으로 신속히 해지되었다. 야속해도 하는 수 없다. 이 집에 관해서 어머니가 신중하기를 나 역시 원하지만, 그리고 이 집에 대한 아버지의 애살을 어머니가 참고로 하길 원하지만, 이제는 전적으로 어머니의 권리에 속하는 것이다. 명운을 거쳐 이양된 권리를 두고 이렇다저렇다 말할 수 있는 권리는 누구에게도 없다. 하물며, 내게도 없다.

"왜, 틀린 말을 했어?"

그녀는 아주 밉살을 부리기로 작정한 사람 같다. 준오는 선뜻 나서지 못할 처지인 만큼 한 발자국 물러서서 관망하고 있다. 그러다가 뒤늦게 험악해져 가는 상황을 수습하느라 어정쩡한 눈짓으로 끼여든다. 나는 그의 제지를 무시한다.

"틀렸구말구요."

"세상에나!"

그녀에게는 나의 단호함이 납득할 수 없는 배신으로 해석될지 모른다. 그녀가 보기에 나란 존재는, 어머니보다는 아버지 쪽에 좀 더 가까이 서 있었던 인물일 테니까. 물건을 고르는 취향이나 몸에 밴 습성, 은근히 까다로운 입맛에 이르기까지. 무희의 일로 세 사람 모두 일 대 일 관계의 골이 깊어졌을 때조차도 동성(同性)의 자식으로서 어머니의 무죄한 입장을 안타까워하기보다는 명백히 부도덕한 아버지의 입장을 더 안쓰러워했던 내 눈빛을, 어쩌면 영주댁 그녀라면 한솥밥 세월이 만들어준 더듬이로 간파하지 않았을까. 그랬으니 아버지를 걸고 넘어지면 유리하리라는 것쯤 계산 이전의 기본 암기 항목이었으리라.

나는 입을 떠억 벌린 채 눈을 휘둥그렇게 굴리는 그녀에게 너무도 당연해서 그 언급이 오히려 얼떨떨해질 수밖에 없는 사실을, 또박또박 못을 박는 듯한 어조로 주지시킨다.

"아줌마. 아버진 돌아가셨어요. 이 집에 살지 않아요. 이 집에 더 눌러 살고 안 살고는, 지금 이 집에 살고 있는 사람이 결정하는 수밖에 없어요."

나는 무슨 말을 하고 싶어하는가. 집은, 영혼을 감싸고 있는 육체의 겉옷이라는 것? 시간당 수십 수백 벌씩 박아낸 기성복이든 한 땀 한 땀 공을 들인 수제품이든, 죽어도 입기 싫은 옷을 입으랄 수는 없다는 것?

어머니가 이 집을 훌훌 버리고 싶다면, 이 집과 연관된 모든 기억들을 폐기하고 싶다면, 이 집과 연관된 모든 기억들 속에 빠짐없이 등장하는 아버지를 정히 잊고 싶다면, 마땅히 그리해야 할 것이다. 말릴 수 없는 일이며 말리지 말아야 할 일이다. 처음으로 어머니는 어머니 자신이 주인인 인생을 살 수 있는 기회를 맞은 것인지도 모르잖는가.

"여기 이 오빠는 곧 떠날 거구요, 나도 머잖아 떠날 거예요. 그러니 엄마 맘대로 집을 처분한대서 엄마를 모질다고 말할 수는 없어요. 엄마한텐 여기 이대로 살라는 게 끔찍스럽고 모진 일일 수 있으니까요."

"새삼스럽기도 해라. 내 여태 이진이 그처럼 사모님 생각하는 줄은 모르고 있었지 뭐야."

영주댁의 입가에 비열한 웃음기가 매달린다. 나는 그녀로부터 고개를 돌린다. 마음이 아프다. 어찌 되었건 그녀는 좋은 친구였다. 한 가족이라고 해도 모자라지 않을, 가장 가까운, 가장 친근한 벗……가운데 한 사람이었다.

그런 그녀를 등 떠밀어 타인의 자리로 돌려보낸 건 백번 내 잘못이다. 내 용렬한 무의식이 소리없이 외친 두 줄의 문장은, 아무리 그래봤자 당신은 남일 뿐이다, 남일 뿐인 당신이 왜 이 집 이 식구들 일에 못 나서서 안달인가, 라고 하는 것. 말하지 않은 말의 행간에 놓인 뚜렷한 배타가 그녀를 다치게 하고 그녀를 쓸쓸하게 했으리라. 그래 그녀는 비열한 웃음기로라도 그 밀쳐냄에 맞서려는 것이리라.

"정작 사모님한테 몹쓸 짓을 한 게 누군데? 무희인지 뭔지 그 앙큼하고 야릇한 계집을 이 집에 끌어들인 게 누군데?"

확전을 피해 도망치듯 현관으로 내려서는 내게 영주댁은 기어코 칼을 날린다. 비수. 언제 어느 때라도 나를 베어넘길 수 있는 칼. 확실하고 치명적인 양날의 칼.

나는 신발 속에 뒤꿈치를 우겨넣던 자세 그대로 얼어붙는다. 조금이라도 움직이면 칼끝에 묻은 독이 전신으로 퍼질 것만 같아서, 그대로 앞으로 고꾸라질 것만 같아서, 나는 헉 소리조차 내지 못하고, 숨조차 쉬지 못하고, 순간 냉각기 속에 집어넣은 심장처럼 급격한 결빙의 속도를 감당하는 수밖에 없다. 쩌억 금이 갈 듯 흉곽을 가로지르는 통증과 현기증에 눈앞을 뿌옇게 흐릴 수밖에 없다.

운전석에는 준오가 앉았다. 그가 자신이 운전하는 게 낫겠다고 말해서 그러라는 뜻으로 자동차 열쇠를 고리째 넘겨버렸다. 아버지 소유였지만 나도 이따금 사용해 왔으므로 열쇠고리에 자동차 열쇠가 늘상 매달려 있던 터였다. 그가 운전하겠다고 나서지 않았으면

택시를 타자거나 제현의 차를 빌릴 궁리를 했을 것이다. 나는 아직 그 차에 오르고 싶지가 않으니까.

선산 조부의 묘석 앞에서 아버지의 차가운 몸이 발견되었을 때 자동차는 근처 인가의 담벼락에 바짝 붙여 세워져 있었다……고 했다. 나중에야 드러난 사실이지만, 열쇠는 시동만 꺼둔 채 그대로 꽂혀 있었다……고 했다. 그날 누군가는 휘적휘적 산길을 오르는 아버지의 뒷등을 보았을 수도 있었으리라. 저 양반이 뭔 날도 아닌데 성묘를 다 오는구나, 그리 무심히 중얼거렸을 수도 있었으리라. 해어름까지 담벼락에 세워진 자동차를 보고도 온마을이 다 일가붙이 씨족이니 뉘 집엔가 안부차 들어갔겠거니, 대수롭잖게 여겼을 수도 있었으리라.

그러나 한번 올라간 아버지는 스스로 걸어 내려올 수 없게 되었다. 시간이 흐르고 어둠이 내렸다. 갈빛에 희끗한 옷가지 같은 형상이 자꾸 너펄거리는데 어째 까닭 없이 등골이 축축해지더라고, 장독대에 장을 뜨러 갔다 온 재당숙모가 구시렁거리는 소리를 재당숙이 밥상머리에서 들었다……고 했건가. 재당숙은 평소 들락날락해서 영판 믿을 수도 아니 믿을 수도 없는 재당숙모의 신통기가 그날따라 괜스레 체한 듯이 맘에 딱 얹혀 식후 산보삼아 어슬렁어슬렁 선영 쪽으로 올라갔다가 그 변을 목격했다……고 했다. 재당숙의 혼비백산 고함질 소집에 얼추 저녁식사 무렵이던 한 마을이 발칵 뒤집혔다……던가.

황급히 뛰쳐나온 마을 사람들에 의해 길가로 내려 옮겨졌던 아버지는 앰뷸런스에 실려 병원으로 옮겨졌고, 최종적으로 선산 아버지 묘의 묘역으로 다시 옮겨졌다. 영결식도 없는 학교장(學校葬)은 신산했다. 어떤 삭막한 조문객의 수군거림대로 객사라고도, 횡사라고도 할 수 없는 애매모호한 주검의 전전(轉轉)이었다.

그리고 자동차는 친척 중의 누군가랬는지 정씨랬는지가, 장례를 치르고 난 뒷날 집으로 끌고 와 세워놓았다. 늘 세워져 있던 그 자리 그 방향, 하지만 왠지 전과 다른 감각을 빌린 느낌이 드는 주차였다. 그 미세하지만 극명한 다름이 묘하게 오싹했다.

어머니의 지시는 아니었던지 제자리로 돌아와 멀쩡히 서 있는 자동차를 보자 어머니는 대번 안색이 변했다. 사람은 사람이고 물건은 물건일 뿐인데 마치 못 볼 걸 보는 듯이 떨떠름하게 굴었다. 그러니 어머니는 이제 자동차도 처분하려고 들 것이다.

"됐어?"

"그래."

준오가 차를 출발시킨다. 혼자였으면 이 차에 올라앉지도 못했으리라는 생각이 스치고 지나간다. 제현이 운전대를 잡았어도 좀 망설였을 것 같다. 이를테면, 제현을 대하면 자연 아버지가 환기되는 이치와 무관하지 않다. 제현은 남이 아닌 내부인인 것이다. 지극히 일상적이고도 일반적인 상황에까지 침투해 있는 정서의 공유란 때때로 평안을 넘어 평정을 잃게 만드는 한 요인도 되는 셈이다.

그렇다면 준오는……? 법률상 근친의 형식을 취했던 시절이 있기는 하지만, 제현에 비하면 내 의식 속에서 준오는 오히려 외부인이랄 수 있다. 이방인, 혹은 먼 타인. 탈(脫) 근친의 거리감이 뚜렷해질수록, 그 낯섦에 대한 경계가 선명해질수록, 그를 대하기가 수월해진다는 것과 덜 부담스러워진다는 것, 그것은 무슨 의미의 역설일까. 나는 차라리 그가 남이길, 타인이길, 외부인이길 원하는가. 그렇다면, 왜?

"가는 길을 제대로 찾을 수나 있을까 모르겠다."

첫번째 사거리, 푸른 신호가 떨어지기를 기다리면서 그가 하는 말이다.

"지도를 보는 게 어때?"

"지도보다는…… 기억이 그 길을 찾아가길 바라니까."

"지독한 감상이군. '연못'에 간 것두 그렇구. 어울리지 않아."

내내 그 일을 새기고 있었던 것처럼 내 입에서 어제 카페 '연못'을 찾은 건이 불쑥 튀어나온다. 실언까지는 아니지만 조금은 실없어지는 듯하다.

"어울리지, 않는다……?"

그는 내 말끝을 길게 늘어뜨리며 받고, 나는 갑갑하게 잦아드는 그의 말줄임표를 토막 치듯 짧게 되받는다.

"전, 혀."

푸른 신호가 켜진다. 그는 떠밀리듯이 자동차를 전진시키고, 나는 콘솔 박스에서 담뱃갑을 꺼내 구심코 한 개비 빼어 물다가 철렁 내려앉는 가슴을 쓸어내린다. 아아 나는, 거기에 담뱃갑이 항시 들어 있다는 걸 잊지 않고 있는 것이다.

집이나 학교에서는 담배에 거의 손을 대지 않던 아버지가 한두 개비쯤 피우다 던져 넣어두기도 했던, 셀로판지를 벗긴 지 오래되어 쓰고 독해져 있기도 했던, 줄어들거나 아예 없어지는 것이 내 소행임을 알면서도 내색하지 않기도 했던, 콘솔 박스 속 담뱃갑에 관한 기억. 그리고 그 습관화된 기억의 역습. 그렇지. 무딘 칼날에도 더러 손가락을 베는 법이지.

나는 담배에 불을 붙이면서 한 모금 깊숙이 빨아들인 다음 차창을 조금 내려 연기를 내보낸다. 연기는 열린 창 틈새로 오롯이 빨려 날아간다. 엉뚱하게시리 하수구로 쪼옥 빠져 달아나는 개숫물이 떠오른다.

그렇게 흔적 없이 사라지고 싶어.

……진짜?

아, 웃기는 소리.

나는 밖으로는 들리지 않게, 마음속으로 파안대소한다. 껄껄, 웃는다. 눈물이 찔끔 나도록 웃어젖힌다. 그러고 나니 명치께가 아릿하다. 물론, 나는 모르지 않는다. 이따위 하잘것없는 자문자답은 얼마나 가소로운가, 증명할 수 없는 본심이란 얼마나 가증스러운가, 하는 것들.

종이쪽지를 찢어발기듯 무심코 토해 낸 속엣말을, 역시나 마음으로 쫙쫙 찢어서 담배 연기처럼 차창 밖으로 휙 날려버린다. 아무래도 나는 너무 엉망진창이 되어가는 것 같다. 그러기로 내 속의 내가 작정한 것 같다.

"네 말이 맞을 거야."

어수룩한 길눈을 조바심하느라 내처 전방을 주시하고 있는가 했다. 그러나 그는 그대로 내 말의 타당과 부당의 저울질에 골몰하고 있었던 모양이다. 영 못 알아먹을 뒷북도 아니면서 나는 짐짓 요령부득인 체한다.

"내가 뭘?"

"어울리지 않는다는 것, 그게 내 화두였어."

"화두, 씩이나? 정색으로 나오니까 겁나네."

나의 과장에도 그는 진지하다. 이제야 문득 회고하기를, 그는 매사에 진지했던 것 같다. 불량기와 위악과 냉소조차에서도 그만의 진지함이 묻어났었다. 가벼움보다는 무거움, 그러나 무거움보다는 어두움. 그가 가진 깊고 짙은 무채색의 진지함은 무겁고 어두운 그의 천성의 외화(外化)가 아니었을까.

"내가 처음 이 집에 살러 왔을 대, 그땐 도무지 불행이라곤 모르는 것 같은 환경에 적응하기 힘들었지. 근데 요 며칠은 도대체 한순간도 행복해 보지 않았다고 주장하는 것 같은 사람들에 적응하기가 힘들어."

"유아적 이분법으로 한마디 물으면, 오빠, 그땐 혼자 불행했고 지금은 혼자 행복하다? 뭐, 그런 뜻이 되려나?"

대답을 하기 전에 그의 입술 끝이 살짝 말려 올라간다. 질문에 대한 빈정거림일까, 그 자신이 꾸려가고 있는 이국의 삶에 대한 자조일까. 그러고 나서 그는 새로운 기기의 매뉴얼 포인트를 짚어주듯 건조하면서도 불친절하지는 않게 자신의 상태를 설명한다.

"그땐 다만 행복하지 않았고, 지금은 다만 불행하지 않다는 거지."

중저음인 그의 음색과 어조는 설득력 있게 들리는 쪽이다. 지금 불행하지 않다는 그의 진술을 믿는 체할 수밖에 없다. 아니, 믿는다. 누구에게나 불행하지 않을 권리는 있는 것이니까. 그럼에도 불구하고 불행하지 않다고 진술하는 그는 불완전한 몽타주처럼 아리송하다. 그에게 화가 난다. 그를 흘끗 돌아다본다. 푸르스름한 옆모습이 새벽의 산처럼 강처럼 우뚝 다가든다. 얼른 앞쪽을 향한다. 무엇이 길을 막고 선 듯이 눈앞이 막막해지는 것 같다. 가슴이 먹먹해지는 것 같다.

나는 눈을 질끈 감았다 뜬다. 담배가 끼워진 손가락 사이로 부드럽고 끈질긴 연기가 피어오르고 있다. 연기는 박명의 기슭처럼 푸르다. 심호흡을 한다. 숨결에 연기가 흩어진다. 안개 다발 지역의 들머리를 서성거리고 있는 양 혼란스럽다. 그렇다, 안개……. 아버지에 이어 이번에는 무희인 것이다.

내게 안개는…… 무희다. 무희, 안개의 계집. 필시 그녀의 장난, 그녀의 내습인 것이다. 기어이 내 머릿속을 점령하고 골수를 휘저어대는…… 그녀는, 집요한 혼돈이며 혼돈의 악순환이다. 되돌아 나오지 못해 외려 한 발 한 발 깊어지는, 안개 속으로 푹푹 잠기는 발목이 써늘하다. 무릎이 써늘하다. 허리가, 목덜미가, 정수리가 써늘하다. 마침내 키를 넘어서며 허공을 메우는 안개. 달아나야지 달아나야지 다급히 외칠수록, 버둥댈수록, 안개는 올무처럼 살을 죄어든다. 촌충처럼 체벽(體壁)을 파고든다.

나는, 거의 필터까지 타들어가 짤막해진 담배를 화기(火氣)를 느낄 만큼 깊숙이 빨아들인다. 밭은기침이 터져 나온다. 그 서슬을 빌린 것처럼 무희가 남겼던 말들이 기억의 술기를 틈으며 비집고 나온다.

사랑에 빠져 있을 때 나는 확실히 불행하지는 않아.

아마도 나는, 사람들은 행복해지기 위해 사랑을 꿈꾸거나 사랑에 빠지면 행복해지거나, 대부분 그렇게들 믿고 있으리라는 말을 그녀에게 하지 않았을까 싶다. 사람들, 이라고 둘러대긴 했지만 그건 내가 믿고 있는 바였을 것이다. 그걸 그녀가 모를 리 없었다. 그녀는 예의 도도한 미소를 싹 거두며 나를 빤히 쳐다보았다. 불편한 응시였다. 속으로는 날 아주 한심하게 여겼을 게 분명했다. 나는 기분이 나빠지는 걸 꾹 참고 그녀의 말을 기다렸다.

사랑에 빠져 있을 때 나는 확실히 불행하지는 않아. 그렇다고 행복하냐면……

그녀는 말꼬리를 흐렸다. 언제나 단호한 말투를 구사하던 그녀가 아니던가. 더욱 그녀답지 않게 깊은 한숨을 한 차례 끌어올리고 나서 고개를 저었을 때에는 이상한 배신감마저 치밀어 점점 더 기분이 나빠져 갔다. 그녀가 말을 이어붙였다.

그건 아닌 것 같아. 사랑과 가까워지면 행복과는 멀어지는 것 같아. 이 무슨 이율배반이니?

그 대목에서 나는 그녀에게 따지듯이 물었을 것이다.

네 사랑이 부도덕하기 때문에 행복하지 않은 건 아니구? 누구든 성에 차지 않기 때문에 행복을 못 느끼는 건 아니구?

정명은 그녀를, 그녀는 아버지를 바라보고 있을 때였다. 그녀에게는 아버지가 그녀 자신을 돌아보게 할 힘이 있었지만, 내게는 정명이 나를 돌아보게 할 힘이 없었다. 그녀는 사랑을 쟁취할 줄 알았고, 나는 사랑을 구걸할 줄조차 몰랐다. 결정적으로, 그녀는 불감이었고, 나는 불능이었다. 그녀는 계속 말했다.

사랑이 뭘 줄 것 같아? 크고 깊은 것? 넓고 많은 것? 사랑은 아주 최소한의 것만 줘. 적어도 넌 불행하지 않다, 라고 하는 자기최면. 그뿐이야. 그게 다야.

이제는 그녀의 고백 속에 도저한 안타까움이 들어 있었다는 걸 어렴풋이 깨닫지만, 그땐 불쾌하기 이를 데 없는 궤변들에 불과했다. 그 모두, 드러내지 못해 안달하는 공공연한 우월감과 교만의 언사들일 따름이었다. 거기에다 그녀답지 않은 자기연민으로 사랑의 순수를 농락한 죄에 대한 면죄를 도모하다니, 고약하고 교활한 방어를 획책하다니, 그녀의 사랑이야말로 이율배반의 모순 속에 기생하는 악덕이질 않은가. 달리 어떻게 설명할 수 있을 것인가. 적어도 내게 비쳐지길, 그녀는 그랬다.

그때 그녀에게 하지 않은 말이 있다. 더 이상 비굴해지기 싫어서 속으로 꾹꾹 우겨넣은 말. 뱉어도 삼켜도 더러운 가래처럼 결국은 나를 더럽힐 뿐인 말.

간절하고 간곡한 마음을 받아본 자만이 그렇게 말할 수 있어. 너처럼.

간절하고 간곡한 마음으로도 채우지 못한 그녀의 허기진 서른 살의 생을 돌아보고 싶지는 않다.

"괜찮니? 안색이 나쁜데?"

"불행해 보이는 건 아니구?"

"불행해 보이려고 애쓰는 것 같긴 하다."

농담이었을 뿐이라고, 제법 환한 미소로 무마를 하지만 그는 이미 눈치 챘을지 모른다. 내 마음 한 갈래 지옥에 두고 있다는 걸. 지옥을 떠나지 못하고 있다는 걸.

그가 라디오를 켠다. 차 안의 공기를 바꾸고 싶은 것이겠지. 하나 에프엠 주파수를 맞추기가 쉽지 않을 것이다. 사방 병풍처럼 산들로 둘러쳐진 분지형 지세 탓이다. 치지칙거리는 잡음이 나무를 파고드는 새의 부리처럼 관자놀이를 쑤신다.

"어지러워. 나 눈 감을게."

나는 서둘러 눈을 감아버린다. 그가 라디오를 도로 끈다. 잡음이 수그러들자 찌푸린 미간이 저절로 펴진다. 주름지고 꾸깃해진 기억들도 더운 김을 쐰 모직물이듯 편편해질 수 있다면…… 도마뱀 꼬리이듯 뚝 떼어주고 씩씩하게 돌아설 수 있다면…… 좋겠다. 눈을 감은 채 잠꼬대처럼 중얼거린다.

"잠들면 깨우든지……."

나는 벌써 반쯤 잠 속으로 빠져드는 사람처럼 몽롱한 시늉이다.

“자.”

의외로 선선한 그의 대꾸가 알 수 없게 사람의 마음을 허전하고 초조하게 만든다. 달리 자세를 어찌해 볼 수 없는 자동차의 붙박이 의자에서 요령껏 몸을 뒤척여본다. 잠이 오는 것도 아니고 자고 싶은 것도 아니다. 한참 만에, 나는 희미한 갈고리를 하나 던진다.

“멀어?”

그 또는 그의 기억은, 나를 어디로 데리고 가려는 걸까. 아니면, 어디든 내가 동행이어야 하는 걸까. 어디로와 어디든의 차이, 특정한 장소와 특정한 동행자의 차이, 그 방점의 차이는 상당히 중요하다. 사실은, 궁금한 것이지만.

그럼에도 불구하고 나는 그에게 어디를 가려느냐고, 왜 굳이 나와 함께 그곳에 가려고 하느냐고는 묻지조차 않는다. 그건 그의 사정이지 않을까. 나는 상관 않기로 한다. 그가 설령 내 양해를 구하거나 내 희망을 고려해 목적지를 변경할 뜻을 비쳐오더라도 나는, 상관없어, 라고 말해 버릴지 모른다. 아아 무슨 상관이람, 안 그래? 그렇게 심드렁하게, 얼핏 경솔하게 들릴 수도 있는 어투로 툴툴거릴지 모른다.

정직하게 말하면 나는 갑자기 남아 도는 시간을 어떻게 운용해야 할지 막막해진 것이다. 집을 떠나겠다는 선언은 선언에 그칠 따름이다. 마련된 세부도 없거니와 자력의 의지를 발동할 기운이 생겨주질 않는다. 그러므로 그가 내 시간의 일부를 쓰겠다니 그럼 써라, 하고 내던져버리는 이상한 자기방기의 상태일 수밖에 없는 것이다. 그것이 그에게 설명하지 못하는, 비애와 권태에 감염된 내 사정이란 것이며.

"거기, 지금 가고 있는 곳, 머냐구?"

내가 묻는 것은 단지 그것만이다. 먼 곳인가, 아닌가. 그것만큼은 꼭 알아두어야겠다는 뜻은 없다. 대답을 듣지 못했으니 한 번 더 물어보았을 뿐이다. 눈을 감고 있어서 그가 답변을 머뭇거리는지 작정하고 피하는지 가늠할 수는 없지만, 가늠할 필요를 못 느끼지만, 그 스스로도 거리에 대한 개념이 확실치는 않은 모양이라고 너그럽게 넘어가 줄 수는 있다. 아닌게 아니라 그는 좀 어정쩡하다.

"글쎄, 어쩌면."

"무슨 대답이 그래? 것두 어울리지 않네."

"공간의 문제가 아니고 시간의 문제야, 이건."

"그럼 정말 자두는 게 좋겠네. 아주 멀고 긴 여행일 거라는 예감이 드니까."

눈을 감은 채 무릎 위에 놓아둔 숄더백을 뒤진다. 수면대를 꺼내려는 것이다. 지난번에 벗어서 포켓처럼 달린 안주머니에 넣어둔 생각이 나는데 손어림만으로는 잘 찾아지지 않는다.

내게 수면대는 상비품이다. 재수 시절 불면증으로 고생할 때 아버지가 피로 회복제와 함께 건네준 것이 착용의 계기가 되었다. 주로 사위가 훤한 시간에 잠깐씩 눈을 붙이게 될 때 선글라스처럼 꺼내서 쓰는데, 인공의 어둠도 어둠이지만 그보다는 주위의 시선을 물리치는 데 더 큰 심리적 영향력을 행사한다. 참을 수 없는 못마땅함, 외면하고 싶음, 그런 종류의 시위 효과를 부수적으로 누릴 수 있다는 점에서 수면대는 매력적인 소지품이었다. 잃어버렸거나 귀걸이 고무줄이 너무 늘어났거나 해서 교체하기를 여러 개째다.

지금것은 겉면에 오돌토돌한 물방울 무늬가 돋을새김처럼 만져지는 제품이다. 올 봄 스승의 날 학교 아이들이 건네준 선물 상자 속에 들어 있었다. 때로는 믿기지 않게 다정하고 호의적이기도 한 그 아이들을 학기중에 작별 인사도 없이 외면해 버린 사실이 맘에 걸리지 않는 것은 아니다. 제현의 지적대로 무책임에 대한 그 어떤 추궁에도 변명의 여지는 없다.

수면대로 눈 부위를 덮는다. 얇고 들뜬 눈꺼풀 근육으로 빛을 차단했을 때와는 어둠의 질감이 확연히 다르다. 푹 잠기는 듯한 안온감은 시신경과 신체 다른 신경조직의 긴장까지도 고루 이완시켜 준다. 나의 경험으로는 침묵의 세계로 건너가고 싶을 때에도 수면대는 유용한 도구다. 결 고운 어둠의 베일을 투과하면 잠들지 않아도 잠결과도 같은 부드러운 적막 속으로 침잠할 수 있다. 어둠이, 적막이, 따뜻하게 감기는 물 같다고 느껴질 때가 가장 평화롭다. 어느 때나 그렇게 느껴지는 것은 아니지만.

자동차는 정차나 지체가 거의 없이 비교적 일정한 속도를 유지하며 달린다. 시내 외곽까지도 완전히 벗어난 성싶다. 흐름을 방해하는 신호체계와 도로망으로부터의 이탈은 아무튼지간에 한가로운 주행감을 제공한다. 이제 정말 멀고 긴 여행의 시작이로구나, 그런 착각도 가능할 것 같다. 길이 휘는군, 삼십 도쯤 우측으로. 어쿠, 장애물이 있네. 혹은, 오르막길이 끝나고 급한 내리닫이길이야······. 눈을 감고 있어도 차체의 진동과 쏠림으로 길의 굽음과 경사와 요철을 감지할 수 있다. 물체주머니 속의 사물을 손으로 더듬어 알아맞추는 놀이처럼.

그런데 그는 제대로 가고 있는 걸까. 그가 가고자 하는 그 먼 시간 속의 공간은 과연 실재하는 곳이기나 할까. 실재하는 장소인들 그의 기억과 반드시 일치한다는 보장은 없으리라. 얼마나 빠르게 얼마나 낯설게 이 땅의 모든 것들이, 나아가 지상의 모든 것들이 변하고 사라져가는데······.

그리고, 기억은 기록이 아니다. 기록은 정직한 증언이지만 기억은 설득력 있는 변신이다. 세상에 불변의 형상으로 존속되는 기억이란 존재하지 않는다. 기억이란······ 바래거나 덧칠이 되거나, 꼬이거나 부풀려지거나, 잊혀지거나 무너지거나······ 하면서 매번 새롭게 조명되거나 조작되는 속성을 지닌 그 무엇. 자생(自生)과 자활(自活)과 자멸(自滅)의 생물체적 생명성과 순환성을 가진 그 무엇. 더욱이 그 어떤 경우에도 가증스러운 진실인 그 무엇. 그런 것이다.

"······자니?"

그가 내 상념을 비집고 든다. 혀끝에서 오래 머뭇거렸을 듯싶은, 망설임의 흔적이 읽혀지는 물음이라는 건 어디까지나 과도하게 민감한 나의 감수성 탓일지도 모르지만, 여하튼 내 반응은 기다렸다는 듯이 즉각적이다.

"아니."

그런데 막상 그 쪽에서 말이 없다. 의외의 뒷걸음질에 문득 조급해져서 얼굴을 반이나 가리고 있는 수면대를 걷어낸다. 밝은 빛에 눈동자가 시큰하다.

"얘기해."

"뭐든지?"

"좋아, 뭐든지."

"무희가 누구지?"

하필이면. 단도직입적으로 치고 들어오는 그의 질문이 아뜩하다. 아랫입술을 잘근 깨문다. 입 안에 희미한 핏기가 퍼질 만큼.

"무희! 무희! 무희! 왜 무흴 알고 싶어하지?"

뚝뚝하고 거칠어진 심사가 감추어지질 않는다. 공연히 단김 올라 씨근대는 꼴이며, 발끈 되걸고 들어가는 말투며, 뿔난 이마받이로 무방비의 가슴팍 들이대는 짝이다. 기왕에 내놓은 질문일 테니 그도 싱겁게 거둬들이는 분위기는 아니다. 어조는 되받는 결기 없이 그저 차분하지만.

"열쇠라는 생각이 들었거든. 내가 집에 없었던 시간을 푸는 열쇠. 아닌가?"

그의 말이 맞다. 지난 십 년 가까이 무희가 내 인생을 지배했다고 해도 과언이 아니다. 자의적인 입문이었지만 임의로운 탈퇴는 불가능했다. 그녀는 사람의 마음을 흔들고 조종하는 데 탁월했다. 그녀에게는 자신에게 종신토록 복속케 하는 초월적 능력이 있었다. 마술피리 대신 쩔렁거리는 황금빛 열쇠꾸러미를 들고 애욕의

늪으로 추종자들을 인도했다. 그녀만큼 강력한 방향(芳香)을 발산하는 존재를 나는 본 적이 없었다. 그녀는 대단히 매력적인 외관을 한 미궁(迷宮)이었으며, 풀 수 없기에 도전하고자 하는 퍼즐이었으며, 그리고 오랫동안 나의 이상형……이었다. 내 무의식은 끊임없이 그녀를 닮고 싶어했는지도 모를 일이다. 오, 이 얼마나 끔찍한 고백인가.

"무희는…… 그랬어, 내 친구였어. 내가 좋아하는 사람 옆에 그 애가 있었어도 변함없이 절친했던 내 친구였어."

"좋아하는 사람이란 어제 그 작자일 테고?"

무심한 듯하면서도 어딘가 매끈하지 못한 말투. 나는 그의 반문을 무지른다. 그와 함께 정명을 무지른 것일 수도 있겠다.

"그 담에는 아버지 옆에 있었지."

"아버지, 아버지……라고 했니?"

"그래, 아버지. 아버지의 여자."

"너 지금……?"

"더 들어봐. 그리고 다시는 내게 묻지 마. 그애, 무휜 죽었어. 작년 이맘때쯤. 지난 일이라고, 그렇게 묻어두려고 했는데…… 이번에는 아버지가 가더라. 그래서 오빠가 날아온 거구. 아버지 말야, 그애한테 간 걸까? 그애가 부른 걸까? 나두 궁금해. 아버지와 무희는 서로 사랑했을까? 사랑에 미쳐서 죽어버릴 만큼 서로?"

그때다. 끼익― 둔중한 물체가 자동차의 하부에 부딪혔다가 튕겨져 나가는 충격음에 정신이 퍼뜩 든 것은. 아니, 정신이 홀쩍 나가버린 것은. 그가 차에서 내려 바깥의 상황을 살피고 다시 차로 돌아와 운전석에 털썩 되앉을 때까지 나는 온몸을 후들후들 떨며 헛소리처럼 되뇌고 있을 뿐이다.

그들은 정말 사랑했을까? 그랬을까? 그랬을까?

나는 침묵한다. 경이와 전율이 낙뢰처럼 숨골을 관통한다. 온갖 미혹의 열기가 한순간에 부질없어지고 자취 없어지는 저 근원의 아름다움이, 저 아름다움의 현존이 눈물겹다.

시원(始原). 그 한 단어로 모든 것이 설명되는 그런 곳.

공터에서 차를 내려 마을길을 가로질렀다. 완만한 내리막길이었
다. 길 오른편, 이끼 낀 돌각담에 콘크리트 담장을 덧대고 다닥이
붙어앉은 여남은 채 집들은 저마다 개량이나 증축의 흔적이 역력했
다. 푸른 기와 올린 지붕이며 처마끝의 차양이며, 반듯한 물색과 구
색으로 미루어 다 들어먹고 기울어가는 빈촌의 썰렁한 살림살이와
는 거리가 멀어 보였다.

어디선가 개 짖는 소리가 요란했다. 발뒤꿈치라도 물어뜯을 듯
이 질긴 데가 있는 목청이었다. 그만하면 먼 묵정밭에 나가 있는 주
인에게까지 낯선 발걸음의 접근을 충분히 알리고도 남겠다 싶으리
만치. 두세 마리가 연대해서 목 쉬게 짖어대도 부러 내다보는 사람

은 없었다. 소금 알갱이만하게 굵어진 빗방울이 길 위에 메다꽂히며 흙먼지 속으로 스며들고 있었다.

마지막 집채 앞을 지날 때에야 고만고만한 아이들 셋을 보았다. 보았다기보다는 보여졌다고 해야 할 것이었다. 그쪽에서는 만만히 내려다보고 이쪽에서는 치어다보아야 하는 불평등한 구도였으니까. 그 마지막 집은 길가로 면해 있긴 하되 점점 낮아지는 지형을 극복하기 위해 한 길가량 석축을 쌓고 그 위에 일자로 앉힌 지음새였던 것이다. 시렁같이 높음직한 마루 끝에 세 녀석이 조롱박처럼 나란히 걸터앉아 외지인을 굽어보고 있는 셈이었다. 마룻장 아래로 늘어뜨린 여섯 개의 다리를 건들건들 제각각으로들 흔들어대면서.

아이들은 셋 다 호의적이지도 적대적이지도 않았다. 무구해 보이지도 영악해 보이지도 않았다. 그저 무심한 표정들이었다. 텔레비전이나 영화로 보았을 뿐인 것을 당장에 눈앞에 가져다 놓는다 하더라도 그처럼 전혀 색다를 것 없는 일상의 익숙함으로 받아들일 듯했다. 차돌처럼 빤들빤들한, 그런 무엄하고도 완고한 무심함이었다. 그 의외의 무감응한 표정들이 어쩐지 닳은 티만 같아서 거북살스러웠다.

아이들을 지나쳐 조금 더 걸어 내려왔다. 매립지의 가장자리나 섬의 둘레처럼 걸어 내려올수록 흙의 찰기가 더해지는 길이었다. 노면을 이내 진창으로 만들어버릴 정도로 빗발이 거세다거나 강우의 시간이 경과한 것이 아니었는데도 그랬다. 신발 밑창에 질컥한 흙이 달라붙었다. 걸음이 묵직해졌다. 준오는 묵묵히 앞서고 있었

다. 차 트렁크에 아버지가 쓰던 파라솔만한 박쥐 우산이 들어 있음
을 기억해 내었지만 차라리 잊는 게 나았다. 그걸 가지러 되돌아가
자기에는 이미 들어선 거리가 만만찮은 성싶었으니까.

　나는 입술을 오므렸다. 휘파람으로 그를 불러세울 작정이었다.
휘익. 그가 돌아보면 도대체 어디까지 들어갈 참이냐고, 그 서먹한
행보에 대한 가벼운 항의 겸 질문을 던질 생각이었다. 한데 휘파람
을 휘익 날리기도 전에 그의 뒷모습이 옆모습으로 싹 바뀌었다. 길
이 구십 도 각도로 급격히 굽은 까닭이었다. 엉거주춤 내 몸도 우향
우로 돌았다. 방위와 시계(視界)가 달라졌다. 놀랍게도 언덕비탈이
잘려 사라지면서 시야가 확 트였다. 실재하는 물체를 감쪽같이 지
워버리기도 하는 컴퓨터 그래픽상에서의 가상의 현실 효과처럼.

　뜻밖의 트임, 뜻밖의 개안(開眼)이었다. 홀연히, 라고 할 수밖에
없는 풍경의 다가듦이었다. 이상하게 목이 메었다.

　그리고 시원……이라는 단어가 떠올랐던 것이다.

　허리까지 차오르는 물속에 아랫도리를 담그고도 무수한 팔 하늘
로 뻗어올려 비를 부르는 나무들. 간신히 물 밖으로 목을 내민 키
큰 물풀들, 목젖까지 치민 그 출렁이는 슬픔 같은 것들. 거친 덤불
숲으로, 물의 표면으로, 떨어지는 물 방 울, 물방울들.

　그렇게 젖어가는 나무들의 끝가지 위로, 혹은 둥근 파문이 수없
이 겹쳐지는 수면 위로 깃을 치거나 접으며 아우성처럼 날아오르는

철새 떼의 소란한 비행과 기착. 서글퍼라, 끝끝내 버리지 못하는 유리표박의 본능은.

먼 것과 가까운 것, 짙은 것과 엷은 것, 넓은 것과 좁은 것의 경계를 처연히 뭉개버리는 물안개의 아슴푸레한 봉기는 가뭇없는 한 시절 혁명과도 같은 것인가. 머리카락과 어깻죽지를 적시는 빗속에 서서, 나는 할 말을 잃는다. 아아. 박하향처럼 환하게 터지는 탄성조차 한 박자 뒤처지는 신음일 뿐이다.

사람이나 사물에게서 어떤 정수를 보았을 때, 드물게 어떤 경지와 마주쳤을 때, 언어란 옹색한 치장에 불과하다. 정밀하고 정교할수록 더 많은 프리즘을 지나온 빛처럼 본연에서 멀어진다. 무언이야말로 최상급의 헌사일지 모른다.

나는 침묵한다. 경이와 전율이 낙뢰처럼 숨골을 관통한다. 온갖 미혹의 열기가 한순간에 부질없어지고 자취 없어지는 저 근원의 아름다움이, 저 아름다움의 현존이 눈물겹다.

"그런데……."

문득 생경한 낯으로 그를 돌아다본다. 그는 어금니를 사려문 긴장한 모습이다. 한 점 수면을 응시하는 두 눈은 찬탄이나 동의를 구하는 자랑이기보다는 강바닥의 앙금을 휘저어 올리는 고역스런 회상에 가깝다. 땅속 깊은 암반층 아래를 흐르는 수맥처럼, 숨죽인 느낌이 그의 몸속 어딘가를 지나가는 것같이 느껴진다.

"첨서부터 여길 올 작정이었던 거야?"

어리석지만 그렇게밖에 물을 수 없는 것은, 진경산수의 두루마리 화폭처럼 눈앞에 좌라락 펼쳐진 비경의 눈물겨운 아름다움 때문이 아니다. 그가 이런 곳에 날 세워놓은 이유를 알 수 없기 때문이다. 이런 장소를 알고 있다는 사실도 실은 놀랄 일이다. 그리고 길에서 깊숙이 들어앉은 이 외진 물가를 모르라는 법은 없지만 그래도 이 땅을 떠난 지 오래인 그다. 제아무리 길눈이 밝거나 초행을 면한 사람이더라도 단 한 번의 주춤거림 없이는 찾아들기 힘들, 그래서 내륙의 오지라면 오지일 숨은 땅이 아닌가.

"어쨌든 따라 나서줘서 고맙다는 말은 해야겠지?"

"그건 됐구…… 감동적이야, 대단히."

"감동……적이란 말이지?"

마음을 내서 인심을 썼건만 그는 내 소감에 별반 감동하는 기색이 아니다. 얼굴은 어둡고 목소리는 침울하다. 차에서 내려 걷는 내 내 불편한 침묵으로 일관했던 분위기의 연장선이다. 지금 그의 내면에 펼쳐져 있을, 시공을 초월한 풍경화에 드리워진 그늘의 정체는 무엇일까. 왜 그는 비감을 감추지 못하는 것일까. 아니, 왜 그는 비감을 드러내는 것일까. 그가 내게 보여주고자 한 것이 이 눈물겨운 비경이 아니라 이 비경 앞에 서게 되면 필경 되떠오르고야 말 심연의 비감이었다면, 나는 그 비감의 유입을, 그 우울한 교착을 어떻게 뿌리쳐야 할까. 제발, 사양하겠어. 나도 힘들어 죽겠으니까. 그렇게, 얼기설기한 감정의 내선(內線)을 일촉즉발로 과장하거나 비명을 질러서? 거짓 수선이라도 떨어서?

"솔직히 말하면, 헤맬 땐 못미덥고 못마땅했었는데 피날레가 근사해. 애들 말로는 이럴 때 죽여준다고 하지. 근데, 왜 근사하고 멋진 것에다가 최악의 끔찍한 표현들을 갖다 붙일까?"

"위악이 더 근사하고 멋있어 보인다고 믿는 거겠지. 한때의 우리들처럼."

"난 빼줘. 그렇게 묶일 근거가 내겐 없어."

"그래, 넌 좀 재미없었지."

그가 내면의 그림을 바꿔 걸었나 보다. 쓸쓸한 풍경화에서 에피소드가 있는 일러스트레이션으로. 꼼지락꼼지락 풀리기 시작하는 언 발처럼 잠긴 목소리에 조금씩 기운이 들어가고 있다.

"그럼, 오빠 어땠지?"

"나야…… 분열의 일상화였다고 봐야지."

"일상적 분열……이 맞겠어."

"그래서, 여전히 너는 재미없는 거야. 넌, 일상적으로 진지해."

이번에는 그가, 그야말로 사뭇 진지한 어조로 나의 정체성에 대해 단정적인 결론을 내리고 있다.

"진지한 게 아니라 진부한 거라고, 그렇게 말하고 싶었던 거 아냐?"

진지니 진부니, 사실은 그의 의중을 캐묻자는 의도도 못 된다. 팽개치긴 했지만, 관성적으로 학교 아이들이 떠올랐을 뿐이다. 그 속에 몸담고 있을 때에는 무난하다는 자평으로 버텼던 것 같은데 지금 돌이켜보면 그다지 유능한 교사는 못되었던 것 같다. 아이들을 이끌었다기보다 그 극성들에 떠밀렸다는 느낌이 드니. 진즉에 사표를 냈어야 했을 것을, 무희가 일을 냈을 그때라도 그만두었어야 했을 것을, 너무 줏대 없이 주저앉아 있었던 것이 아니었던가 몰라.

아무리 애를 써도 아이들을 따라잡지 못할 때가 있었다. 즉각 웃음으로 대처하지 못하는 최신판 개그가 그러했고, 촌스럽다 못해 천박스러워 보이기까지 하는 멋내기를 이해하지 못해 미간이 좁혀지는 경우가 그러했다. 그럴 때 아이들은 숨이 턱턱 막힌다는 시늉으로 복창을 해댔다. 어유 선생님은 시집도 안 갔으면서 너무 진부해요. 미스 윤보다도 더 고리타분해요. 되바라지게시리, 시집을 안 갔으니 지들이나 마찬가지라는 뜻인가. 그래 맞먹자고 드는 거고? 조금만 잘해 주면 기어오르고 조금만 성질을 부리면 듣는 쪽에서 오히려 낯이 뜨거워 피해 버리게 되는 욕설을 뒤꼭지에다 예사로 붙일 수도 있는, 한마디로 겁나는 아이들이었다.

그 아이들이 번번이 비교의 대상으로 거론하는 미스 윤은 아득한 선배이자 옛스승인 동시에 동료 교사로, 정년을 몇 해 앞둔 미혼의 멋쟁이였다. 예나 지금이나, 운동장 조회가 있는 월요일이면 간혹 무릎 위를 껑충 올라가는 미니 스커트를 입고 나타나 아이들의 환호와 야유를 너끈히 받아낼 줄 알았다. 탄탄하게 장기 집권을 누리던 미스 윤의 인기를 단숨에 앞지른 건 나보다 한 해 늦게 부임해 온 무희였지만. 무희가 등장했어도 나의 비교의 상대가 변함없이 미스 윤이었다는 건, 그조차에서도 내가 만판 열세였다는 건, 정말 지독한 농담이 아닐 수 없었다.

"옳은 말이야. 넌 진지하고 진부해. 하나도 변하지 않았어. 여기

이 늪과 늪 주변처럼 달라지지 않아서 이상하게 안심이 돼."

"저주에 가까운 악담이군."

"너무 세게 비틀지 마. 이십오 내지 삼십 퍼센테이지 정도의 찬사를 함유하고 있으니까."

"나머지 칠십 내지 칠십오 퍼센테이지는 뭘루 채웠지?"

"아주 다양한 것들."

"예를 들면?"

"안타까움과 회한과 조소와 불편함과 경멸과 하품, 뭐 그런 것들이지."

"이십오 퍼센테이지에 넘어가서는 안 되겠군."

사위가 어두워지고 있다. 푸르스름한 잿빛의 대기. 안개는 물 밖으로 솟은 식물들의 상체를 휘감거나 수초 사이사이를 가볍게 속삭이듯 유영하면서 푸른빛을 잠식해 들어가고 있다. 말을 하거나 숨을 쉴 때마다 뿌연 입김이 흩어진다. 한 철 숙영지로 모여든 새들은 여러 무리로 편대를 이루어 날아가고 날아온다. 호루라기에 따라 움직이고 있는 듯하다. 일사불란하면서도 유연한 군무는 실은 필사적인 몸부림일 것이다. 조직에 대한 유전자적인 강박이 명령하는 집결과 해산은 경이롭고도 애처롭다. 스타디움의 관중석에서 조별로 나뉘어 흩어졌다가 다시 모여드는 거대한 매스게임을 관람할 때처럼.

"여기가 늪이 맞긴 해? 들어오면서 표지판은 봤지만 아무래도 내 눈엔 저수지나 호수……처럼 보이는걸?"

오는 길은 멀었다. 고속도로와 국도와 지방도로와 지도에도 나와 있지 않을 농로를 지나왔다. 이정표는 때로 요령부득이었다. 당연하게도 나는 그 어떤 도움이 될 만한 말을 보태지 못하였다. 그는 길이 갈라질 때마다 찰나적으로 망설였다. 직관과 정보의 통합에 의해 내려진 선택이 보기 좋게 빗나가기가 여러 번이었다. 몇 킬로미터쯤 자신만만하게 나아갔던 길에서 차를 되돌리거나, 한참을 달린 끝에 직선 코스 대신 우회로로 돌아왔음이 인지되는 경우도 있었다. 꾸물거리던 날씨는 길찾기의 막판에 가서 비로 변했다.

시간이 갈수록 그의 눈매는 고집스러워졌고, 몰래 그를 살피는 내 곁눈질은 빈도가 잦아졌다. 서두르지 않으면 어둠이 먼저 내려 앞뒤 분간이 더 막막해지리라는 걱정이 슬슬 고개를 쳐들기 시작할 즈음 허술한 표지판이 눈에 들어왔다. 규격에서 한참 벗어난 크기에 모양새였다. 관(官)의 관여 없이 개인이 제작한 안내판임을 증명하고도 남을 엉성한 솜씨였다. 삭은 판자에 흘려쓴 필기체 글씨는 어눌한 대로 정감이 갔지만.

늪으로 가는 길 2KM.

저런, 저러니 지나쳤을 수밖에. 안도했으므로 비로소 투덜댈 수 있었다. 그는 내 불평을 못 들은 척했다.

사행곡선 형태의 마지막 길은 어쩐지 미심쩍었다. 좁고, 낮고, 군데군데 뜯어먹은 빵조각처럼 패어 있었다. 하필 늪이라니, 진흙뻘이 연상되었다. 잼같이 걸쭉한, 밑이 푹푹 빠지는, 호러물의 단골 로케 현장 같은…… 불길한 늪. 유치한 고정관념에 빈약한 상상력

이었다. 헤어날 길 없는 흡인력으로 발목을, 무릎을, 음부를, 겨드
랑이를, 목을, 마침내 머리카락까지를 탐욕스럽게 삼켜버리는 수렁
귀(鬼)의 환각에 어린아이처럼 가련하게 진저리치고 있을 때 마을
의 지붕들이 자동차 앞 유리창에 들어왔다.

흐린 날씨와 엷게 퍼진 안개 탓인지 마을은 전체적으로 음음하
게 가라앉은 분위기였다. 그에 반해 빗물에 적셔진 기와의 다홍과
청람은 더욱 물색이 선연했다. 그가 공터에 차를 세우며 말했다. 다
왔다. 다 왔으니 내리라는 말로 나는 알아들었다.

"네가 머릿속에 떠올린 늪은 영화나 책을 통해 고착된 늪의 이미
지였던 거지."

"늪에 대한 부정적 상징들이 하나의 어두운 이미지를 만들었을
거야. 인정해."

"일반화된 문학적 상징들이 초래한 오류야. 지렁이나 파충류에
대해서 무턱대고 갖게 되는 혐오감의 오류처럼."

"알았어. 내 생태학적 무지를 인정한다구."

"그건 무지가 아니라 편견이지. 무지보다 더 나쁜 거야, 편견은."

"편견보다 더 나쁜 건 편집이구. 편집증, 집요함 말이야."

왜 나는 깊이 생각지도 않은 말을 해댈까. 게다가 약간의 신경질
까지. 말이야……로 말을 맺기 전에 이미 후회하게 되는 건 소심함
이겠지만. 그런데, 생각지도 않은 말이란 것이 과연 존재하기는 하
는 걸까. 말이란 결국 생각의 결과물일 텐데. 내용과 속도의 절묘한
타이밍을 교양이라 이를 테고.

곁이 잠잠해서 고개를 돌리니 그가 곡옥(曲玉)처럼 휜 늪을 향한 채 히쭉 웃는 게 보인다. 암청으로 깊어가는 수면과 하늘, 그리고 그 물빛 하늘빛 공간을 안간힘으로 포박하려는 안개를 배경으로 두르고, 주머니에 두 손을 찔러넣고서. 씰긋 치켜 올라간 입귀에 갈고리처럼 매달린 반쪽짜리 웃음이 귀살쩍다. 왠지 으스스하다.

"그럼 분열증적으로 얘기하지. 늪이건 저수지건 호수건…… 분명한 건, 저기 저 수초의 뿌리가 닿아 있을 뻘밭 속에 누군가가 꼿꼿이 선 채로 잠들어 있을 거란 사실이지."

말끝에 그가 다시 히쭉 웃는다. 아무래도 평범한 장난기로 느껴지지 않는다. 일그러진 저 웃음과 탁하고 퀭한 저 눈빛. 짧은 한순간이지만 그가 다른 사람으로 겹쳐 보인다. 처음 보는 낯선 얼굴이면서도 단 한 번의 일별로도 잊혀질 것 같지 않는 윤곽과 낯빛.

얼음물이 한 줄기 목덜미를 타그 척추로 흘러내리는 듯하다. 선뜩한 기운에 반사적으로 뒤를 돌아다본다. 아무도 없다. 서늘한 어둠이 빈틈 없이 다가와 바투 서 있을 뿐이다. 아마도…… 그래 아마도 조금 굵직해진 빗방울……이었을 게다.

"진흙뻘 속에 부동의 미라가 되어 있을지도 모르는 누군가의 살과 뼈를 상상해 봐."

"그러지 마."

"흥미롭지 않나? 세로로 곧추세워진 채, 영영 잠들어서도 편한 가로잠 누리지 못한 채……."

"그러지 말라니까!"

이 기막히게 아름다운 물 위의 풍경을 두고 그는 어째서 물 밑의 시커먼 뻘밭을 가래질하려는 것인가. 그의 마음의 눈이 갈퀴처럼 헤집고 있는 저 바닥에서는 마을의 누군가 밤새 내다버렸을지도 모르는 생활 쓰레기들과, 죽은 새나 물고기의 뼈들과, 수목이나 수초의 잎들이나 깨진 열매들, 그리고 그의 음습한 상상대로 어느 불운한 실족의 비극이 동시에 썩어가고 있을 것이다. 수천 년 이래 되풀이되어 온 부패의 습성이 늪의 존재 이유이며 존재 방식일 테니까.

흐르지 못하고 머문다는 것은 시간을 견디는 일인 것이다. 그 자리에서 고요하게 썩어간다는 것은 장구한 인내로 삭이는 거룩한 슬픔의 의식인 것이다. 시간과 물질을 완전히 분해해서 미생물로 돌려보내는 일의 거룩하고도 엄숙한 슬픔에 대해 설파할 생각이 아니었다면…… 그는 대체 무슨 연유로 날 이곳으로 이끌었을까. 나는 목소리를 낮춘다.

"이러다 다 젖겠어."

"……."

"더 캄캄해지면 길도 안 보일 거구."

"그래, 그만 가야지."

말은 그렇게 하면서도 그는 움직이지 않는다. 시간이 흐른다. 어둠이 깊어갈수록 안개도 지독해지고 있다. 바람과 빗줄기는 버드나무 회초리처럼 친친 감겨들고, 안개는 어둠을 밀어낼 기세로 끓어오른다. 마치 노천 온천이나 하얀 김이 뿌옇게 서린 욕탕 안에 서 있는 것 같다. 숨을 몰아쉰다. 물 냄새와 젖은 머리카락 냄새와 축축한 모직물 냄새와 살 냄새가 뒤섞인다.

기이하게도 사위가 다시금 훤해지고 있다. 안개의 짓, 안개의 연출이다. 검지도 투명하지도 않으면서, 열린 것도 닫힌 것도 아닌 입체 공간 속에 나와 그와 나무 기둥들이 지층이 불안정한 화산섬처럼 떠 있다. 안개에 갇힌 것이다. 안개 속에서는 나는 초조해질 수밖에 없다. 균형을 잃으면 마음이 다급해서 화부터 내게 된다.

"여길 꼭 와야 했어? 한국에 들어가면 꼭 들러야 할 단 한곳으로 여길 점찍어 두었던 거야?"

"……."

"그랬던 거냐구? 그것두 날 끌구 와서……."

"그 말은……?"

"좋아. 동행에 동의한 건 나야. 교정할게. 하지 뭐. 그치만 이 빗속에, 이 안개 속에 날 세워두려구? 단지 그러려구?"

그가 허리를 굽혀서 무엇인가를 주워올린다. 그러더니 벗겨진 칠자국처럼 안개 사이로 어른어른 드러나는 검은 수면을 향해 힘껏 팔매질을 한다. 나는 보이지도 않는 포물선을 캄캄한 시선으로 좇는다. 작은 돌멩이 같은 것이 물 한가운데로 빠져드는 소리가 뒤따른다.

"할 이야기가 있어. 반드시 해야 할 이야기지."

"그럼 해."

내 건조한 채근에도 그는 잠시 또 말이 없다.

그새 안개는 꾸역꾸역 밀려들고 있다. 무희는 안개의 계집이라

지. 무심코 중얼거리다가 정신을 차린다. 안개 속에서는 번번이 그
렇다. 스위치를 올리면 불이 들어오는 무대처럼, 안개에 갇히면 기
억의 컨베이어 시스템이 저절로 작동하는 것이다. 스르르 움직이기
시작하는 컨베이어 벨트 위에 무희의 나신을 담은 포스터가 실려
있고…… 그녀의 짧지만 변화무쌍한 생애를 포착한 여러 장의 스
틸 사진이 무대 의상처럼 차곡차곡 포개지고 있고…… 들끓는 내
압이 견딜 수 없어지는 나는 입에 붙은 노랫가락처럼, 무희는 안개
의 계집이라지, 웅얼거리게 되어 있는 것이다.

도리질로 머릿속에 꽉 들어찬 안개를 털어낸다. 무희를 헹궈낸
다. 마침내 결심한 듯 그가 입을 연다.

"이 늪은 내 무의식의 발원이야. 생시에, 맨정신으로 자각하는
무의식은 엄밀히 말해서 무의식이랄 수 없겠지만."

"자각하는 무의식, 의식하는 무의식……?"

당연히 나로서는 나의 무의식의 발원인 무희에게로 생각이 급선
회될 수밖에 없다. 멀미가 날 지경이다. 무희, 안개의 계집. 떨쳐내
자마자 발목을 붙드는 그가 원망스럽다.

"자신의 의사와 관계없이 지속적으로, 끈질기게, 자신의 정신세
계를 지배한다는 의미로 받아들여 주면 되겠어."

"정신분석학의 용어적 오용이 되겠지만 계속해. 무슨 의미인지
는 알겠으니까."

오용이건 남용이건, 사실은 그의 말이 빨리 끝나기를, 끝나서 이
자리를 뜨기를…… 바랄 뿐이다. 그러나 그는 자신의 생각을 고르

고 또 고르는 중이다. 문장을 입 밖으로 끄집어내기까지 갑갑하리
만치 뜸을 들이고 있다. 기민한 그가 아닌가. 저 어눌함과 멈칫거림
너머의 진실은 뭘까. 뭐기에 저렇게 우회에 지연을 거듭하는가.

"밥을 먹거나 잠을 자거나 섹스를 하거나 비즈니스 관계로 중요
한 대화를 나눌 때에도 내 무의식, 즉, 내 영혼은 안테나를 세우고
있지."

그는 예기치 않은 말을 꺼내고 있다.

"이를테면 영혼과 무의식이 혼연일체의 경지에 이르렀다, 그런
우주적인 뜻인 거야?"

"잠식당한 거야. 영혼이 무의식에게."

"무의식으로부터의 메시지를 청취하기 위해서?"

"아니, 난 강요받고 있어."

빌어먹을, 빌어먹을, 이라고 외치고 싶은 것을 가까스로 참는다.
이 무슨 선문답인가. 추위와 혼란과 무섬을 누르느라 언성까지 눌
러서 낮춘 악다구니를 쓰고 있지만 안테나는 뭐고, 메시지는 뭐며,
무엇 때문에 무엇을 강요받는다는 말인가. 늪에 당도한 뒤로 그는
다른 사람이 된 듯하다. 그가 헛것을 보고 있는지, 내 앞에 서 있는
그가 헛것인지…….

스웨터 소매 안으로 손을 집어넣어 맨살을 쓸어본다. 오돌토돌
한 소름이 잔뜩 돋아 있다. 게다가 손끝이 스치기만 해도 멍든 자국
을 문지를 때처럼 살갗이 화끈거린다. 몸살기가 도지는 모양이다.
목소리마저 조금씩 쉬어가는 듯하다. 정말이지, 마지막 인내심을

발휘하고 있다는 걸 그가 알아주었으면 좋으련만.

"좀전에 말했지만 여기까지 오는 동안에 나는 늪에 관해서 한 가지 이미지만을 되새기구 있었어. 일반적이고 문학적인 오류들과 가난한 상상력으로 빚어낸 형상이었지. 거대하고 강력한 흡반과 악력을 가진 수렁귀의 형상 말이야. 그런데 막상 여길 보고 느끼고 나니까 전혀 상반된 이미지가 생기더라."

"어떤……?"

"고요하고 헌신적인…… 침묵."

"그렇다면 내 무의식은 끊임없이 내 의식을 위협하는 수렁귀 쪽이겠군."

끝내는 그의 부정적이고 자포자기적인 말투가 마지막 인내심을 동원한 나를 자극하고 만다. 더는 내 어조와 음색을 조절할 수도 없고, 조절하고 싶지도 않다. 나는 되는 대로 팩팩 소리를 지르기 시작한다.

"제발 그만두자. 이젠 수렁귀든 침묵의 정령이든 상관없어. 무의식이든 의식이든 아랑곳하고 싶지두 않아. 말짱 말장난일 뿐이니까."

"심하군. 사력을 다해서 말하고 있는 중인데 말야."

"나야말로 겨우 버티고 있는 거야. 그러니까 여기서 더 끌지 말구 말해 봐. 간단명료할수록 좋아. 반드시 해야 할 이야기란 게 뭐지?"

"난 준오가 아니라는 것."

짧은 스매싱처럼 단호한 그의 말투. 예상치 못한 반격이지만 실감과는 거리가 멀다. 잠깐 동안 멍한 상태로 그를 올려다본다. 충격적이라기보다는 그저 얼떨떨하다고나 할까.

"물론 이전의 오빠는 아니겠지. 다른 문화 다른 생활 양식이 오빠를 다른 사람으로 만들었다구 해서 그렇게까지 정색을 하구서 아웃사이더 선언을 할 필요는 없지 않아? 사회적 환경에 따른 유전자 변종이나 새로운 유전자의 유입, 그 선으로 자신을 납득시킬 수도 있는 거잖아?"

"그런 차원으로 말한 게 아냐. 내 말은 액면 그대로야. 이전에도 이 순간에도 난 준오가 아니라는 것."

"준오가 아니면 그럼 누구야? 전지전능한 어느 누가 하드웨어만 남겨두고 소프트웨어를 바꿔치기라도 했다는 거야, 뭐야?"

"준오는 죽었어. 이미 오래전의 일이지."

"어처구니없는 존재 부정이군. 아님, 자의식 과잉? 정체성 회복?"

"난 준오 대신 준오로 살아왔어. 준오는 저기 어딘가에 거꾸로 처박혀 있지. 사흘이나 개흙을 퍼올렸어도 끝내 녀석을 찾진 못했으니까 아직도 저기 그대로 있을 거야."

"더 들을 필요 없겠어."

몸을 돌린다. 허우적허우적, 서툰 헤엄으로 늪을 건너듯 어둠과 안개에 포위된 허공을 더듬으며 앞으로 나아간다. 그가 내 팔목을 확 잡아챈다. 나는 그의 손아귀를 사납게 뿌리친다. 그가 다시 내 팔을 잡아끈다. 다시 뿌리치지만 역부족이다.

붙들린 팔목이 통증을 호소한다. 통증 때문인지 설움 때문인지 눈물이 찔끔 난다. 속수무책의 예감이 눈물바람을 앞세운 것인지도 모른다. 본능이란 때로 얼마나 교활하며 음험한가. 눈가가 젖어가는 채 나는 그의 가슴팍으로 끌어당겨져서 옴짝달싹도 할 수 없다. 아니다, 그의 가슴 안에서는 저항의 의지가 사라져버린다.

소리 지르고 이기죽거리고 한껏 뿌리치다가도 한순간에 무너지고 마는 이 알량한 전의의 본령은 부도덕이 아닐는지. 이 무기력한 안간힘은 위선이 아닐는지. 그리고 이 불가사의하고 정체불명인 인력(引力)은, 두려워라, 하늘을 속이는 패륜이 아니겠는지…….

8 늪 속의 늪

나는 눈을 감는다. 정수리에서 숨골로 척추로 손끝으로 발끝으로…… 몸의 중심으로

이르는 그 길고 먼 길이 한달음으로 줄여지는 듯한 팽팽함. 눈꺼풀이 떨린다. 머릿속

에 등이 하나 켜진다. 붉은 등이다.

늪가를 벗어난다. 앞세우거니 뒤세우거니, 안개가 길을 가로막는다. 사방 허공이 온통 회뿌연한 안개 속이다. 안개에 갇혀 어둠마저도 희끗희끗 바랜 먹빛이다. 지긋지긋한, 안개……의 공략.

안개는 길을 덮고 마을을 덮고 마을을 봉쇄하고 있는 야산을 타 넘어간다. 나는 이미 기진해 있는 상태다. 걸음을 옮기기가 몹시 힘겹지만 보폭이 큰 그의 뒷등과 그나마 사이가 더 벌어지지 않도록 거의 기를 쓰며 나아가고 있는 중이다. 그러고도 중간에 한 번씩 뜀박질이다시피 발을 재게 놀려야만 그와 멀어지지 않을 수 있다. 더군다나 아까는 내리막이었으니 이제는 수고로운 오르막이다. 경사가 완만하다고는 해도 마음 가는 만큼 몸이 가주질 않는다.

준오는 앞만 보며 걷는다. 무엇엔가 단단히 홀려 있는 사람 같다. 넋은 뒤에다 두고 거푸집 같은 허물이 휘적휘적 앞서가고 있는 듯하다. 천천히 가. 그러나 가위 눌린 꿈속에서처럼 말문이 터지질 않는다. 슬몃 억울한 기분이 든다. 그와 내가 언제 피 터지게 싸우기라도 했다는 말인가.

"좀, 천천히, 가."

숨이 턱밑까지 차오른다. 그 짧은 한 문장도 단번에 뱉어내기 어려워 토막을 친다. 그가 그제야 속도를 조금 늦춘다. 그래도 성큼성큼한 보폭은 그대로여서 여전히 그가 앞서고 있다. 대신 간격이 벌어진다 싶으면 내 쪽에서 뛰질 않고 그가 한 번씩 걸음을 멈추었다가 다시 걷곤 하는 식이다. 뒤돌아보지 않고도 기척으로 아는 것. 희미한 자장(磁場)의 영향을 받는 것. 어떤 형태의 동행이든 회피할 수 없는 연대감이란 있게 마련이다.

마을은 적막하다. 안개 때문인지 번한 어둠 때문인지 몇 채 안 되는 집채들은 창 안쪽에서 흘러나오는 따스한 불빛에도 불구하고 어딘지 촬영장의 세트처럼 부박해 보인다. 공동 창고임직한 가건물의 처마에 가로등 구실을 하게끔 내달아놓은 외등도 처연스럽다. 외등 불빛이 만들어낸 동그란 공간 안으로 금박처럼 반짝이는 빗방울들이 거친 실선을 그으며 떨어지고 있다. 분분한 낙하가 마음 밑바닥에 물웅덩이를 남긴다. 퍼내지 못하여 점점 썩어가는 우물……

컹컹컹. 마을의 개들이 일제히 짖어댄다. 마을 바깥, 자동차를 세워둔 공터에 이르도록 사람의 자취를 만나지 못한다. 처음 마을 길로 들어섰을 때처럼 이번에도 개 짖는 소리가 배웅인 셈이다.

자동차 안은 싸늘하다. 한데나 다름없다. 비바람을 가리는 것만으로 뼛속까지 찹찹하게 휘어감는 냉기를 다스릴 수는 없다. 그런 마당에도 얼얼한 외기(外氣)와 혼란과 본질이 모호한 긴장이 풀어져서인지 차에 오르는 순간부터 온몸이 본격적으로 후들거리기 시작한다. 아주 작은 화기(火氣)라도 아쉽다. 나는 콘솔 박스에서 담배를 꺼내물고 떨리는 손으로 불을 붙인다. 한 모금 급하게 연기를 빨아들이자마자 밭은기침이 터져 나온다. 기침은 쉽사리 멎질 않는다.

그가 내게서 담배를 뺏어 차창 밖으로 휙 집어던진다. 한 점 빨간 불꽃이 땅에 떨어지기도 전에 스러진다. 항의는커녕 그저 멍한 기분인 채 그를 비스듬히 올려다본다. 이제는 마주 화를 낼 기운조차 남아 있지 않다. 단지, 화를 내자고 들면 그가 아니라 내가 그를 향해 내어야 맞는 것이 아닌가, 지나가는 생각을 잠깐 해볼 뿐이다.

그가 차의 시동을 걸고는 얼마간 공회전을 하도록 내버려둔다. 그도 비를 맞았으니 으슬으슬 떨릴 테지. 둘 다 미련한 짓을 했다. 열 몇 살짜리 애들의 객기도 아니고, 둘이 죽고 못 사는 연인의 센티멘털도 아닌 다음에야 우중(雨中)에 이 무슨 어처구니없는 청승을 다 떨었는가 싶은 것이다. 새삼 그가 휘두르는 대로 휘둘려버린 자신에 대해서도 부아가 치민다. 울화의 방향이 그에게가 아니라 자신에게인 것도 못마땅하다. 그 결에 새담배를 꺼내 물까 하다 관두기로 한다. 천만에, 그의 비위 따위를 염려해서는 아니다. 목구멍이 계속 간질거려 다시 기침이 터질 것 같아서이다.

그가 히터를 튼다. 찬바람이 쏟아져 나온다. 으으춰, 으으춰, 속으로만 연신 웅얼거린다. 한참 만에야 미지근한 바람이 흘러나오기 시작한다. 그새를, 이빨이 마주칠 만큼 더 후들대고 났더니 아무 생각이 없어진다. 그가 화를 내는 건 부당하다는 생각조차도. 일시적인 감각의 마비. 아니지, 감정의 마비. 오로지 온기만이 그립다. 설설 끓는 방바닥이거나 뜨거운 미음이거나, 차라리 따뜻한 물 한 잔. 손바닥으로 감싸쥘 수 있는, 밭은기침으로 따끔거리는 목젖을 달랠 수 있는…… 물 한 잔.

옷이 마르면서 몸의 열을 앗아간다. 오한과 신열의 수위가 높아가고 있다. 으으으으…… 참느라고 애를 쓰는데도 신음이 흩어지는 건 어쩌지 못할 노릇이다. 입을 꾹 다물고 전면 유리창으로 달려드는 안개를 노려보고 있던 그가 나를 돌아본다.

"이런, 내 탓이야."

그는 대번 자신을 책망한다. 내 꼴이 어째 심상치 않다는 생각이 드는 모양이다.

"네가 몸살 끝이라는 사실을 잊고 있었어. 아니, 잊지 않았어도 여긴 너무 먼 곳이야. 널 너무 멀리 데리고 왔어."

늦은 감은 있지만, 당혹감과 자책이 뒤섞인 목소리다. 늪가에서의 비극적이면서도 가학적이던 결연함은 그 아닌 다른 사람의 몫이었던 것처럼. 휘적휘적 넋 없이 저 혼자 나아가던 육신은 그 아닌 타인의 몸뚱어리였던 것처럼. 마치 몸 밖을 배회하던 그의 영혼이 그의 몸속으로 돌아 들어온 것처럼. 나는 몸 안의 물기를 짜내듯 간신히 기운을 짜내 오히려 그를 관면한다.

"누구 탓두 아니야. 빗줄기가 가늘어서 대수롭지 않게 여겼던 게
잘못이지."

히터를 세게 틀어도 바람의 세기와 소음만 요란해질 뿐 차 내부
의 온도를 상승시키는 데엔 별무 소용이다. 그가 내 쪽으로 몸을 기
울여 안전벨트를 매주고는 운전대를 꺾는다. 숙인 그의 머리카락에
서 물비린내가 난다. 그런데도 그는 수분 부족의 건선 환자처럼 버
석거리는 얼굴을 하고 있다. 그가 사행(蛇行)의 수로를 따라 함께
휘돌아치는 단선 도로로 급히 들어선다. 서두른다든지 초조해한다
든지, 그와는 무관해 보였던 감정선들이 툭툭 불거지는 게 의아하
다. 별일이지. 오늘 하루 나는 벌써 몇 차례나 그의 감정선이 들고
나는 걸 지켜보아야 했는가.

"병원을 찾아보자."

"됐어. 이만한 일루 병원은 무슨…… 누가 들으면 웃겠다."

그를 만류하지만 그는 들은 척도 않는다.

"기침 소리도 예사롭지 않고…… 그러다 폐렴이 되면 어쩌려고.
너 원래 기관지가 약했잖아? 그런 애가 담배는 왜 배워서 뻑뻑 피
워댄다니?"

"……."

심통에서 걱정으로, 걱정에서 잔소리로. 도대체 나는 뭐라고 대
꾸를 해야 하나.

그는 왜 결혼을 하지 않았을까. 여자는 있었겠지. 교포 2세든 유
럽계 백인 여성이든 원주민과 이주민 사이의 혼혈이든, 죽도록 사

랑했거나 죽이고 싶도록 미워했거나…… 그랬을 수도 있었겠지. 그의 아이를 낳아줄 마음이 없는 여자여서…… 헤어졌을까. 그런데 나는 왜 그가 여자와 헤어졌을 거라는 짐작을 하는 걸까.

뜬금없는 생각을 끝말잇기처럼 이어가고 있는 자신이 당혹스럽다. 알고 있다. 때로 나는 상상이 지나치다. 상상으로 현실을 대리 만족하려는 경향이 있다는 것도 안다. 무희의 비난이 옳았는지 모른다. 오직 머리만 뜨거운 존재, 머리로만 뜨거워지는 존재……라던. 실은 넌 냉혈이야……라던. 그녀는 나를 바로 보았다.

너의 가장 큰 문제는, 시뮬레이션과 실전을 혼동한다는 것. 시뮬레이션으로 실전의 희로애락을 설파하려구 든다는 것, 그것이야.

기회가 닿을 때마다 그녀는 가차 없이 나의 모순을 지적하곤 했다. 우정의 의무이기라도 한 것처럼.

머리루 하는 사랑은 계산이야. 사랑은 가슴과 가슴 아래를 오르내리는 거야. 뜨거운 불꽃을 가슴에서 가슴 아래루 실어나르는 거야.

나는 그녀의 말에 반박했다. 순전히 지기 싫은 마음이었을 것이다.

네가 말한 건 사랑이 아니라 애욕이야.

내 말에 그녀는 소리내어 웃었다. 거칠 것 없는 냉소였다. 그러다가 어느 순간 웃음을 뚝 그치고 상대의 눈을 빤히 들여다보며 짓궂은 질문을 던지겠지, 싶은. 그 시니컬한 웃음에 이어지는 도발적인 질문은 그녀가 자주 구사하는 또 하나의 전략이었으니까. 아니나 다를까, 그녀가 웃음기를 싹 거두고 내게 물었다.

너, 남자랑 자봤니?

나는 갑자기 할 말이 없어졌다. 빈털터리면서도 꼭 살 듯이 굴며 물건을 집적거리는데, 너 돈은 가지고 있니? 라는 질문을 받은 것처럼. 빈 지갑을 들킨 데다 어린아이 취급을 당한 기분이었다. 그녀는 내 대답을 기다리지 않았다. 이미 내 얼굴에서 그 대답을 충분히 확인했을 터였다.

물론, 자봤겠지. 너의 그 뜨거운 머리로. 넌 날더러 애욕이라구 했지만 네 경운 판타지야. 도덕주의자들이 왜 비겁한지 아니? 그 잘난 몸뚱어리들을 아끼느라 두뇌 플레이를 하거든. 사랑을 말야. 그렇게는, 이루기는커녕 이르지두 못하지, 영원히.

사랑에 관한 한 언제나 의기양양한 모습을 보여왔던 무희의 평결이란 그녀 자신의 맹목을 합리화하기 위한 공격적 방어였을 공산이 크다. 그랬을지라도 결국 그녀의 말은 틀리진 않다. 내 생각이 변화한 걸까? 아니면, 진화한 걸까?

"알았지, 병원으로 가는 거다?"

그는 내 복잡한 회상에 기인한 묵묵부답을 승복으로 이해했는가 보다.

"들판 한가운데 병원이 어딨다구……."

어깃장은 한사코 병원행을 주장하는 그가 아니라 나다. 가까운 시내나 읍내로 들어가면 병원이나 의원이 있기는 할 터이므로. 하지만 이 저녁 시간의 단 십 분도 몰인정하고 싸늘한 벽면에 둘러싸인 채 소독약 냄새를 맡으며 보내는 데 할애하고 싶지는 않다. 그리고 병원이란 공간은 아직까지는 어떤 식으로든 아버지를 안치했던 영안실의 기억을 끄집어낼 게 분명하다. 세인들의 야비한 호기심 속에 치러진 장례의 절차까지도.

내심 진저리와 도리질을 쳐댄 탓인지, 다시금 밭은기침이 터진다. 날카로우면서도 뻐근한 통증이 목구멍과 폐부를 사정없이 압박한다. 입을 가리고 있는 손바닥 위로 각혈 같은 붉은 피가 뚝뚝 듣는 듯하다.

"거봐라, 그렇게 기침은 요란하게 해대면서."

그가 날 핀잔한다. 나는 그를 향해 제법 핏발을 세우며 대든다.

"제발 날 그런 곳으로 끌고 가지 않는다구 약속해. 그러잖음 여기서 문 열구 뛰어내릴 거야."

"그 고집……."

"그냥…… 어디 가서 몸이나 좀 뉘었으면 좋겠어. 쉬구 나면 나아질 거야."

종내는 사정 조로 물러서는 내 부탁에 그는 아예 자신의 입을 봉해 버린다. 그러고는 수로를 따라 난 그 좁고 낮고 군데군데 파인 길에서 불안할 정도로 속력을 내기 시작한다. 덜컹거리는 차체에 헤드라이트 불빛이 덩달아 들썩인다. 차창 밖으로 바투 다가선 길섶의 식물들이 시커먼 그림자인 채 속속 뒤로 밀려나고 있다. 춤을 추듯 흔들리는 헤드라이트 불빛에 수로의 물결과 길가의 나뭇가지들이 언뜻언뜻 드러났다 지워진다. 드러남일지라도 그 선과 면의 경계는 뭉개진 목탄화처럼 흐릿하다. 꾸역꾸역 몰려드는 안개가 사위의 모든 사물의 형체와 본질을 교묘하게 바꿔가고 있는 것이다.

시계(視界)는 극단적으로 불량하다. 위태롭다. 늪으로 가는 길. 들어설 때 보았던 나무 판자로 만든 팻말이 헤드라이트 불빛에 불쑥 떠올랐다 어둠 속으로 물러난다. 급감속, 그리고 구십 도 각도의 우회전. 수로로 처박히지 않고 무사히 큰길로 들어섰나 보다. 나는 꼭 움켜쥐고 있던 주먹을 펴서 무릎 위에 올려놓는다.

그가 재차 가속 페달을 밟는다. 큰길이라야 기껏 왕복 2차선의 지방도로에 불과하지만 방금 빠져나온 샛길에 비하면 탄탄대로에 주단길인 셈이다. 집요하게 따라붙는 안개와의 어쩔 수 없는 동행도 대충 끝이 나는 듯하다.

그가 첫번째로 눈에 띄는 모텔 주차장에 차를 집어넣는다. 선택의 여지가 없다. 그를 따라 차에서 내린다. 습한 바람이 인정 사정 없는 기세로 달려든다. 채 마르지 않은 몸이 금방이라도 짱짱하게 얼어붙을 것 같다. 그가 다가와 나를 부축한다. 나는 내게 닿는 그의 손길을 내버려둔다.

프론트의 여자는 아무것도 묻지 않는다. 인사조차도 생략하는 건 불친절일까, 지나친 과묵일까. 자동차가 주차장으로 들어서는 것을 보고 준비하고 있었던지 다짜고짜 키를 건네고 숙박계를 디민다. 그는 성실하고 꼼꼼하게 기재를 한다. 마치 한동안 머물 전셋집이나 월세방 계약서를 작성하는 중인 것처럼 보인다.

"온돌방이면 좋겠는데요?"

그의 확인을 겸한 우회적인 요구에도 여자는 역시나 말없이 키를 바꿔줄 뿐이다. 고객과 시선이 마주치지 않도록 교묘하게 눈길을 피하고 있던 여자가 입을 연 건 거두절미, 숙박료에 대해서 말할 때 딱 한 번이다.

"이만원이에요."

여자가 손가락으로 가리키는 일층 복도는 어둑어둑하다. 카운터와 연결되어 있음에도 후미진 별채의 밀실을 찾아가는 것처럼 느껴질 정도다. 그나마 안내도 없다. 아무려나, 셀프서비스가 고맙고 편리한 사람들도 있을 것이다.

"묘하군. 괜찮겠어?"

"신경 쓰구 싶지 않아. 어차피 잠시 쉬었다 갈 텐데 뭘."

무뚝뚝한 여자에 썰렁한 복도와는 대조적으로 키 홀더에 적힌 숫자를 보고 알아서 찾아간 객실은 한 걸음 안으로 발을 들이는 순간부터 이내 몸이 녹는 듯싶게 훈훈하다. 함박인지 목단인지 꽃그림 요란한 이부자리 밑으로 손을 집어넣은 뒤부터는 숫제 떨떠름하고 미심쩍던 마음까지도 노곤노곤 녹아버릴 참이다.

"이만하면, 견딜 만하겠어?"

그의 태도나 말투도 많이 눅었다.

"바닥이 끓어."

"그럼, 쉬고 있어. 문은 내가 잠그고 나갈게."

무어라고 묻거나 말릴 틈도 없이 그가 도로 방 밖으로 나간다. 나는 멍하니 닫힌 문을 바라보다가 고개를 돌린다. 내버려둘 수밖에. 그는 무엇이든 제 식으로 하는 사람이 아니던가.

걸옷을 벗어 마르기 좋게 방바닥에 반듯반듯 펼쳐놓은 다음 이부자리 속으로 기어든다. 조금쯤 있으려니 유리창에 긴 성에가 아침볕에 사르르 녹아내리듯 살얼음장처럼 곱았던 손과 발에 가까스로 온기가 돌기 시작한다. 오한이 가시진 않더라도 견디기가 한층 낫다. 손이라도 씻었으면 좋겠는데 벌써 이불 밖으로는 한 뼘도 움직이기 싫을 정도로 축 늘어져버린 상태다. 눈을 감기도 전에 졸음이 먼저 찾아온다. 우정 눈을 부릅뜨고 졸음을 견디지만 눈꺼풀이 내려오는 걸 막을 재간이 없다. 번쩍 눈을 치켜떴다, 슬그머니 내리감았다……를 반복하며 나는 그를 기다린다.

불가항력인 듯 서서한 잠 속으로 미끄러져들면서도 의식의 끄트머리는 문 쪽에 닿아 있다. 그는 어딜 간 거지? 저벅저벅 문 앞에서 멀어져 가는 듯한 발소리, 혹은 저벅저벅 이쪽으로 다가오는 듯한 발소리……는 그의 것인가? 잘못 들은 것인가? 잠결 머리맡으로 비몽사몽의 환각이 파도처럼 밀려들었다 쓸려 나간다. 그리고 아마도 잠꼬대이거나 꿈속의 일일지도 모를 발설…….

……나는 참으로 오래도록 누군가를 기다려온 것 같다.

깜박 잠에 들었던가. 부스럭 소리에 화뜩 정신을 차리고 보니 다시 그다. 그는 비닐 봉투를 든 채 날 내려다보고 있다. 철렁 숨이 멎어버릴 것 같은 한순간의 마주침. 숨결 한 자락까지도, 가느다란 혈관 속까지도 샅샅이 뒤져낼 듯한, 투명하다 못해 심연처럼 아득한 눈빛이 아찔하다.

"……잠들었었나 봐."

변명처럼 우물거리며 몸을 일으키려 하자 그가 한 손을 뻗어 이불 위로 내 가슴을 가볍게 누른다. 슬며시 시선을 벽 쪽으로 돌리면서.

"그냥 있어."

그가 봉투에서 생수와 이온 음료, 캔 맥주 두 개, 그리고 초콜릿과 약봉지를 차례로 꺼낸다. 제법 불룩한 약봉지 속에는 체온계도 들어 있다. 나는 모로 누워서 체온계를 꺼내는 그의 손을 바라본다. 냉정함과 섬세함과 파란과 강단을 함께 지닌 손. 얼굴이나 옷차림보다 그의 이미지에 더 가까운 손. 그래서 그의 육체보다 그의 정신의 한 부위로 느껴지는 손.

어쩌자고, 진원이 불분명한 슬픔과 동시에 그 손등을 한번 쓸어보고 싶다는 마음이 차오르는 것인지……. 어쩌자고 나는 사람의 손이 그리운 것인지…….

"네 집으로 가서 준오로 살게 되었을 때……."

찌를 듯한 형광등 불빛 때문에 눈을 뜨고 있을 수가 없다. 눈을 감아도 불빛이 얇은 눈꺼풀을 파고든다. 불을 좀 껐으면 한다고 부탁하고 싶지만 어쩐지 해서는 안 될 말인 것 같다. 게다가 나는 혀뿌리에 체온계를 밀어넣고 있어서 발음하기가 여의치 않다. 꼼짝없이 부신 불빛을 감당하고 있을 수밖에 도리가 없다.

"······속으론 몹시 겁먹었지만 그러면서도 내심 기뻤다. 기회였으니까. 세상을 사는 요령과 노력이 더해지면 탄탄한 일류의 인생이 내 앞에 펼쳐질 것 같았으니까."

둘러볼수록 익숙해지기는커녕 점점 낯설어지는 방이 있다면, 이 방이 바로 그런 방일 것이다. 얼마나 많은 사람들이 이 방을 거쳐갔을까. 우리 앞에는 어떤 삶을 견디는 사람들이 하루 저녁 몸을 뉘었을까. 집을 나와 떠도는 사람이었을까. 집으로 돌아갈 시간을 놓친 사람들이었을까. 혹은 세상의 눈을 피해야 할 사람들이었을까. 그는, 그들은, 곧장 잠에 들었을까. 뜬눈으로 서로를 안았을까. 오래오래 잊혀지지 않을 떨림의 기억을 서로의 몸속에 이식해 놓았을까. 기억의 파종이란 한결같이 아름다운 수고만은 아닐 것이다. 움을 틔우지 못하고 스러지거나 치명적 독소를 지닌 유기물로 변이를 일으키기도 할 것이므로.

베개와 이부자리에서 앞서간 누군가들의 살냄새와 땀냄새와 기름진 머릿단 냄새가 맡아지는 것 같다. 그 누군가들의 뜨거운 몸짓과 한숨을 몰래 엿보고 엿듣고 있기라도 하는 것 같다. 공연히 떳떳하지 못한 기분마저 든다.

그는 맞은편 벽에 뒷머리를 붙이고 기대앉아 있다. 한쪽 무릎은 세우고 다른 한쪽은 곧게 뻗은 자세다. 세운 무릎에다가는 한 손을 걸쳐두었고, 또다른 손으로는 맥주 캔을 그러쥐고 있다. 그는 자신에 관한 이야기를 이어가고 있는 중이다.

"날 그리로 보낸 원장아버지도 누누이 강조했더랬다. 이제부터는 네가 준오다. 준오를 대신 살아주는 거니까 행여라도 죄책감 같은 건 가지지 말아라. 오히려 준오가 네게 빚지는 거라고 생각해라. 준오의 뜻으로, 하늘의 뜻으로 받아들이는 거다."

그가 맥주로 목을 축인다. 나는 그에게서 흘러나오는 말들을 잘 이해할 수가 없다. 그렇다고 말가지를 쳐낼 엄두도 내지 못한다. 생소하고 충격적인 고백이어서 그저 듣기만 하는 데에도 적잖이 기운이 빠지는 것이다.

"놀라운 프로젝트였지. 준오의 뜻만으로는 미약해 하늘의 뜻으로까지 끌어들였으니……. 수차례 연습에 리허설도 했다. 내가 물어보마. 자, 너는 누구냐? 네 이름은? 그러면 내가 대답하는 거야. 준옵니다. 강준옵니다. 원장아버지는 그래도 안심이 덜 되는 얼굴이긴 했지만 내 어깨를 두드리며 격려와 위로를 해주었다. 그래, 준오가 맞다. 넌 잘 해낼 거다. 그러고는 아퀴를 짓듯 덧붙이더군. 그나저나 현소 일은 나도 정말 가슴이 아프구나……라고 말이다. 그렇게 나는 내 이름, 현소를 버렸다."

그의 목소리는, 멀게 들렸다가 바짝 곁인 듯 가깝게 들렸다가, 주춤주춤 물러나듯이 잦아들곤 한다. 나는 그의 말을 듣고 있다. 그러나 그의 말은 불가해하다. 그가 이국의 땅에서 이국의 현실에 복무할 때 사용하는 언어처럼 요령부득이다. 정작 딴생각에 빠진 채 무심코 글줄만 따라가는 무의미한 독서처럼, 그의 말 또한 그렇다. 그는 무슨 말을 하고 있는가. 그가 준오가 아니면 누가 준오란 말인가. 강준오에서 함준오로, 다시 파양되어 강준오로 살아온 그가 준오가 아니라면.

십수 년을 무남독녀로 자라오다가 어느 날 갑자기 오빠가 있다는 말을 들었다면 누군들 충격을 받지 않을 수 있었을까. 그 오랜 기만에 대한 충격과 충격에 대한 반발은 무시되었다. 그가 왜 내 오빠인지에 대한 설명을 요구했을 때 어머니나 아버지 두 사람 다 약속이나 한 듯이 굳게 입을 다물어버리는 사태 앞에서 열 몇 살짜리의 상상력이란 가공할 만한 공포에 다름 아니었다. 사이좋게 지내야 한다, 그 한마디로 어머니는 상황을 종결하고 싶어했지만 어떻게 그것이 가능하다는 말인가.

그는 나와 어머니와 아버지 모두에게 깊은 자상(刺傷)을 입혔다. 물론 그가 가해자였다는 뜻이 아니다. 그가 받은 칼날이 가장 깊숙이 그에게로 박혀들었을 것이므로. 중요한 것은, 그제나 지금에나, 누가 준오가 되었든 준오가 존재했다는 사실이다. 준오란 존재가 존재한다는 사실이 위협적이었지 준오 자체가 위협이었던 것은 아니었으니까.

"나는 준오다, 나는 준오다…… 쉼없이 최면을 걸었다. 나중에는 나도 내가 준오일지도 모른다는 착각을 할 뻔했지. 수면으로 떠오르지도 않은 채 완전히 가라앉아버린 준오의 육신은 애초부터 현소의 것이었고, 준오인 내가 늪에 빠진 친구를 구하지 못한 죄의식에서 스스로를 수장시킨 것이었다, 그렇게 스토리를 꾸며내기에 이르렀던 거지. 네 집에서는 아무도 내가 준오가 아닌 줄 모르니까, 수소문으로 준오를 찾아내긴 했지만 그때까지도 진짜 준오를 본 적이 없으니까, 굳이 그러지 않아도 되었는데…… 어느새 나는 준오처럼 말하고 준오처럼 찡그리고 준오처럼 걷고 있더군. 어쩌면 준오가 내 속에 와서 나를 대신 살았는지 모르지. 내가 준오의 영혼을 빌린 것이 아니라 준오가 내 육신을 빌린 것이었을 수도……. 하나이면서 둘이고 둘이면서 하나로 살았…… 말하자면…… 우리는…… 샴……가 아니었을까.”

어디선가 자박자박 멀어졌다 되돌아오는 발자국 소리처럼 그의 말소리가 이어졌다 끊어졌다…… 한다. 혀 밑에 침이 고인다. 체온계를 물고 있어서 목구멍으로 침을 넘길 수가 없다. 이제 그만 체온계를 빼도 되지 않을까. 머릿속은 불덩이처럼 활활 타오르고, 수없는 누군가들의 선잠 위로 포개어진 내 몸뚱어리는 까무룩한 낭떠러지 아래로 내내 떨어지고 있는 중인 것만 같다. 몹쓸 낮꿈을 꾸고 났을 때처럼 온몸이 욱신욱신 아프다.

“복잡해지기 시작한 건, 너 때문이었다. 너만 보면 나는 준오를 버리고 싶었다. 준오가 아닌 현소로 돌아가고 싶었다. 준오를 버리지 않으면 네게 가지는 내 마음이란 거, 엄청난 죄악이 되는 거거든. 준오를 버린다고 사정이 달라지기야 했을까마는, 그래도 최소한 축복은 아닐지언정 악덕은 면하게 되지. 너라면 어땠을까? 네가 나처럼 살아야 했다면 너는 무엇을 버렸을까? 안락을 버렸을까, 마음을 버렸을까?”

그는 내게서 무슨 대답을 듣고 싶은 건가. 내가 가정이나 가설을 전제로 한 질문을 달가워하지 않는다는 사실을 그는 잊은 건가. 그리고 그처럼 필생이 걸린 선택을 강요받는 위치에 있지는 않았지만 복잡하기는 나도 마찬가지였다.

그 무렵 나는 하루 온종일 신경이 곤두서 있었다. 그가 보이건 보이지 않건 어디서나 그를 의식할 수밖에 없었다. 그런데 날 날카롭게 만들었던 그는 내게 마음을 두었노라고 고백하고 있다. 그 마음, 필경 욕조의 물처럼 부드럽고 따뜻하게 죄어드는 찰랑거림이었을 텐데, 앞가슴과 손바닥을 간질이는 듯한 설렘과 두근거림이었을 텐데, 나는 왜 무작정 그를 밀어내려고 했을까. 그를 미워해서였을까.

아니었다. 나는 알고 있었다. 그의 위악과 퉁명스러움과 냉랭함에 맞서 나 역시도 불가침 선언과도 같은 경계심으로 무장하고 있었지만 속마음은 그렇지가 못했다. 그의 마음이 앓는 고열이 실수인 듯 나를 데게 했기 때문에 나는 그의 존재 자체를 몹시 두려워하고 있었다. 누구에게나 한 차례 홍역처럼 지나가는, 하필이면 닿을 수 없는 사람에게로 치닫는 마음이란 무엇인가. 작위를 감춘 스침이나 본심을 감춘 겉돎, 그리고 비등점과 빙점의 순환이란 무엇인가. 그것이 묻어두지 못하고 꼭 밝혀야 하는 진실이라도 된다는 말인가, 새삼 그에게는.

"자? 잠들었어?"

평저음으로 이어지던 그의 목소리가 불현듯 절박해진다.

"……들려? 듣고 있는 거니?"

나는 마침내 빼물고 있던 체온계를 뽑아든다.

"……듣구 있어."

"……잠든 줄 알았어."

그가 빈 캔을 우그러뜨린다. 그에게 체온계를 내민다.

"이거 좀 읽어줄래?"

그가 구긴 캔을 내려놓고 다가와 체온계를 받아든다. 나는 가느다랗게 실눈을 뜨고 허공을 더듬는다. 몇 시나 되었는가. 여기서 이대로 밤을 보내야 하는 것인가. 집에다가는 뭐라고 둘러대야 할 것인가. 생각들이 두서없이 떠오르기만 할 뿐이다. 무엇을 어떻게 해야겠다는 궁리 따위는 아예 접어버린다. 어떻게든 되겠지. 어떻게든…….

"삼십구 도 이 부. 안 되겠다. 지금이라도 병원에 가자. 아까처럼 고집 부리지 말고."

그는 다시 현실로 돌아온 듯하다. 나는 맥없이 고개를 가로젓는다. 우선은 움직인다는 것 자체가 과중한 노동처럼 끔찍하기 때문이다. 손가락 하나 까딱거릴 힘을 내기도 버거울 지경이다. 기껏해야 감기 몸살일 게 뻔한데 병원이다 뭐다 호들갑을 떤다는 것도 우스운 일이다.

"병원은, 싫어."

"그럼 어떡할래? 오도 가도 못하고 여기서 진을 치고 있을래?"

"가긴 가야지."

"어떻게?"

"어떻게든."

"좋아. 네 맘대로 해라. 몇날 며칠을 이 시골 모텔에서 터잡고 지

내든지, 제현이더러 와서 업고 가라든지. 제현이 아니면 누가 너의 그 말 안 되는 고집을 꺾겠니?”

난데없이 제현을 들먹인다. 제현이 들었으면 웃겠다. 착해 빠진 제현이라야 날 꺾을 수 있다니, 어리둥절하다기보다 차라리 억울하겠지. 무관한 제현까지 끌어다 대며 야단을 치는 체하지만 그의 손바닥은 내 이마를 조심스럽게 짚고 있다. 무엇인가를 인내하는, 인내할 줄 아는, 따스하고 묵직한 손이다. 하나마나한 짓인 줄 알 텐데도 어른이 아이에게 하듯이 제 손으로 체열을 가늠하려는 것이다. 이상하게도 마음이 놓인다.

“그 손……..”

“……?”

그가 나를 내려다보고 있다. 그의 눈을 똑바로 들여다본다. 그의 눈 안에 내가 들어 있다. 내 눈동자에는 그가 들어 있을 것이다. 그런 것처럼, 그의 마음 안에는 내가 들어 있을까. 지나가는 바람처럼 통과해 버리지 않고 밀실과도 같은 소용돌이 속에 여태도 갇혀 빙글빙글 돌고 있을까, 그의 마음 안에서 나는. 그리고 내 마음 안에는 그가 들어 있을까. 두고두고 아껴놓았던 말처럼 여태도 흩어지지 않고 있을까, 내 안 깊은 곳에서 그는.

“손 좀 잡아줘.”

뜻밖의 말. 내가 내 귀를 의심하는 동안 그의 눈빛, 마찬가지로 흔들리고 있다. 곤혹스러움과 머뭇거림. 그가 곧 내 이마를 덮고 있던 자신의 손을 거두어 차고 축축한 내 손바닥에 맞붙여놓는다. 깍지 긴 그의 손끝에서 내 손끝으로 건너오는 미세한 전율은 급진적이다. 불온하고 불길하다. 최초의 전율은 긴급하고도 절실한 타전으로 온몸의 신경세포들을 건드린다. 강풍에 휩쓸리는 들불처럼 빠른 확산에 주저하면서도 나는 막무가내다. 태연히, 그에게 말한다.

"나, 안아줄 수 있어?"

그리고 나는 눈을 감는다. 정수리에서 숨골로 척추로 손끝으로 발끝으로…… 몸의 중심으로 이르는 그 길고 먼 길이 한달음으로 줄여지는 듯한 팽팽함.

눈꺼풀이 떨린다. 머릿속에 등이 하나 켜진다. 붉은 등이다.

지난밤 내내 나는 정상이 아니었다. 체표는 뜨겁게 달아오르면서도 속살은 얼음옹이
가 박인 듯 시리고 시렸다. ……나는 그의 가슴 안에서 덜덜 떨며 눈물을 찔끔거렸
다. 기침을 토해 냈으며 식은땀을 흘렸다. 내 옷과 그의 옷이 땀으로 젖었다.

똑똑똑.

이켠의 대답을 듣지도 않고 무턱대고 도어 손잡이가 돌아간다. 저 웬수. 병실 문을 밀며 들어서는 사람은, 예상대로 제현이다.

"스톱! 아무 말두 하지 마."

제현임을 확인함과 동시에 튀어나가는 첫문장이다. 다짜고짜 열두 마디쯤 퍼부을 기세로 입을 반은 벌린 채 들어서던 그는 내게 선수를 빼앗겨 기가 막히다는 표정이다. 그래도 기어이 한마디 간죽거리기를 빼놓지는 않는다.

"장하다!"

그러면서 빤한 병실을 두리번거린다. 눈에 띄지 않는 무엇인가를 찾는 것처럼. 그가 찾으려고 하는 건 짐짓 두리번거리는 시늉이 필요없는 것, 아마도 준오일 것이다. 여기 있을 거라더니……? 제현의 얼굴에 그려진 물음표를 나는 못 본 체한다. 지나치게 방어적인 반응을 보인다는 것도 켕기는 노릇이긴 하다만.

준오는 낮에 입원 수속을 하다가 접수 창구 앞에서 우연히 고등학교 동창을 만났다고 했다. 외과 스태프더라고, 졸업한 지 벌써 십몇 년인데 한눈에 자길 알아보더라고, 갑자기 변하지 않는다는 것이 소름 끼치게 오싹하더라고, 화장실에 들렀다 나오려다가 세면대 위의 거울을 한참이나 들여다보게 되더라고, 주체가 동창인지 자신인지 모를 이야기들을 풀어놓다가 그 조우를 계기로 급조된 동창들과의 저녁 모임에 불려 나갔다.

그는 썩 내키지 않는 듯했지만 부러 병실까지 찾아 올라온 동창을 끝까지 박정하게 뿌리치지는 못했다. 안정 가료가 도저히 불가능할 것 같으니 우리 오라버니 제발 데려가시라고, 물론 내가 나서서 내몰다시피 동창 편에 그를 붙여놨지만. 질질 끌고 당기는 술자리의 속성상 늦게라야 자리를 털 수 있을 것이다. 해장국에 해장술로 이어지면 이른 아침이라야 택시에 오를 수 있을 것이고. 제현이 준오를 꼭 보아야겠다면 집으로 가서 그의 귀가를 기다리는 편이 나을 것이며. 기왕이면 어머니의 말동무도 되어줄 겸.

"그거, 나 주려구 가져온 거지?"

나는 제현의 손에 들린 종이 봉투에 시선을 꽂으며 묻는다. 서점 로고가 찍힌 봉투인 걸로 봐서 읽을거리라도 챙겨온 모양이다. 그는 내용물을 꺼내 보여줄 생각은 않고 보호자용 간이 의자에 털썩 주저앉으며 퉁명스럽게 대꾸한다.

"말하지 말라며?"

"묻는 말에는 제꺽 대답해두 돼."

"뭔 법이냐?"

"내가 답답하니까."

그가 허, 헛웃음을 치고는 어이없어하는 얼굴로 반문한다.

"그러니까 이 몸이 묻는 말에는 아무 할 말이 없으시고, 그 몸의 답답한 사정만 안중에 있으시다, 이렷다?"

"그런 질문조차두 엄히 금하겠어. 뉘앙스가 불손해."

"급성 폐렴이라더니, 살 만해졌나 보구나. 급격하게 손상된 부위가 내과 계통이 아니고 머리 쪽이든가."

"네 눈엔 이 푯말 안 보이니? 절대 안정."

제현이 안경을 벗어서 물끄러미 렌즈를 들여다보다가 다시 콧등에 걸친다. 특유의 버릇이 나올 태세다. 진지한 본론. 염려하고 충고하고 간섭하는. 해서, 미안해지고 고마워지다가 파장에 가서는 발끈해지고 마는.

"네게 필요한 건 절대 안정이 아니고 절대 진실이야. 도대체 어떻게 된 일이냐?"

당연하지만 어리석기도 한 저 질문에 대한 나의 답변은, 어떻게 된 일이냐고 물어서는 안 되는 일……이어야 맞을 것이다. 부끄러움은 없었다. 절대 진실이란 바로 그것, 부끄러움이 없다는 것. 그 다음은 다만 발설하고 싶지 않을 뿐이라는 것.

지난밤 내내 나는 정상이 아니었다. 체표는 뜨겁게 달아오르면서도 속살은 얼음옹이가 박인 듯 시리고 시렸다. 한류와 난류가 교차하는 바다 밑 물길처럼 한 몸이 고열과 오한에 속수무책이었다.
간헐적이던 기침은 점점 더 잦고 끝은 질겼다. 여간해서 그쳐지지
가 않았다. 새벽녘에는 흉곽을 완전히 뒤틀어버릴 듯이 격해졌다.
준오는 그럴 때마다 내 등을 가만가만 쓸어주었다. 나는 그의 가슴
안에서 덜덜 떨며 눈물을 찔끔거렸다. 기침을 토해 냈으며 식은땀
을 흘렸다. 내 옷과 그의 옷이 땀으로 젖었다.

날이 밝자 그는 여전히 고집을 부리는 나를 안아서 자동차로 데
려갔다. 조수석에 날 앉히고는 몸을 편히 기댈 수 있도록 등받이를
한껏 젖혀주었다. 안전벨트를 매주며 그가 말했다.

속력을 낼 거야. 겁내지 마. 그리고 정 견디기 괴로우면 말해. 다
른 조처를 취해 보게.

"너는 말하고 싶지 않다는 얼굴로 버티지만……"

말을 끊고, 제현이 한 차례 더 안경을 벗었다 쓴다. 단단히 틀어
진 눈치다. 하긴 그의 입장에서는 넌더리를 낼 만하게도 생겼다. 제
현은 어머니에게 있어 딸인 나보다도 나았다. 주의 깊고 다정다감
했다. 준오가 자의 반 타의 반 이 땅을 떠나면서 되내려놓은 아들
구실까지 맡아서 듬직하게 해냈다. 뿐인가, 충직한 집사인 양 빈틈
없이 꼼꼼하게 여러모로 뒤치다꺼리를 해냈고, 앞으로도 언제까지
나 제 집 일처럼 감당해 낼 그였다. 천품이었다. 그랬음에도 무엇인
가 알 듯 모를 듯 돌아가는 요 며칠간의 기류에서 그 자신이 무안하
도록 제쳐지고 있다는 느낌은 그를 맥 풀리게 했을 법도 하다.

"그래도 난 네게서 들었으면 해. 슬그머니 사라져서 돌아오지 않

았던, 혹은 돌아올 수 없었던 사정이란 것에 대해서. 빌어먹을 통화는 안 되지, 교통사고율 세계 최고 수준인 이 땅에서 차는 끌고 나갔지……."

준오는 정말 무서운 속도로 달렸다. 비상 라이트를 켜고도 헤드라이트를 번쩍거렸다. 간간이 클랙슨을 울리기도 하면서. 가뜩이나 형편없어진 몰골인데다 입술이 바짝바짝 타들었다.

사고나겠어.

걱정 마. 아마추어 레이스에 나가볼까 하던 참이야. 순위는 기대하기 어렵겠지만.

맙소사. 안심이 되기보다 기겁할 정보였다. 휴대폰의 전원을 켰다. 지켜보고 있었던 듯이 벨이 울리기 시작했다. 처음 몇 번은 받지 않았다. 그를 옆에 두고 거짓말을 할 것인가, 곧이곧대로 보고를 할 것인가. 어느 쪽이든 민망할 게 분명했다. 양해가 되는 상황이라 하더라도 청취자가 있는 면전의 거짓말은 야비한 속내를 들키는 기분이게 마련이었다. 엄마겠지. 아니, 엄마일 리가 없지. 제현이더러 걸어보게 시켰을 거야. 가엾은…… 걘 언제나 우리 집에서 독립을 하지? 과속에 대한 두려움과 기진맥진의 신체적 악조건을 견디기 위해 나는 가능한 한 딴생각에 몰두하려고 애를 써야 했다. 밭은기침과 휴대폰 벨은 번갈아가며 울려댔다.

이리 내.

못내 거슬렸던지 준오가 휴대폰을 넘겨받아 갔다. 역시 제현인 듯했다.

그래, 같이 있다. 지금 가는 중이고. 이따 얘기하자.

그는 적어도, 어쩌면 나라면 했을지도 모를 거짓말을 하지 않았
다. 또한 상대방의 건짜증이 끼여들지 못할 담담하면서도 냉정한
어조로 상황을 마감했다. 그랬으므로 민망할 이유도 없었다. 그러
고 나자 전화벨은 더 이상 울리지 않았다. 정공법은 유효했고 유용
했다.

"하룻새 뚱딴지 같게도 너는 여기 입원해 있을 지경이고, 집안
분위기는 갈수록 이상해지고 말야. 고모부님 때문이냐, 정명이 형
때문이냐? 이렇게까지 묻고 싶진 않지만…… 너 이러는 거, 준오
형 때문인 거냐?"

"내가 어쩌는데?"

"석연찮게 굴잖아. 뭐든 네 멋대로가 돼가고 있어. 고모부님 일
며칠이나 됐다고, 연락두절 아니면 잠적에, 경솔하게 사표나 던지
고……."

말끝을 흐리지만 그만하면 제현으로서는 이미 하고 싶은 말을
웬만큼 털어낸 셈일 것이다. 그가 무엇보다 강조하고자 하는 대목
은 내가 상중(喪中)의 처지라는 것이겠지. 사십구재도 탈상도 한참
이나 멀었는데 이런 고약한 무분별이 어디 있느냐, 그런 추궁이 행
간에 켜켜이 깔려 있다. 빌어먹을, 건전한 이상과 건강한 심신과 건
재한 교화성 발언은 나무랄 데 없는 그의 미덕이긴 하지만 번번이
속이 뒤집히고 마는 것, 알량한 자존심이라도 건드려진 것처럼 삐
딱해지는 것, 그것 또한 나의 문제이리라. 교과서에 코를 박지도 못

했으면서 머리카락을 불량하게 손질하고는 교문 밖으로 뛰쳐나가
지도 못했던 시절을 답습하는 듯한 나의 문제. 이를테면, 무희가 될
수도 없으면서 제현이 되지도 못하는 나의 문제.

"내 문제야."

"옳아. 누구의 문제도 아닌 바로 네 문제야. 그런데, 너 자신의
문제를 왜 집안 전체의 문젯거리로 만드느냐는 게 내 질문의 요지
가 되겠어."

"너야말루 내 문제를 왜 집안 전체의 문젯거리로 비약시키고 있
는 거니? 부탁인데, 제발 날 좀 내버려둬라. 난 너처럼 어디에서나
누구에게나 꼭 필요한 존재가 아니야. 그렇게 되고 싶은지 아닌지
도 모르겠어."

"넌, 넌……."

제현이 말을 더듬는다. 옆길로 사 듯 자학으로 강하한 내 발언의
진위가 어리둥절한 것일 게다. 나는 그의 선량한 마음에다가도 재
를 뿌린다.

"또 부탁할게. 위로 같은 거라면 벙긋두 하지 마라. 어떤 사람에
게는 세상에서 제일 견디기 힘든 것 중의 하나가, 타인의 위로를 받
아야 하는 신세가 된 자신을 바라보게 되는 경우이니까. 특히 무고
하고 무결한 뷰티풀 라이프의 교과서 강독은 절대 사양이야. 지긋
지긋해. 지리멸렬하고 지루해서 돌다가시겠어."

"넌, 내가 널 어떻게 생각하는지를 알잖니? 넌 말이야, 고모님에
게나 고모부님에게나…… 그분들이 살아계시거나 돌아가셨거나

넌 그분들에게 있어 가장 중요한 존재이고 앞으로도 그래. 내게도
너는…… 중요한 사람이야. 우린 평범한 사촌간이지만 소꿉친구나
다름없이 자랐어. 때로 넌, 누나나 선배 같다가도 미현이보다 더 어
리게 굴어서 날 쩔쩔매게도 만들었고. 어떤 땐 미현이보다 네가 더
내 친혈육 같아. 뭐랄까, 암튼 넌…….”

“부탁한댔지? 어휘력 부족을 통감하느니 그냥 냅둬. 애쓴다구 달
라지진 않으니까. 네 탓두 아냐. 난 언제나, 어디서나, 누구에게나,
두 번째 이하였어. 내 포지션은 세컨드 아래였다구. 이제 그걸 깨달
은 거야. 하! 이제야 그걸 깨닫다니, 한심한 서른 해였지 뭐니?”

세컨드……? 내가, 그랬나? 제현에게 퍼부어댄 말이 내게로 되
돌아와 꽂힌다. 중앙이 꿰뚫려버린 듯한 명중의 느낌이 있다. 한순
간에 과녁이 뒤바뀐 것이다. 명증한 확신이 있어서가 아니다. 속에
서 꾸역꾸역 차올라오는 대로 쏟아놓았다. 각성 없이 마구잡이로
퍼다 올린 토사물 같은 말들이었을 뿐, 자해의 의도는 없었다.

아, 말이 되는가. 순수한 토사물이라니. 언어의 토사물 속에는
온갖 것들이 뒤섞여 있다. 무의식과 잠재의식과 열등감과 상처와
죄의식의 단서들이 세균의 수만큼 바글바글바글하다. 세컨드……
는 무의식과 잠재의식과 열등감과 상처와 죄의식, 그중 하나에 닿
아 있는 단서이리라. 심층의 그 모든 것들에 닿아 있거나. 그것으로
인해 내 존재가 놓였던 자리를 바로 들여다보는 일이 가능해졌다.
나는 내 거친 자복(自服)과 거의 동시적으로 스스로에게 내린 규정
의 적확성을 이해했던 것이다. 그래, 세컨드…….

화들짝 정신이 든다. 비로소 확연해지는 순간을 맞은 것이다. 치주염을 앓는 어금니로 각얼음을 와작와작 깨물었을 때 오는 통증처럼 문득 명료해지는 순간, 아주 이따금씩밖에 찾아오지 않는 그런 돈오(頓悟)의 순간 말이다. 언어의 토사물 속에서 낚아올린 단서는 날카롭게 번뜩이는 칼날이었다. 칼날임을 인지하는 순간은 이미 늦었다. 칼날에 벤 뒤인 것이다.

그러나 칼날이 예리할수록 통각은 더딘 법이다. 일시적인 쇼크. 나는 잠깐 사고의 공백 상태에 놓인다. 그 잠깐 동안 눈빛이 풀어졌을지도 모른다. 제현은 안절부절못하고 있다. 빠르게 넘어가는 슬라이드 화면을 온전히 포착하지 못해 허둥거릴 때처럼 급전하는 내 정서의 현황이 몹시 불안한 모양이다.

그의 머리 위, 맞은편 흰 벽에는 제약회사에서 배포한 달력이 걸려 있다. 나는 달력의 그림에 초점을 모은다. 푸른 낙우송, 메타세쿼이아의 도열. 나뭇가지와 이파리 사이사이로 비쳐드는 햇살 한 오라기에마저도 치밀한 손길이 지나갔다. 사진인지, 극사실주의 기법의 유화인지, 정교한 컴퓨터 그래픽인지, 분간이 가질 않는다. 지나치게 사실적인 것은 오히려 비현실 같다. 원근법에 충실한 청록 색조의 메타세쿼이아 가로수 길은 장엄하고 장쾌하다. 울일한 직립은 사람의 마음을 서늘하게 하는 데가 있다. 그 그늘 아래로 들어서고 싶게 하는, 보행의 유혹을 느끼게 하는 길이다. 주저 없이 그 길로 뛰어든다. 길 끝, 아득한 소실점으로 달려가면서 비명을 지른다.

악, 악, 아아아악……

제현은 질린 듯 입을 다물어버린다. 자해 공갈범과 대치중인 무능한 경비 역에 어울릴 표정이다. 그가 달아나듯 창밖으로 급히 시선을 옮긴다. 신축중인 콘크리트 구조물과 구조물을 둘러치고 있는 초록색 안전망이 전부이다시피 한 바깥 풍경으로. 그나마도 낮이어야 볼 수 있는 풍경이 그렇다는 것이고, 지금은 어두운 밤중이어서 주변 건물에서 던져주는 불빛들과 공사장 자체의 보안등만으로 삭막한 외관을 부분부분 드러내고 있을 뿐이다.

시선을 길게 붙잡아둘 만한 물체라곤 없는데 그의 응시는 제법 고집스럽다. 나는 나대로 그로부터 고개를 틀어버린다. 소리를 지르고 났더니 기침이 터진다. 기침은 발작적이다. 그는 기침으로 괴로워하는 나를 다독거려줄 마음이 없는 듯하다. 끝끝내 돌아다보질 않는다. 거봐라, 너도 날 성가셔 하잖니? 아니라고 해놓고는 결국은 너도 내게 진절머리를 내고 있잖니? 기침만 아니었으면 그렇게 말해 주는 건데…….

한참 만에야 기침이 멎는다. 차라리 일어서서 휙 나가버려도 그만일 걸, 제현은 꿈쩍도 않고 어두운 창밖만 내다보고 있다. 저 버팀의 의미는 무엇일까. 의리일까, 의무일까. 나는 베개에 얼굴을 묻는다. 그를 내버려두고 좀전의 생각으로 돌아간다. 첫손가락에 드는 기쁨, 첫손가락에 드는 영예가 내 것이었던 적이 있었는가, 라고.

단순한 경쟁에서 이따금 선전(善戰)은 했지만 결정적으로 탁월하지는 못했던 것 같다. 참가자 전원에게 골고루 상을 안배하는 도내 음악 콩쿠르나 미술 사생대회에 나가서 그랑프리나 장원을 받아본 적이라곤 없었으니까. 장려상 아니면 가작이 고작이었다. 학과에서도 일등을 해본 기억이 없다. 크피를 흘려가며 날밤을 새고 치른 무수한 시험들에서의 최고 기록은 이등이었다. 그것도 똑 부러지게 월등한 일등을 따라잡기는 차후로도 영 불가능해 보일 뿐만 아니라 유지조차 힘겨워 보이는, 단 한 번으로 그친 이등이었다.

필름을 거꾸로 돌려보면, 아버지나 어머니에게조차도 내가 당신들의 첫손가락이었다는 요지부동의 믿음을 가져본 적이 있었던가 갸웃거려진다. 어머니의 첫손가락은 요절한 연인이었다가 그 요절한 연인의 유일한 혈육이 승계했으리라. 내 어머니는 내 아버지 이전의 남자, 옛 인연의 자식을 수소문하면서 무슨 생각을 품었을까. 아버지는 또 어떤 심경이었을까. 아버지는 그 입양에 대해 철저히 함구했다. 훗날 있었던 외숙의 증언에 의할 것 같으면 거부의 의사를 밝히지도 않았다고 했거니와, 어머니의 옛 인연은 아버지와도 피할 수 없는 의리의 관계였었다고 했다.

좀더 자세히 알아야겠다면 얘길 하마. 네 엄마나 아버지 입으로 네게 들려줄 만한 이야기는 못 되는 것 같고 하니까……

아뇨, 됐어요. 신파가 따루 없네요.

복잡하면서도 솔깃하던 본심과는 달리 표면적인 내 반응은 차디찼다. 그 이죽거림 때문이었던가, 어렵사리 운을 뗐던 외숙에게서도 더 이상의 자세한 설명은 들을 수 없었다. 그때만 해도 나는 어렸다. 어리석었다. 부끄럽지만 돌이킬 수 없는 일이었다. 오직 배신과 모멸의 가계사가 까발려지는 데 따르는 수치심이 먼저였던 것이리라.

어머니와 어머니의 옛 인연, 어머니의 옛 인연과 아버지와의 인연……. 아무리 그렇기로 아버지의 묵인은 언뜻 납득하기 어려운 관용이었다. 내가 알기로도 그 건으로 어머니를 궁지로 모는 발언을 하거나 도덕적 우위에 선 자의 태도를 취하지도 않았다.

그러나 내가 본 것의 일부만이 진실이었거나 그 전부가 전혀 진실이 아니었을 수도 있다. 이제는 나도 세상의 모든 부부들이 감추고 있는 위선의 비일비재함을 상식으로 알고 있는 나이에 이르렀다. 그러므로 내 어머니와 아버지라고 해서 위선자가 아니라고 옹호할 수는 없는 것이다. 딱한 추정이지만 어머니와 아버지 사이에 타협이나 야합, 최악의 표현으로 하자면 모종의 거래가 있었다고 볼 수도 있는 것이다. 그렇거나 말거나 중요한 건 내가 어머니의 첫 손가락의 존재가 아니었다는 사실, 그 점이다.

아버지의 첫손가락은 일생의 허무였을까, 생의 마지막을 재촉하게 된 어린 여자와의 도저한 사랑이었을까. 절대불변의 존재감으로 나 아닌 타인을 마음의 내벽에 새겨넣음으로써 헤어날 길 없는 저주를 택한 아버지의 간절함과 무희의 간절함은 내내 일치했을까. 천국의 하루를 영구히 지니기 위해 지옥의 천 년을 견디기로 몸을 던졌을 만큼…….

한쪽은 절친했던 친구였고, 다른 한쪽은 내 육친인 아버지였다. 그들을 차례로 떠나 보내고 난 지금 나는 오히려 그들을 알지 못하겠다. 그들이 따로 존재할 때의 낯익음과 함께 존재할 때의 낯설음이 언제쯤이면 내 안에서 부딪치지 않게 될지, 친구도 자식도 아닌 완전한 타자의 눈으로 수긍하게 될지, 알지 못하겠다.

넌 내 베스트 프렌드야. 난 네가 사람을 상하게 했더래두 널 지킬 거야.

내가 앞날을 내다보지 못한 고백을 했을 때 무희는 담담하게 말하지 않았던가.

그래, 넌 좋은 친구야. 우정이 변함없길 바래.

이십 대의 초반 어느 때 무슨 일론가 대단히 고무되었거나 감동을 받은 끝이었으리라. 북받쳐서 충성심을 과시하고 싶어졌겠지. 우정을 위해 목숨을 내어놓을 수도 있으리라, 스쳐가는 찰나나마 가소로운 결의를 품었을지도 모르지. 그러나 정작 목숨을 내어놓은 건 무희였다. 우정의 이름이 아니라 사랑의 이름으로였을망정.

정명의 첫손가락은 오래도록 무희였을 것이다. 이제까지도. 내게 손을 내밀지만 그 손은 피가 흐르지 않는, 맥이 뛰지 않는 의수(義手)일 뿐이다. 그렇게, 누구나 누군가에게 마음의 맨 앞자리에 세워지는 존재들일 텐데, 나는 언제나 나의 맨 앞자리만 내어주며 서른 해를 버텨온 것인지도 모르는 일이다.

나는 시트로 덧씌운 담요를 머리끝까지 뒤집어쓴다. 먹먹한 기운이 물처럼 가슴에 고인다. 눈가가 젖도록 출렁거린다. 왜 이렇듯 서러워지는 것일까. 왜 스스로 몸 숨길 데 없는 초라함을 드러내고 마는 것일까. 살 발린 짐승처럼 앙상한 정신의 골격만이 잔해로 남아 있을 뿐인가.

10 그에게, 들어가다

그는 손가락 끝으로 내 등에다 아주 작은 원들을 그려 나가고 있다. 목덜미에서 허리께

까지, 그의 신중한 손가락이 작은 원과 원들을 촘촘한 사슬뜨기로 엮으며 내 야윈 척추

를 종주하고 있는 것이다. ……그리하여 저 고집스런 성실성의 승리인 듯, 내 안의 숨

죽인 갈망들이 야생의 갈대처럼 수군거리며 마른 몸 서로에게 비비게 하는 것이다. 나

는 백기를 들듯 그의 가슴에 이마를 묻는다.

눈을 감고 있다. 의무적으로라도 잠을 청해 보려 한다. 오후에 혼자 있을 때 노루잠에 잠깐씩 빠졌던 게 다인데도 수면을 이루기가 어렵다. 따갑고 충혈된 눈은 졸음을 호소하는데도 정신은 수수갈래다. 장례를 치른 이후 줄곧 일일 평균 수면 시간에 훨씬 못 미치는 잠으로 견뎠다. 불면증이 도진 것인가. 또다시 정신과 상담을 받아야 할지도 모르겠다. 상담보다는 합법적으로 수면제를 타내려는 속셈이 먼저다.

해열제를 투여한 덕인지 신열은 어지간히 가라앉은 듯하다. 약효가 떨어질 만한 시간이면 재차 열이 오르곤 하지만. 기침은 쉽게 수그러들지 않고 있다. 용케 잠에 들더라도 밭은기침을 해대느라 저풀에 깨어나게 될 형편이다.

실내가 완전한 어둠 속으로 떨어지지 않은 것도 순조로운 입면을 방해하는 요인이다. 소등을 했어도 빛이 완벽하게 차단되기를 기대한다는 건 무리다. 어디선가 끊임없이 기어드는 외기(外氣)처럼 외부의 불빛도 닫힌 공간 속의 어둠과 긴밀하게 내통중이다. 유리창을 통해 빛과 어둠 간의 삼투압이 이루어지고 있는 것이다. 눈꺼풀이 자꾸 떨린다. 차라리 눈을 뜨고 있기로 한다. 벽들이 조여들 듯 다가온다. 흰 벽……에 경계하는 마음이 인다. 그리고 약간의 현기증.

문과 바닥 사이의 틈바구니에 희고 창백한 빛이 가느다란 띠줄을 그으며 물려 있다. 압축된 빛은 검(劍)을 연상케 한다. 베거나 찌르거나. 사물의 쓰임이란 사물의 운명일 것이다. 사람의 앉은자리가 사람의 운명이듯이.

창밖으로부터 새어 들어온 희미한 불빛은 병실 기물들의 윤곽을 고스란히 살려내고 있다. 천장에는 그렇게 새어 들어온 불빛과 함께 역시 외부로부터 침입해 들어온 몇 개의 길쭉한 그림자 도형이 납작납작 부피감 없이 포개지고 있다. 병동 옆 공사중인 건물 곳곳에 설치된 경비용 가설등 때문이다. 근조등(謹弔燈)처럼 밤 내내 밝혀둘 모양이다. 수면대를 찾아 써볼까 하다가 관둔다. 움직이기가 싫다. 도무지, 귀찮다.

이인실이지만 병상 하나는 비어 있다. 내가 입원하기 직전에 퇴원 수속을 밟은 노인과 인수인계하듯 엇갈리고 나서는 새로 입실한 환자가 없었던 까닭이다. 말을 걸어오거나 말을 걸어주어야 하는 상대가 없어 얼마나 다행인가. 사람들이 주로 알고 싶어하는 것은 그들과 별로 상관이 없는 것들이면서도 아주 구체적인 것들이다.

곤혹스럽게도, 대개는 나이부터 묻는다. 몇 살이우? 이어서 상투적으로 진도가 나가는 것이다. 결혼은? 남편은? 남편의 직업은? 남편의 월급은? 미혼이라고 하면, 애인은? 결혼 계획은? 애인의 장래성은? 수입은? 신분의 노출을 꺼려서가 아니라 신분을 형성하는 객관적인 조건들로서는 드러내지 못하는 자기 내면과의 괴리감 때문에 대화가 점점 불편해지는 것이다. 그런 상황을 피할 수 있다는 점에서 운이 좋았다고 할 수 있다.

그래도 병실에서 혼자 보내는 밤은 어설프다. 서럽고 쓸쓸하다. 무엇인가 북받쳐 오르는 것을 모른 체해지지가 않는다. 식은밥덩이를 꾸역꾸역 목구멍으로 넘기듯 힘겹게 마른침을 넘겨본다. 저 속에서 나서 제 귀에 울리는 안소리에도 필요 이상으로 예민해지는 건 딱히 발병중이어서만이 아닐 것이다.

무심한 밤이다. 잠은 오지 않는다. 간호사에게 수면제를 달라고 해볼까. 매정하게, 담당의의 오더가 없어 안 된다고 하겠지. 바깥 소리에 귀를 기울인다. 간간이 거리 쪽에서 올라오는 자동차 클랙슨 소리와 슬리퍼를 질질 끌며 복도를 지나가는 발소리, 복도 맞은편 육인실의 방문이 수시로 여닫히는 소리……들.

제현은 두어 시간 전에 돌아갔다. 혼자 남겨두기는 맘이 안됐고, 그렇다고 옆에 있어주기는 부담이 되고…… 하는 심사를 부러 감추지도 않았다.

부탁할 거 없니?

그 말은 마지못한 듯했다. 나는 대답 대신 차갑게 웃어주었다.

그럼, 조리 잘해.

그 말 또한 어쩐지 형식적으로 들렸다. 나는 잘 가라거나 와주어서 고맙다는 형식적인 인사조차도 붙이지 않았다. 그는 얼굴이 굳어서 나갔다. 탁, 문이 닫히고 나자 기분이 묘했다. 적반하장 격으로 말하면, 왠지 내 쪽에서 버림받은 듯한 기분이 들었다. 그따위 도움이 안 되는 정서에는 이미 익숙해져 있었다. 하지만 익숙해졌다고 해서 상처를 받지 않는 건 아닐 것이다. 덜 허둥댄다는 이점을 제외하면 마찬가지다. 매번 비릿한 피맛이 입 안에 감돌기는.

제현이 날 생각해 가져온 책들은 사물함 위에 그대로 쌓여 있다. 제목들만 훑어내렸을 뿐 들춰보지 않았다. 제목이 거의 한 편의 시나 다름없게 긴 베스트 셀러 시집 두 권에다, 짧고 유익하고 따스한 내용의 조각글들을 모아서 주제별로 꾸린 책이 자그마치 다섯 권이나 된다. 이른바 마음을 명경같이 닦고 밝히기를 강요하는 양서들이다. 불과 얼마 전까지만 해도 학교 아이들에게 읽기를 권하기도 했던 책, 도서관에 비치할 요량으로 도서 구입 신청서에다 적어넣었던 기억이 나는 책, 혹은 그 목록에 올려질 만한 책……들. 마지막 장까지 읽어내기는 했어도 별반 감동을 받지는 못했다거나 읽은 기억이라곤 없다거나 아예 읽고 싶은 욕구조차 들지 않는 책들을 그는 한 아름이나 골라왔다.

어쩜……. 그다운 선정이었다. 올 컬러판 데코레이션 요리책이나 최신 인테리어 잡지, 혼자 떠나는 배낭 여행에 관한 친절하고 상세한 안내서, 그 같은 실용서적이라면 모를까. 시종 곱고 연하고 예쁘장한 단어들로 조립된 글귀들은 정작 손 갈 것 없는 화려한 상차림이나 다를 바 없을 테고, 지당한 말씀의 전도로 기획된 글귀들은 회복기 환자의 반유동식 영양식단이나 다를 바 없을 터인즉. 게다가 실컷 눈 가장자리 짓물리게 읽고 나서는 공허한 죄의식에 사로잡히고 마는 게 가장 큰 폐해일 터이다.

제현이더러 도로 가져가랠 걸 그랬나? 그랬으면 아무리 제현인들 절교 선언이 튀어나오지 않았으리란 보장이 없다.

침상에서 바닥으로 내려선다. 갑자기 무슨 기운이 나서라기보다 일단 눈에나 마음에 거슬리면 진득이 참아내기 어려운 조갈난 성질머리가 발동한 것이다. 나는 제현이 가져온 책들을 원래의 봉투에다 쑤셔넣는다. 당분간은커녕 앞으로도 읽을 맘이 생겨주지 않을 것 같아서이지만 쌓아놓고 쳐다보기만 해도 멀미가 날 성싶다.

난데없고, 속 좁아터진 심술이라는 걸 안다. 하지만 현재 내 마음의 역량으로는 어떤 논리나 합리로도 이성으로의 원만한 복귀가 쉽잖을 것 같다. 공연히 비틀리고 꼬인 심사의 이면으로 부지불식간 미끄러져 들어가게 될까 봐 실은 잔뜩 움츠리고 있는 마당이다. 회칠된 벽에서 천장에서 불쑥불쑥 걸어나올 창백한 아버지를, 모퉁이에서 칸막이 너머에서 잉걸불로 이글거리는 무회를, 여지없이 맞닥뜨리게 될까 봐 긴장하고 있는 마당이다.

내게 필요한 건 제현의 간접화법이 제시하는 찬찬한 마음 다스림이 아니라 악몽의 뿌리를 드러내는 발본(拔本)의 내림굿이어야 하지 않을까. 솔직히 두렵다. 그들을 보내는 것도, 그들을 잊는 것도. 무엇보다 그들이 내 안에 머물러 있는 것도. 단 한 가지 내가 모를 것은 내가 무엇을 원하는지가 아닐까. 대체 비손 없는 굿판으로 누구를 위무할 수 있을 것이란 말인가.

뻣뻣하고 헐렁하기로 푸대자루 같은 환자복 위에다 겉옷을 걸치고 창으로 다가간다. 불면과 무료로 위장한 두려움을 달랠까 했는데 어림없다. 냉큼 다가드는 풍경이라곤 공사중인 살벌한 구조물뿐이다. 조악하고 시커먼 콘크리트 블록을 쌓아 올라가는 것처럼 보인다. 트럭의 적재함에 실린 이삿짐을 쳐다볼 때만큼이나 심란하다.

들창을 밖으로 조금 밀어본다. 건물 외벽에 막혀 오도가도 못하던 바람이 휘익 사납게 반회전하며 먼지 가루들을 안으로 들여보낸다. 엉겁결에 한 발자국 뒤로 물러서며 눈꺼풀을 닫는다. 그새 흙먼지가 눈에 들어갔다. 먼지를 씻어내려고 손등을 갖다 댄 것이 점막을 더 괴롭히기만 한 셈이다. 눈알이 뻑뻑해져서 여간 거북살스러운 게 아니다. 콘택트 렌즈를 착용하고 있는 터라 마구 비빌 수도 없는 노릇이다.

그제야 제현에게 부탁했어야 할 것이 생각난다. 렌즈 케이스는 집에까지 갔다 와야 되니 그렇다 치고 약국에 가서 식염수라도 사다 달랠 걸, 그 생각을 왜 진작에 못했을까. 그러나 곰곰 생각해 보면 제현더러 부탁할 게 못 되었겠다 싶다. 피차 기분이 엉망인 상황에 환자랍시고 그에게 심부름을 시킨다는 건 어째 염치없는 짓이 되고 말았을 테니까.

거푸 눈을 끔뻑거려 본다. 날카로운 먼지 조각이 각막을 휘젓고 돌아다니며 함부로 할퀴어대고 있다. 찔끔찔끔 급조한 눈물 몇 방울로는 쉬 씻겨 나오질 않는다. 그럴 뿐 아니라 눈 속의 이물감은 가뜩이나 위태위태한 신경의 현들마저 거친 활로 북북 그어대는 횡포를 부리기에 이른다. 어쩔 수 없다. 내키지 않고 엄두도 나지 않지만 직접 식염수를 구해 올 수밖에 없다. 그나저나 약국이 문을 닫지 않았어야 그나마 헛수고를 면할 텐데, 너무 늦어버린 거나 아닌지 모르겠다.

복도는 의외로 조용하다. 오지 않는 잠을 청하며 뒤척거릴 때에는 끊임없이 무슨 소리인가를 만들어내고 있던 듯한 곳이었는데 막상 나서보니 통행이 끊긴 터널처럼 휑하니 비어 있다. 엄동의 허공에 걸린 낮달처럼 파리한 형광등 불빛만이 빈 복도를 가득 메우고 있다. 다들 어디로 갔을까. 한꺼번에 잠이 든 것일까. 가능한 한 발소리를 죽이고 걷는다. 간신히 잠이 들었을지도 모를 낯선 누군가들의 잠을 방해하고 싶지 않다. 아 실토를 하면, 잠에서 깬 누군가에게 내가 방해받고 싶지 않은 것이지만.

복도 중앙에 위치한 프런트에서 간호사를 발견한다. 그녀는 등을 보인 채 의자에 올라서서 의료 비품들이 즐비한 선반을 정리하는 중이다. 나는 프런트 테이블에 기대서서 그녀가 일손을 마무리하기를 기다린다. 헛기침을 한다든지, 가볍게 톡톡 테이블을 두드린다든지 하는 방법으로 그녀의 주의를 끌어낼 수도 있겠으나 그냥 기다리는 쪽을 택한다. 그녀는 팔을 치켜든 자세다. 덩달아 그녀가 입고 있는 원피스형 유니폼 끝단이 위로 끄떡 들려진 상태다. 스타

킹을 신고 있는데도 종아리의 푸른 정맥류가 제법 선명하게 도드라져 보인다.

나는 아무런 생각 없이 그런 그녀의 뒷모습을 바라보고 있다. 먼지 조각이 자꾸 눈을 찌르고 있어서 연신 눈꺼풀을 끔뻑거려야 함에도 불구하고. 목록을 대조해 가며 손을 놀리고 있던 그녀가 갑자기 뒤를 홱 돌아다본다. 허억 소스라치는 표정과 낮은 비명에 나도 같이 기겁을 할 판이다. 그녀가 그 통에 헛손을 놓아버려서 작은 약병 하나가 아래로 떨어지며 팍삭 깨지는 소리를 낸다. 병 조각이 내 눈과 피부에 와 박히는 것 같다. 정명의 오피스텔에서 화장품 병들을 내리쳤을 때처럼, 돌이킬 수 없는 파멸의 느낌. 파멸의 느낌. 불을 삼킨 듯이 가슴이 바싹바싹 오그라들고 숨이 막힌다.

그녀가 내게 원망과 질책의 눈길을 보낸다. 내 탓이라고 하니, 무안한 마음도 들지만 억울한 마음도 있다. 그녀가 선반 정리에 열중하고 있어서 미처 내 근접을 알아채지 못했던 것이지, 어디까지나 나의 불찰은 아니라고 말해 줘야 하나 말아야 하나. 아무렇든지, 무슨 말인가는 해야 할 정황이다.

"식염수 좀 얻을 수 있을까 물어보려구 기다렸는데……."

그녀는 내 말을 못 들었는지 못 들은 체를 하는지, 어떻게 해 어떻게 해, 그 비슷한 입속말을 중얼거리기만 한다. 내가 가지 않고 계속 서 있자 그제야 마지못해 묻는 얼굴을 들이댄다. 친절을 바라기에는 그른 듯싶다.

"왜요?"

왜 와서 그러고 있느냐고 묻는 건지, 왜 안 가고 서 있느냐고 묻는 건지, 거두절미의 말투가 가뜩이나 편치 않은 신경을 득득 긁는다. 과민해지고 있는 자신을 감지하면서도 자제가 되지 않으리라는 예감을 떨칠 수 없는 것이 문제다.

"또 말해요?"

"못 들었다잖아요."

"귀먹었어요?"

그 한마디에 간호사의 얼굴이 하얗게 질린다. 덤터기를 쓰지 않을까, 봉변을 당하지 않을까, 절레절레 도리질에다 뒷감당 요량하는 기색이 역력하다. 아니, 헛것이라도 본 듯한 얼굴이려나. 내겐 그녀를 몰아세우고자 하는 의사가 전혀 없다. 굳이 그녀의 잘못이라고 다그칠 만한 대목도 찾을 수 없질 않은가.

그런데도 나는 수긋해지거나 너그러워지지 않는다. 언성을 높이거나 뾰족하게 가시를 박거나 하지도 않지만. 다만 잘 참아지지가 않는 것이다. 팍삭, 하고 산산조각난 유리 파편들이 내게 와 촘촘히 박히는 것 같았던 그 순간부터가 아니었을까. 몸이 급작스레 뜨거워지고 숨이 가빠오는 것을 느꼈을 뿐인데 바로 그때부터 뇌의 전달체계에 이상이 생긴 것이라면……? 이 통제 불능의 상태는 무엇을 의미하는 것인가. 무엇이 또 나를 조롱하는가.

다시 오한이 찾아든다. 해열제 기운이 다 된 모양이다. 나는 덜덜 떨기 시작한다. 간호사는 노여움과 얼떨떨함이 절반씩인 낯빛으로 나를 건너보고 있다. 그녀에게서 돌아선다. 으슬으슬 떨리는 몸을 두 팔로 부둥켜안고 계단으로 향한다. 이제 먼지의 입자가 제 집 마당처럼 굴러다니며 생채기를 낸 왼쪽 눈은 거의 뜰 수 없을 지경이다. 실눈을 한 채 계단을 막 밟아 내려서려 하는데, 등뒤로 분을 삭이지 못한 간호사의 혼잣말이 따라붙는다. 딴에는 한껏 낮춰서 내뱉었을 테니 설마 내 귀에까지는 닿지 않으리라 여겼을 비열한 독백.

"뭐 저런 여자가 다 있어?"

내일 아침 회진 시간쯤이면 내 병실에 들르게 되어 있는 의사나 간호사들 중 누군가는 차트 하단에 적힌 암호 같은 글귀를 읽게 될지도 모를 일이다.

'요주의 인물' 또는 '위험 인물'.

일괄적인 소등과 폐문. 병원 로비는 빛과 소리를 빨아들인 수렁처럼 괴괴하다. 북적거리던 낮의 몇 장면이 어둠의 허공에 나타났다 희미한 빛의 자락을 끌며 사라진다. 폐허가 그려진다. 시간의 폐허, 비대한 침묵의 폐허. 은성한 시절은 수억 톤의 모래 밑으로 가라앉고 태양과 바람에 마모된 명패만이 억센 잡초처럼 돋아 있는…… 버려진 땅.

나는 폐쇄된 광장의 이미지에 당황한다. 어딘가 밖으로 나가는 길이 있을 것이다. 시신경은 무조건 반사적으로 빛을 찾아나선다. 광장에서 뻗어 나간 한쪽 복도 끝에 빛우물이 뚫려 있다. 빛의 우물에는 형광빛이 고여 있다. 빛 속에 서 있을 때 어둠은 유혹이지만, 어둠 속에 서 있을 때 빛은 분명한 예언이다. 빛을 따라간다. 건물 밖에서 앰뷸런스 사이렌 소리가 들린다. 차량은 그다지 멀지 않은 지점을 통과중인 듯하다.

복도는 직각으로 꺾이면서 새로운 공간으로 이어지는 구조를 하고 있다. 빛은 꺾여 들어간 안쪽에서 밀려나온다. 정면 비상구 표시 등에 녹색 불이 들어와 있고, 그 아래 붉은 화살표로 도려낸 아크릴판이 붙어 있다.

복도 양 옆 여백의 벽면에는 일정한 규격의 액자가 일정한 높이에 걸려 있다. 광원(光源)이 멀어 세부를 식별하기는 불가능하지만, 쓰윽 훑고 지나가는 한눈으로도 썩 훌륭해 보이지는 않는다. 무지는 무례를 초래한다는 경고를 무시하고 기어이 잘난체를 하자면, 같은 주제를 가지고 고만고만한 변형을 시도한 소품 연작이 아닐까, 라는 것. 깜찍하고 산뜻하기만 한 팬시점 풍의 그림들은 그러나 감동이 없다……는 편견을 환기시킬 뿐이다.

낮은 조도임에도 우연한 명암 효과에 힘입어서인지 그 일정한 사각이 언뜻 벽감과도 같은 입체감으로 당겨오는 것에는 주의가 끌린다. 우묵하게 파들어간 함몰된 벽에 대한 시각의 착란은 지하 묘지의 회랑을 걸어가는 듯한 기분에 휩싸이게 한다. 그 단순하고 뜬금없는 심리적 공간 이동, 그리고 무슨 코인 듯한 발설, 카타콤베…….

그 순간 파르르, 몸을 떤다. 카타콤베는 가본 적이 없다. 생시에도 꿈에도. 카타콤베에 관한 생각의 시작도 내 것이 아니었다. 수직으로 다시 수평으로, 수십 수백 개의 묘실로 이어진다는 지하 공간. 죽은 자의 못 이룬 삶과 산 자의 이르지 못한 죽음이 공존하는 초월의 시공간. 몇 장의 사진으로나 보았을 뿐인 그곳, 카타콤베.

언젠가는, 카타콤베를 가보고 싶어.

무희가 말하기 전에는 어느 오롯한 산길 안중 없이 지나쳐버렸던 평범한 묘석 한 기의 울림도 갖고 있지 않았던 이름이었다.

그곳에 묻히면 죽어서도 향기로운 꽃과 향의 경배를 받을 수 있을 거야.

그녀의 성정에 어울리는 발언이었건만 이 지상의 척박한 땅 한 평도 얻지 못하였으니, 가혹하여라. 그녀의 육체는 부드러운 흙 속에 누이지도 못한 채 허물어지고 부숴지고 흩어졌다. 흩어져 안개가 되었다. 산 자 가까이에 머물고 싶은 욕망으로 죽음을 떠나지 못하는 영가들이 야생 독수리처럼 우리의 머리 위를 선회하고 있듯이.

복도를 꺾어돈다. 응급실 구역이다. 환한 조명과는 대조적으로 그 구역을 서성이는 사람들의 안색은 결코 환하지 않다. 출입문 유리 너머로 응급실 안을 기웃거리는 사람, 대기 의자에 앉아서 불안정한 눈빛을 굴리는 사람, 울상인 사람, 무표정인 사람, 무릎을 접고 구부정하니 모로 누워서 벤치 하나를 통째로 점령해 버린 사람……

앰뷸런스 사이렌 소리가 점점 가까워오고 있다. 어둔 밤의 사이렌 소리는 더욱 예사롭지 않다. 비극을 예고하고 절망을 주입한다. 검은 베를 가르는 퍼포먼스의 현장이거나, 윙윙 돌아가는 전기톱 아래로 빨려들어가는 목재를 초조히 바라보고 있을 때처럼이거나,

그렇게 심장을 조여들게 하는 데가 있다. 지혈을 하듯 가볍게 할딱이는 앞가슴을 손바닥으로 누른다.

어디서 바람이 불어오는가. 복숭아뼈 드러난 발목이 시리다. 응급실측 젊은 당직들이 빠른 발걸음으로 내 옆구리를 건드리고 지나간다. 나는, 서슴서슴 그들의 꽁무니를 따른다.

응급실 복도와 연결되어 있는 야간 통행문을 나서자마자 앰뷸런스가 딱 와서 멈춰선다. 차체 지붕의 경광등이 요란하게 돌아가고 있다. 교차하며 명멸하는 붉은빛과 푸른빛. 어질어질하다. 나는 거치적거리지 않도록 한 옆으로 비켜선다. 차에서 내린 사람들과 건물 안에서 나온 사람들이 부산하게 움직인다. 응급실 앞 대기 의자를 지키던 선행 응급 환자들의 보호자들도 부스스한 낯들로 꾸물꾸물 모여든다. 동병상련의 구경꾼들로 에워싸여 어수선해진 분위기 탓인지, 환자를 인수인계하는 동작 하나하나가 일사불란하다기보다는 우왕좌왕하는 것처럼 비쳐진다.

그 위로 아버지 때의 상황이 겹쳐진다. 같지만, 전혀 다른 상황의 재현……. 그러자 오한 든 몸이 더는 지탱할 수 없을 지경이게 후들거리기 시작한다. 누군가 내 어깨를 부여잡고 사납게 흔들어대고 있는 것 같다. 이래도, 이래도? 윽박지르며 넘어뜨리려는 것 같다. 나는 차가운 시멘트 화단 턱에 풀썩 주저앉는다.

선산지기 엄씨에게서 믿기지 않는 연락을 받았을 때 사위는 어두워지고 있었다. 바람에 어렴풋이 묻어오는 사과향을 가장 잘 느낄 수 있는 시간대였다. 그날따라 일찍 퇴근을 했고, 간만에 어머니와 마주앉아 묵묵히 밥술만 나르는 식사를 마친 뒤였다.

아버지는 늦으실 모양이에요.

사립학교 교장단 회의가 있다고 했던가, 회식이 있다고 했던가. 아버지의 차를 얻어타고 출근하던 아침에 받은 언질이 떠올랐으므로 어머니 쪽에서 묻지도 않았고 아버지 쪽에서 부탁하지도 않은 말을 식탁머리에서 슬쩍 흘려두긴 했다. 아마도 아버지는 사정이 전달되기를 바랐을 것이고 어머니는 내심 궁금히 여기고 있을 것이다, 그런 내 나름의 어림짐작에다가 최소한의 식탁용 예절 차원이었다.

예상대로 어머니는 아무 반응을 보이지 않았다. 언제부턴가 어머니는 아버지에 관하여 철저한 무반응으로 일관했다. 대화조차도 그때그때 그 자리의 다른 누군가를 행간에 끼워넣는 간접화법의 형식이었다. 예를 들면, 빤히 아버지에게 들릴 만한 거리이면서도 오히려 내게, 커피 드시겠다니? 라고 묻는 식으로. 무희와의 일 이후였는지, 무희가 죽은 이후부터였는지, 아무튼.

그 지나친 무반응과 간접 대화는 어색하고 부자연스럽긴 했지만 어머니의 입장에서 보자면 응당한 대응이었을 것이다. 면전의 되새김질이나 무죄한 자의 기고만장한 악다구니보다는 고상했다. 어머니가 능히 취할 만한 방식이었다. 때로는 시간의 은총이 분명한 망각과 더불어, 어머니의 방식은 조금씩조금씩 구축해 가고 있던 평화의 질서에 공헌하는 바도 없잖았다.

거실 유리문을 한 뼘쯤 열어놓고 외등으로 밝힌 과수원 쪽을 올려다보고 있는데 전화벨이 울렸다. 어머니는 텔레비전 일일 연속극에 건성 눈길을 주고 있을 뿐이면서도 벨소리에 꿈쩍도 하지 않았다. 더러는 못 들은 척, 더러는 상관없는 척, 대개는 그렇게 아버지인 성싶은 전화를 따돌리곤 하는 것을 아는 터라 내가 다가가서 송수화기를 들었다.

여보세요?

그때까지는 평화로운 목소리였을 것이다. 생의 어느 날들이 함부로 후벼놓은 상처에는 거무죽죽한 대로 새살이 돋은 것 같고, 골깊은 균열은 어느새 메워진 것 같았으므로. 해서 평화로운 진행만이 보장되어 있는 듯한 평화로운 저녁이었을 것이며, 평화로운 가정의 표상이었을 것이다. 그러나 그 거짓 평화는 단 한마디의 급전으로 와르르 무너져내려 버렸다. 그처럼 쉽게 그처럼 단숨에 붕괴되어 버릴 거짓 평화를 구축하기 위해, 그동안 얼마나 많은 거짓 웃음과 거짓 친절과 거짓 감수가 동원되었던가.

아버지……가요?

한 손에 커핏잔이 들려 있었는데 그 잔을 어떻게 처리했는지, 그때만큼은 무반응의 반응을 내던지고 직감으로 이미 뻣뻣하게 굳어서 내 입을 뚫어져라 노려보는 어머니에게 뭐라고 상황을 설명했는지, 간신히 잡아탄 택시 안에서 어떤 다급한 상상을 했는지는 기억이 나질 않는다. 번번이 진로를 차단하는 신호체계에, 늘어난 교통량에 절망하지 않았을까. 아버지의 전생(全生)보다는 아버지가 등장하는 나의 전생을 한 롤의 필름으로 감아내지 않았을까. 무희로

귀착되는 거대한 악령의 사자(使者)가 동굴박쥐의 날개처럼 넓고 두꺼운 날개를 펼치며 낮게낮게 내려오는 것을 두려운 마음으로 오버랩하고 있지 않았을까.

허둥지둥 병원 안으로 뛰어들어갔을 때에는 선산에서 출발한 앰뷸런스가 채 당도하기 전이었다. 응급실을 한 차례 휘돌아나오고, 그 사이에 용케도 연락이 닿은 제현이 당도하고, 제현이 하얀 가운을 볼 때마다 붙들고 다급히 묻고 또 묻고, 그러다 점점점점 가까워지는 사이렌 소리에 응급실 밖으로 뛰쳐나갔다. 예측대로 선산에서 출발한 앰뷸런스였다. 엉겁결에 동승하게 되었을 낯익은 문중 어른의 경악과 비통에 찬 얼굴이 먼저 눈에 띄었으니까. 어머니와 나를 발견하자 마치 자신의 잘못이기라도 하는 양 고개를 푹 꺾고는 한참을 다시 들지를 못했으니까.

그땐, 같지만 전혀 다르다고 하는 상황의 차이를 모를 때였다. 경황이 없었고, 비교의 대상이 될 경험이 없었으니까. 그런데 현재 내 눈앞에서 펼쳐지는 급박한 움직임을 남의 일 같지 않게 바라보고 있으려니 분명 달랐던 장면이 머릿속에 나란히 놓인다. 그것은 움직임의 속도……다. 그때의 의료진들은 지금과 달리 크게 서두르지 않았다는 것. 진행형이 아니라 완료형이었다는 것. 그것은 아직 명이 붙어 있거나 붙어 있다고 믿어지는 경우와, 이미 손을 써볼 수 없게 된 경우가 만들어낸 차이일 것이다. 삶과 죽음의 극명한 차이……의 차이.

막 앰뷸런스에서 내려진 환자는 응급실 안으로 실려들어갔다.

사고이거나 급환이거나 지병의 악화이거나…… 어쩌면 자해이거나……. 그 또는 그녀는 살 것인가, 죽을 것인가.

앰뷸런스가 물러가고 다시 한 떼의 사람들이 밀어닥친다. 혼비백산, 뒤를 밟아온 환자의 가족이리라. 둘러서 있던 사람들은 모둠일을 마친 뒤 손을 씻듯이 하나둘 안으로 들어간다. 점퍼 차림의 남자 하나가 남아 휴지통 옆에 막막하게 서서 담배를 태우는 중이다.

나는 그새 얼어버린 듯한 몸을 일으켜세우긴 했지만 막상 걸음을 옮기지 못하고 그 자리에 멍하니 서 있다. 바람이 내 몸을 뚫고 숭숭 지나가는 것 같다. 춥다.

남자는 검은 양복에 완장을 두르고 있다. 누런 삼베에 검은 띠 한 줄 들어간 완장이 남자가 처한 상황을 말해 준다. 남자는 가족 가운데 누군가를 잃었다. 남자는 구둣발로 담배 꽁초를 비벼 끈 다음 크윽 가래를 끌어올리더니 바닥에 탁 뱉는다. 남자는 언제나 그런 식으로 침이나 가래를 처리해 왔을 것이다.

나는 건물 입구에서 엇비스듬히 삼사 미터쯤 떨어진 벤치에 앉아 있다. 남자는 내가 자신을 바라보고 있다는 것이 못내 불쾌한 모양이다. 피로와 수면 부족으로 퀭한 눈에 잔뜩 힘을 넣고 벤치 쪽을 흘끗 쏘아본다. 이번에는 처지에 맞지 않는 되잖은 짓거리가 남자의 사회적 정서적 출신 성분을 말해 준다. 베 완장을 두른 신분이 아니었다면 훨씬 거칠게 나왔을지도 모른다. 남자는 양복 단추를 다시

채우고 성큼 건물 안으로 들어간다. 남자가 돌아간 곳은 보나마나 영안실이다. 가족 가운데 누군가를 잃었다는 슬픔으로 복귀하기 위해. 과장하거나 가장하는 슬픔도 현실의 업무일 때가 있는 법이다.

사실을 말하면 나는 그 남자를 바라본 것이 아니었다. 남자가 우연히 내 시계 안에 들어 있었을 뿐이다. 그 반증으로, 나는 여전히 남자가 서 있던 곳에 시선을 묶어두고 있다. 이번에는 남자가 적당히 내 시계에서 사라졌을 뿐이고.

정작 내가 바라보고 있는 것은 검푸른 빛이 도는 그림자, 삭막한 건물을 등지고 서 있는 낯익은 그림자인 것이다. 그림자는 다가오지도 않고 물러서지도 않는다. 그림자는 얇은 셀룰로이드 필름 원판을 가위로 오려낸 것 같은, 반투명한 평면체다. 부피도 무게도 거의 느끼지 못할 정도다. 그 아둔하면서도 신경질적인 남자는 당연히, 실제로 내가 바라보고 있던 그림자를 감지하지 못했다.

어쨌거나, 모를 일이고, 이상한 일이다. 병원 내에서 밤에도 낮 못지 않게 외부인의 출입이 빈번한 유일한 구역인데 드나드는 발길이 뜸한 점도 그렇고, 덜덜덜 떨면서 이곳 벤치에 내가 와 앉아 있는 점도 그렇다. 그리고 그림자를 만난 것도 그렇고, 남자가 가고 없자 드디어 그림자가 말을 걸어오는 점도 그렇다.

거기, 왜 그러고 있니? 왜 내게로 다가오지 않니?

아아 귀에 익은 저 목소리. 다정도 위엄도 사라진, 마음 붉히는 듯 사리는 듯 나직하게 가라앉은 저 목소리. 반가움도 잠시다. 투정과 질시와 울컥울컥 핏덩이처럼 솟구치는 애열(哀咽)이 복잡 미묘하게 얽혀든다. 가물었던 누선(淚線)에는 자분자분 물기가 돋는데 오히려 목구멍은 메어서 쩍쩍 갈라지고 있다.

아버지는요? 아버지는 왜 내게 오질 않나요? 왜 거기 종이 기둥처럼 서 있어요? 누굴 기다려요?

실은…… 너를 만나려고 기다렸다.

병실로 들어오지 그랬어요? 바람 부는데 기둥처럼 서 있지 말구…… 날 불러내지 말구…….

난 죽은 사람인데 안으로 들어가서 어쩌려고. 한데가 편하다, 벌써. 천 년을 내도록 이렇게 흘러다닌 것만 같구나.

나는 목을 뒤로 젖히고 머리를 흔들어 자분자분 돋는 물기를 털어 말린다. 그런데도 눈앞이 자꾸 뿌예진다. 뿌예지면서 혼절이라도 하듯, 어떤 생명의 움도 틔우지 못하는 공간 속으로 쑤욱 빨려들어간다.

어딘가. 허공을 메우고 있는 빛이 땅의 열기로 굴절되어서 먼 것 가까운 것 죄 아질아질 녹여내고 있는 이곳은. 뜸뜸이 박힌 고사목들은 물풀처럼 흐느적거리고, 녹슨 도르래의 빈 우물은 접시에 막 엎어놓은 말랑한 푸딩처럼 출렁이고 있는 이곳은. 아버지가 몸 옮겨간 곳은 그런 사막이지 않을까. 단 하루가 천 년인 곳. 천 년이 하루이리라는 손짓에 홀려 허위허위 누구도 돌아오지 못한 모래언덕을 넘어가버린 것이 아닐까.

아, 아버지…….

급히 고개를 숙인다. 손등에 둣방울 하나 둘, 툭 투둑 떨어진다.

뜨거운 목덜미를 식히듯 바람 한 차례 스쳐지나간다. 사월의 서풍처럼 건조한 먼지 냄새가 나는 바람이다. 마르고 뒤틀린 플라타너스 이파리 한 장이 바람에 굴러와 발치에서 멈춘다. 손을 뻗어 나뭇잎을 주워올린다. 뼈마디가 가볍게 어긋나는 소리를 낸다. 오한으로도 골병이 드는가, 작신작신 두들겨맞은 뒤끝인 양 삭신이 온통 들쑤시고 아프다. 내 몸이 마치 처치곤란한 낡은 스프링 침대처럼 느껴지고 있다. 고개를 든다. 아직 그림자는 그 자리에 있다.

아버지…….

왜?

…….

불러놓구선 왜 말을 않니?

아버진 정말 무희 때문에…….

나는 말을 잇지 못한다. 이 얼마나 잔인한 질문인가. 그러나 그보다는 진실을 알게 될 것이 더 두려운 까닭일 수도 있다.

괜찮다. 계속해 봐라.

그림자는 내 어린 날의 아버지처럼 관대하다. 나는 내 어린 날의 아버지에게 하듯 두려움 없이 묻는다.

왜 그랬어야 했어요? 정말 무희……를 따라간 거예요?

남아 있기가, 힘이 들더구나.

아버지만 그런 게 아니라 우리 모두…… 엄마, 나, 영주아줌마, 정씨 아저씨까지 다 힘들었어요. 아버질 바라보면서 전부가 힘들어했어요.

안다.

그림자는 그저 짤막하게, 안다, 라고만 말한다. 그래, 알고 있지만 어쩌겠니? 그런 의미인가. 그래서 나더러 어쩌라는 게냐? 그런 뜻인가. 나는 내 어린 날처럼 점점 두려움이 없어지고 있다.

미안해하지는 않는군요? 그렇죠?

그건, 네 말이 맞기도 하고 틀리기도 하다. 내가 지키지 못한 건 현실이 아니었다. 나는 나를 지키지 못했고, 내가 한 약속들을 지키지 못했다. 하늘이 알고 땅이 알고 천지간 꼭 두 사람이 더 알고 있는 마음을 지키지 못했다. 네 말대로 그들도 내게 바란 것이 필시 있었을 텐데 그걸 채워주진 못했으니 어쩌면 도의상 미안하다고 말할 수 있을지는 모르겠다.

우리가 아버지에게 바란 것이 잘못된 것들이었나요?

그들이 내게 바란 것은 그들이 흡족해할 것들이었다. 나는 내 인생과 그들의 가치 사이에서 길을 잃었다. 머뭇거리고 뒷걸음질치고 부인하고 부정하는 동안 길이 끊어져 버렸지. 그렇게 끝에 가서야 끝이 보이더구나. 내 인생도, 그들이 내게 부여한 가치로움도. 그러니 진정으로 내가 미안해해야 할 대상은 내가 지키지 못한 것들이어야 옳지 않겠니?

그래요, 아버지. 맞는 말이네요. 나는 입술을 깨물고 마음속으로 중얼거린다. 어떤 사람들은 끊어진 길을 다시 놓기도 해요. 새 길을 찾기도 해요. 바람직한 경우는 아니지만, 주저앉아 오도가도 못 하기도 해요. 양 손바닥 안에서 플라타너스 마른잎이 바싹바싹 부서지고 있다. 나뭇잎 부스러기로 더러워진 무릎을 손빗질로 쓸어내리며 속엣말을 이어간다. 아버지 인생은 아버지의 것이고, 아버지가 지켜냈어야 했어요. 하지만…… 하지만, 아버지…….

꼭 그랬어야 했어요?

무얼…… 말이냐?

꼭 무회여야 했냐구요.

숨을 죽이고 그림자의 대답을 기다린다. 그림자는 뜻밖에도 주저하지 않는다. 살아서의 비겁에 대한 마지막 만회의 기회이기라도 한 듯이.

그래, 그랬었구나.

마침내 만수위를 넘긴 봇물이 둑을 타넘는다. 뜨거운 눈물이 주르르 흘러내린다. 급기야 나는 소리를 내어 울기 시작한다. 이 눈물은, 이 통곡은…… 투정인가, 질시인가. 핏덩이처럼 울컥울컥 솟구치는 애열인가. 나는 앉아 있고 아버지는 서 있다. 나는 추궁했고 아버지는 진술했다. 나는 살아서 울고 있고 아버지는 죽어서 듣고 있다. 어둠을 비집고 나아온 바람이 채 털어내지 못한 나뭇잎 부스러기를 쓸어간다. 검푸른 그림자를 쓸어간다.

알고 있다. 우리는 다시 이전으로 돌아가지 못한다는 사실. 읽은 지 오래된 소설처럼, 누구와 함께 보았는지조차 기억이 나지 않는 영화처럼, 이따금 떠올리기는 할 것이지만 완벽한 재생은 불가능하리라는 사실. 그리고 살아 있는 내내 과장하거나 가장할 수 없는 슬픔이 내 안에서 사막의 우물처럼 말라가는 것을 지켜보게 되리라는 사실.

알고 있지만 가끔씩 잊기도 하는 것들에 대해서도 알고 있다. 현실은 엄연하다는 사실을. 현실이야말로 그 어떤 운명적인 것보다 더 피할 수 없게 운명적이라는 사실을. 그 어떤 극적인 것보다 더 극적이라는 사실을.

로비를, 층계를, 복도를 되짚어간다. 쇠난간, 돌출된 창턱, 기둥, 벤치……. 손아귀에 잡힐 만한 것이 있으면 무엇이든 붙들고 한걸음 한걸음 지친 몸뚱어리를 부려놓는다. 겨우 이백 미터 남짓한 거리를 되돌아오는 동안 몇 번이고 주물을 뜨고 남은 거푸집처럼 맥없이 풀썩풀썩 무릎이 꺾이곤 했는지.

병실 앞에 다다라 문 손잡이에 진땀 밴 손을 갖다 대는 순간, 나는 내부로부터의 소리를 듣는다. 아니다. 어쩌면 층계를 오르는 순간부터, 어쩌면 그 직전 어둠에 잠긴 로비를 지나는 순간부터, 그 소리를 들어왔는지도 모른다. 소리의 진원지를 향해 걸음 걸음을 떼어놓았는지도 모른다. 이제 소리는 높고도 둔중한 진동으로 내부의 벽을 뒤흔들고 있다. 세게, 점점 세게. 심장의 두근거림처럼 아주 가까운 곳에서 들려오는 그 소리는 사람의 기미, 사람의 기척이 분명하다.

손잡이를 돌린다. 환한 불빛이 밀려 나온다. 연쇄적으로 터지는 카메라 플래시를 받을 때처럼 눈이 부시다.

"제정신이니?"

안으로 발 들여놓기가 무섭게 대뜸 몰아쳐오는 사람. 그다, 준오. 그여서 고깝지 않고 도리어 마음이 놓인다. 그런데도 첫마디부터 삐끗 어긋난다.

"집으로 가지, 왜 왔어?"

시큰둥 옆길로 새어버리는 앙큼한 심사는 알다가도 모르겠다. 그는 어이없어라 하는 얼굴이다. 그렇게 지레 트집 조인 나를 사오 초쯤 적당히 째려보다가 걱정 깔린 노여움을 늘어놓기 시작한다.

"꼼짝없이 이불 뒤집어쓰고 누워서 안정을 해도 시원찮을 마당에, 너, 이렇게 밤이슬 맞고 싸돌아다닐 줄 알고 내 왔나 보다. 뭐? 왜 왔냐고? 기막혀서, 원. 너야말로 다 넘어가게 끙끙거리더니 그 엉성한 차림을 하고 대체 어딜 쏘다닌 거냐? 그리고, 간호사한테는 무슨 염장을 질러놨길래 돌아오는 대답 족족이 퉁명 일색이고 말야."

훈계인지 핀잔인지 아리송하지만 영 듣기 싫지는 않다. 그러면서도 속으로는 제현으로도 모자라서 잔소리꾼을 하나 더 붙여놓았구나 구시렁거리는 중이다. 물론 겉으로야 모처럼 얌전한 대꾸로 비위를 맞춰주기로 하지만.

"약국에…… 식염수를 구해야 했거든."

"근데?"

"뭐……가?"

"식염수는 어쩌고 빈손이냐고?"

그러고 보니……. 실은 식염수 따위는 잊고 있었다. 약간 뻑뻑한 기운은 남아 있지만 눈 속의 먼지 알갱이가 한바탕 울음 울 때 씻겨 내려갔는지라 그걸로 그만이었던 것이다. 하기사 그전에, 병원 정문을 나서는 대신 목적 없이는 꺼리게 되는 장례 동(棟)으로 방향이 바뀐 이유부터 불가사의라고 해야겠지만. 나는 빈손을 내려다보며 딴전을 피운다.

"약국 문 닫았을 거야, 이 시간엔?"

"그걸 내게 묻니? 약국에 갔다 온 건 너야."

"못 갔어. 안 간 건가?"

어느 쪽이든 무슨 상관일까마는. 아버지가 날 불렀다고 하면, 그래서 못 간 것도 안 간 것도 아니라고 하면, 그는 어떤 얼굴을 할까. 그마저도 심각한 표정으로 정신과 상담을 권하지는 않을지. 달리 생각하지 말고 내 말대로 해. 급성 폐렴으로 병원을 찾는 것과 하나 다를 것 없으니까. 그렇게 날 타이르려고 들지도.

어차피 평화로운 수면을 회복할 수 없다면 내 발로라도 찾아가서 면담을 청해야 할 지경이다. 문진(問診)의 절차를 밟지 않고는 수면제를 처방해 주지 않을 테니까. 의사는 가령 살인을 저지른 이야기라도 다 들어줄 듯이 내 자백을 유도하겠지. 순순히 털어놓아야 할까. 죽은 아버지를 만났다고, 대화를 했다고, 아버지 앞에서 섧디섧게 울었다고…….

준오에 관해서도 말해야 할까. 오빠가 돌아왔다고, 그 오빠로부터 늪에 빠져 죽은 사람의 라이프 스케줄을 빌려서 살아왔다는 영화

같은 고백을 들었다고, 죽은 사람과 나는 동복의 남매간이었던 걸로 다만 추정하고 있었다고, 아무도 내게 진실을 알려주지 않았지만 그 정도 분석과 조합의 능력은 열 몇 살 무렵부터도 있었다고…….

그쯤 되면 의사는 단순한 정신적 외상 후 증후군의 한 증세이거나 스트레스로 인한 일시적 수면 장애로 보려던 시각을 바꾸게 되겠지. 환각, 환청, 환영이 진행되고 있음. 미스터리적 가계의 뿌리 깊은 오류와 오해가 발병의 한 요인으로 작용함. 분열증 초기를 의심해 볼 만함.

끔찍해라, 대단히 삭막한 비약이겠군. 거기에다 이런 통속적인 진술을 첨부하면 어떨까. 오빠에 대한 내 감정이 알 수 없어졌다고, 조절이 잘 안 되고 있다고, 그는 곧 떠난다고…….

그렇구나, 그는 곧 떠나겠구나. 무릎에 힘이 빠진다. 발목을 접질러 휘청 꺾일 때처럼. 손바닥으로 앞에 놓인 탁자를 짚는다.

"나, 계속 벌 세워둘 거야? 쓰러질 것 같은데……."

시늉이 아니다. 실제로 엉거주춤 주저앉는 바람에 그가 반쯤은 기겁을 하며 다가와 내 몸을 일으켜세운다. 그에게 붙들린 팔이 으스러지는 듯이 아프다. 살이 물러져서 살짝만 닿아도 곧장 멍이 들 것만 같다.

"떨고 있잖아? 안 되겠다. 일단 눕기부터 해."

그의 손길은 조심스럽고 든든하지만 손 닿는 부위의 통증은 피할 길이 없다. 그래도 그의 부축에 의지해 간신히 침대에 올라 눕는다. 훈기가 없는 침대 속은 맨바닥이나 다름없게 서늘하다. 담요를

목 밑까지 바짝 끌어올리나마나, 헛일이다. 파고드는 한기는 가리지 못한다. 내색을 않으려고 해도 몸이 저절로 후들거리는 것을 막을 도리는 없다.

그가 나를 내려다본다. 무리한 외출이 초래한 결과라고, 일자로 굳힌 입술과 엄엄한 눈빛으로 나무라고 있다. 그 나무람이 이상하게도 고맙고 서럽다. 나는 희미하게 웃어 보인다. 없는 기운으로 웃음을 지어내고 있는데 나도 모르는 새에 눈가가 젖는다. 온몸의 물기를 다 말려버린 줄 알았더니, 아니었던가. 그의 시선을 피해 고개를 슬그머니 돌린다. 그가 내 젖은 눈 보았으면 어쩔까 싶다. 내 젖은 눈 못 보았으면 그것도 서운해서 어찌하나 싶다.

"그러게, 맹꽁이같이 굴기는……."

그래, 내 젖은 눈 보았구나. 근데 그는 내가 참기 힘들 만큼 아파서 눈물을 비친 거라고 짐작하는 모양이다. 요 며칠이긴 하지만 웬일인지, 아직도 그는 나를 열서넷쯤으로 내려서 대할 때가 있다. 그럴 때는 애 취급이다. 서른 살짜리 계집애라니, 징그럽게시리. 진짜 맹꽁이같이 구는 건, 그러니까 그인 셈이다. 나는 그를 외면한 채 대꾸한다.

"괜찮아질 거야."

"가서, 해열제라도 받아올까?"

"됐어."

"미련 떨다가 이 지경이 됐으면서, 또?"

"집엔, 안 가?"

하필 생각지도 않은 말이 불쑥 튀어나온다. 그것도, 그래서 불만인 것처럼 다소 퉁명스럽게. 한데…… 그게 아닐 것이다. 생각이 너무 복잡해질 것 같아서 지레 싹둑 가위질이었을 것이다. 뭔가 일어나지 않은, 일어나지도 않을 일에 앞당겨 겁을 집어먹어서였거나. 그는 내 어울리지 않는 물음에 잠시 말이 없다. 별스럽게도 초조한 마음이 인다. 슬그머니 고개를 돌려 그를 올려다본다. 그와 눈이 마주친다. 그러자 진지하고 간결하게, 그가 반문한다.

"가?"

난처하다. 이럴 때는 어느 쪽의 대답도 선뜻 내놓을 수가 없다. 거짓말도 거짓이 아닌 말도. 나 자신도 내가 무엇을 원하는지, 무엇을 원하는지를 안다고 해도 과연 원해도 되는 일인지를 모르고 있질 않은가. 그는 내 허둥대는 마음을 눈치 챘을 것이다. 그가 다시 고쳐 묻는다.

"가지 말까?"

"……가."

달리 생각해 보면 어느 쪽이 되었든, 결국은 거짓말도 거짓이 아닌 말도 아닐 것이다. 해답은 내가 원하는 것에서 찾을 일이 아니다. 그의 조건과 정황을 고려하는 편이 적절하다는 데 뒤늦게 생각이 미친다. 현미경을 들이대고 보면 그것 또한 간신히 찾아낸 생각의 또 한 가닥, 핑곗거리나 명분에 불과할지 모르겠지만. 더 정밀하게 들이대면 그에게 미룬 것임이 드러나겠고.

"가는 게 네가 편하겠어?"

"그래서는 아니구…… 피곤하잖아? 어젯밤에두 나 땜에 잠 못 잤구, 운전도 오래했구, 술도 마셨구……. 엄마가 오빠 기다리고 있을지도 모르구……."

"그건 내가 알아서 해. 넌 네 염려나 하고."

그가 바바리 코트를 벗어 옷걸이에 건다. 나는 몰래 안도한다. 그는 처음부터 그럴 작정이었을 것이고, 나는 처음부터 그래주길 바랐을 것이다. 그가 창의 블라인드를 조절한 다음 침대 가로 돌아온다. 차가운 손을 내 이마에 얹는다. 얼음 팩을 갖다 댄 듯이 시원하면서도 몸은 이마 따로 으스스 진저리를 친다. 내려다보는 그의 눈빛에 또 나무람이 가득하다. 걱정스러운 마음을 그런 방식으로 표현하는 유형이라는 점, 그에 관한 작은 발견이리라.

"어디…… 이렇게라도 해보자."

그가 침대 위로 올라온다. 어쩔 셈인가. 얼결에 곁을 조금 내어주지만 결코 태연할 수는 없는 밀착이다. 그는 내게 몸을 바투 붙이고 눕는다. 내 가슴은 이미 벼랑 끝이다. 그 끝에 선 듯이 오한도 잊고 그저 아찔하다. 질끈 두 눈을 감아버린다. 그에게서는 희미한 술내가 난다. 옷에 밴 담배 냄새가 맡아진다. 쿨럭쿨럭쿨럭. 나는 내 휘둘림을 은폐하기 위해 잔기침을 털어놓는다. 그는 내 기침이 멎기를 기다렸다가 자신의 품으로 나를 끌어당긴다. 주저함도 어설픔도 없는 끌어당김, 빈틈 없는 단단한 결박이다.

숨 막혀. 그러나 나는 입술을 꼭 다물고, 들이쉬고 내쉬는 숨결에 따라 부풀어올랐다가 가라앉는 그의 흉곽을 느끼고 있다. 그 뼛

속에 싸인 심장이 메트로놈처럼 균일한 속도로 뜀을 뛰는 소리, 가만 귀 기울여 듣고 있다. 세상은 고요하다. 오직 흉곽의 오르내림과 심장의 박동만이 고즈넉이 내 안으로 흘러들어온다. 높은 곳에서 낮은 곳으로 흐르는 물처럼. 채광창으로 스며드는 은연한 달빛처럼. 나는 더 이상 떨고 있지 않다. 그가 묻는다.

"많이 힘드니?"

"……?"

질문의 요지를 정확하게 이해할 수 없다. 막연히나마 몸의 상태를 묻는 건 아니라는 짐작만 갈 뿐이다.

"갑작스러운 일이어서 충격이 컸을 거야."

아아 그렇군, 새삼 후유증을 묻는 거로군. 부고 때문에 그 먼 곳에서 날아왔으니 거기에 대해서 한마디라도 언급하지 않으면 안 된다는 부담감이 든 것일까.

"넌 아버지랑 사이도 좋았으니까……."

적어도 그는 그렇게 알고 떠났다. 연인 같은 아버지와 딸.

"더욱…… 추스르는 일이 쉽지가 않겠지."

그는 단지 그 편애만 기억하고 있는가. 그 대각에는 죽은 연인을 기억하게 하는 장성한 아들과 그림자 같은 어머니가 존재했다. 나는 나대로 단지 그 내밀함만 기억하고 있는가. 그때는, 그 속에 내재된 비극의 구도를 용인하고 감당할 만큼 세상을 깊이 아는 나이는 아니었다. 그도, 그리고 나 역시도.

내가 어머니와 표나지 않게 어긋나고 말았듯이, 그는 아버지와 심각하게 삐걱거렸다. 드러내놓고 으르렁거릴 수는 없는 입장들이 었으므로 어디까지나 침묵의 교전일 뿐이었다. 원천적으로 애정을 가지기 불가능한 관계 조합이란 파국의 충분 조건이었다. 그랬음에 도 그 불협화음에 대해서는 누구도 내놓고 거론하지 않았다. 우아 한 위선자들의 연대, 위선자들의 게임이란 항용 기이한 페어 플레 이이게 마련이었다. 반칙은 내가 저질렀다. 나는 내게로 향해 있는 그의 아릿한 간절함을 매도했다.

내가 무슨 일을 겪어두 좋아요? 그것두 이 집안에서?

아버지는 분개했다.

나쁜 놈. 은혜를 모르는 놈.

나는 양심을 접었다. 그를, 짐승 같은 놈으로 만들었다.

이대루 한 집에 계속 살아야 한다면 차라리 내가 나가는 게 낫겠 어. 날 내보내줘요.

그 결과 그로 인한 내 불안한 흔들림은 은폐되었고, 그에 대한 경계심은 과장되었으며, 그의 고통스런 눈빛과 우연한 스침들은 불 량함의 증거로 조작되었다. 아버지가 명분을 가질 수 있도록. 어머 니가 그를 보호할 수 없도록.

그는 어떤 말로도 자신을 변호하지 않았다. 묵묵히 절차를 밟았 고 날짜가 다가오자 차분하게 짐을 꾸렸다. 그는 대학 졸업식에도 참석하지 못한 채 유학을 떠났다. 아버지에게는 자인(自認)으로 해 석되었고 내게는 자해나 다름없어 보이는 출국이었다. 대외적으로 는 어느 누구의 품위도 손상시키지 않는 타협점이었다. 그가 떠난 뒤부터 그에 대한 발설은 금기 아닌 금기였다. 그는 기밀 시효 만료가 요원한 행정 문서처럼 취급되었다. 전부는 아니어도 절반 이상은 내 탓이었다.

그리고 나는 그를 잊었다……고 생각했다. 내 비열과 비겁을 망각했다……고 생각했다. 그러나 그는 잊혀지지 않았다. 그는 내 양심에 박힌 투명한 가시였다. 지난 시간을 향해 기억 장치의 바늘을 돌릴 때마다 그 가시는 나를 콕콕 찔렀다.

"아버지……를 만났어. 저 밖에서."

숨을 내쉴 때거나 말을 할 때거나, 내 입김이 내 얼굴로 도로 전해져 오는 극단의 근거리에 그가 있다. 투명한 가시가 아닌 기막힌 실물감으로.

"아버지……를?"

그가 말을 할 때마다 더운 숨결이 내 이마에 닿아 제비초리를 간질인다. 머리카락과 두피와 모공을 거쳐 숨골로 내달려가는 쩌릿한 전율이 한달음에 전신을 돌아 몸의 중심에 꽂힌다. 팟, 불꽃과도 같은 찰나의 접속이 혼곤하다. 나는 그의 팔에 갇혀 있어서 밀착된 그의 가슴벽에다 대고 말을 이을 수밖에 없다. 숨가쁜 듯이, 더듬더듬 둘러대는 듯이.

"나 기다렸다더라. 아버진 서서, 난 앉아서…… 얘기 나눴어. 무희…… 얘기. 꼭 무희여야 했었냐구……. 비난하려던 건 아니었구, 세간의 율법이나 도덕률을 떠나, 애욕이나 집착을 떠나, 사람과 사람 사이에 불가항력이란 것이 존재하는지 그걸 꼭 알구 싶었거든, 나."

무엇이, 어느 대목이, 그를 사무치게 하는가. 그가 조금 느슨하게 풀었던 두 팔 결박을 다시금 죄어온다. 울컥 북받치는 기미가 함께 느껴지는 몸짓이다. 쿨럭쿨럭, 기침으로 열없음을 가린다. 그가 가볍게 등을 쓸어주다가 기침이 잦아들자 묻는다.

"괜찮니?"

"날 이상하게 보는구나? 아버질 만났대니까 말야."

"내 말은, 네가 마음 더 상하지 않았나, 그런 뜻이야."

"아버질 보내드릴 수 있을 것 같아, 이젠."

"잘되었구나."

그는 날 안심시키려고 애쓰지만 누구나가 그처럼 잘되었구나, 라고 말해 주지는 않으리라. 죽은 아버지의 영이라니, 영과의 대화라니…… 나조차도 불현듯 의구심을 가지게 될지도 모를 일이 아니던가. 너무 선명해서 현실과 혼동되는 꿈이 아니었을까. 믿기지 않는 현현이어서 꿈이었을까, 꿈이었을 거야, 의문하거나 합리화하게 되는 현실이 아니었을까. 시간이 흐를수록 그렇게 갸웃거리게 될 수도 있는 일인 것이다. 바람에 불려다니는 씨앗의 착지처럼 내가 사뿐 그 벤치에 가 앉아 있었던 것도 알 수 없는 일이었다. 아버지가 사라진 뒤, 몸은 사정없이 졸리고 떨리는데 머릿속에 든 납탄을 제거한 듯이 정신은 가뿐해지던 것도 알 수 없는 일이었다.

"아무도 믿지 않을 거야. 제현이 같으면 대번 날 비정상이라구 할걸? 내 머리 꼭뒤에다 대구 뱅글뱅글 달팽이원을 그려델지두 몰

라. 걘 오늘 몹시 화가 나서 갔거든."

"신경 쓰지 마. 중요한 건 너고, 너 자신의 믿음이니까."

"정말 그럴까? 정말 그랬으면 좋겠어. 정말……"

나는, 더 이상 몸을 떨지 않을 뿐만 아니라 그의 결박에도 익숙해지고 있다. 어느 순간부턴가 등뒤로 돌려져 있는 그의 손이 조금씩 위에서 아래로 옮겨가기 시작한다. 한 자 한 자 점자책을 더듬어가듯 조용하고 섬세하고 한없이 느리고 느린, 저 손끝의 유장한 이동. 내 몸과 정신을 연결하는 모든 촉수가 일제히 등 쪽으로 뻗는다.

그는 손가락 끝으로 내 등에다 아주 작은 원들을 그려 나가고 있다. 목덜미에서 허리께까지, 그의 신중한 손가락이 작은 원과 원들을 촘촘한 사슬뜨기로 엮으며 내 야윈 척추를 종주하고 있는 것이다. 마치, 얼음 풀리지 않은 푸르뎅뎅한 근육들을 부드럽고 느슨하게 이완시키면서 세포 하나하나를 예민하게 건드려가는 중인 듯하다. 그리하여 저 고집스런 성실성의 승리인 듯, 내 안의 숨죽인 갈망들이 야생의 갈대처럼 수군거리며 마른 몸 서로에게 비비게 하는 것이다.

나는 백기를 들듯 그의 가슴에 이마를 묻는다. 그리고 아득한 혼잣말처럼 중얼거린다.

"곧…… 떠나겠지?"

11 첫마음의 복원

더 많이 기억한다는 건 더 많은 상처를 기억한다는 뜻일 것이다. 상처는 때르는 아픔

이고 때로는 증오이고 때로는 부끄러움일 것이다. 그리고 때로는 돌이킬 수 없는 것

을 향한 아련함일 것이다. 또한 어떤 상처는 한 개인의 내면의 진실을 증거하는 깊은

흔적일 것이다. 책상 한 귀퉁이나 고목의 기둥에 칼로 새겨넣었던 깊은 맹서처럼 사

멸하지 않는 찬란한 훈장일 것이다.

낯선 방이다. 낯선 세계 낯선 우주다. 마루를 하나 사이에 두고 전혀 다른 세계 다른 우주가 존립한다는 것은 강렬한, 그리고 강력한 충격이 아닐 수 없다. 생전에 가볼 수 있으리라고 꿈도 꾸지 못한 미지의 땅을 밟고 선 듯한 기분이다. 물론 내가 그의 방에 처음으로 발을 들여놨다는 의미는 아니다.

오래전, 드문 일이었지만 열린 문 틈으로 안을 들여다보았던 적이 몇 차례나 있었다. 제현이 준오를 우러러 무시로 이 집에 드나들곤 하던 시절에는 어쩌다 제현을 찾는 외가 어른들의 전화를 바꿔주거나 간식을 들여다 주느라고 일, 이 분쯤 문턱을 애매하게 걸치고 섰던 적도 있었다. 그런 때에는 의식적으로 시야를 좁혀 그의 방 풍경을 살피지 않는 체했다. 무관심을 연기했던 것이다. 그러면서도 그가 없을 때 바람을 쐰다는 핑계로 베란다에 나가 서성이다가 커튼이 젖혀진 유리창을 통해 그의 방 안을 슬쩍 넘겨다보기는 여러 번이었다.

　어느 날이었던가. 창밖에서 들여다보는 곁눈질로서가 아니라 직접 그의 방 안으로 들어가보고 싶은 충동이 일었다. 일단 마음이 당겨지자 참을 수가 없어졌다. 약간의 뻔뻔스러움만 준비하면 기회는 얼마든지 있었다. 어머니가 좀 늦으리라 예상되는 외출로 집을 비우던 날, 마침 부엌일 도와주던 아주머니조차 시장엔지 고향집엔지를 가고 없던 날이었다. 나는 좀도둑처럼 그의 방으로 스며들었다. 집이 비어 있다는 걸 아는데도 휘어진 문짝이 내는 삐익 소리에 신경이 몹시 쓰였다.

　무채색의 겨울옷처럼 그의 방의 분위기는 무겁고 칙칙했다. 비교적 정돈이 잘되어 있다고 할 만한 방이었는데도 그랬다. 나는 그가 덮고 자는 이불과 베개 가까이 코를 대보았다. 퀴퀴하고 비릿했다. 아버지의 이부자리나 서재에서 맡아지던 냄새와는 달랐다. 제현의 침대에서도 맡을 수 없던 냄새였다. 어렴풋이, 체취라기보다는 안으로 곪아가는 상처의 냄새라는 느낌이 들었다. 거역스럽지도 친근하지도 않은 그 냄새는 나중에 그 방을 나와서도 한동안 코끝에 감돌았다.

　그 첫날 나는 그의 방 안을 돌아다니며 손끝으로는 물건 하나 만지지 않았다. 눈으로만 그의 소지품과 수집품들을 찬찬히 뜯어보았다. 그가 미세한 변화라도 눈치 채어서는 곤란했으니까. 한번 길이 난 뒤로는 식구들이 한꺼번에 집을 비운 틈을 놓치지 않았다. 그도 식구들도 나의 행적을 알아채지는 못했다. 간혹, 그는 왜 방문을 잠그지 않는 걸까, 라는 생각이 들곤 했다. 하지만 집에서 방문을 잠그고 다니는 사람이 나 하나인 걸 감안하면 별로 이상하달 일도 아니었다.

나는 갈수록 담대해졌다. 대학에 들어간 그가 아직 고등학생이던 내가 알지 못하는 바깥세상의 자유로운 열기를 묻혀들어올 무렵부터는 공연히 질투심이 끓어올랐다. 그때부터 차츰 그의 물건에도 손을 대기 시작했다. 그가 즐겨 듣는 것 같은 카세트 테이프를 끊어 놓거나 누군가에게서 받았음직한 새로운 물건들을 빼내 과수원 울타리 너머 억새밭에 파묻어버리는 짓은 그를 찾는 여자의 전화가 집으로 걸려온 뒤로 부쩍 심해진 심술이었다.

나는 그렇게 그 모르게 그의 방을 무단 침입했다. 그러니 이제 와서 시치미를 뚝 떼듯 도무지 낯설다고 말할 수는 없는 노릇이다. 그러나 단 한 가지 경우, 그와 단둘이 그의 방에 들어 있어본 적은 이날까지도 없었던 일이긴 하다. 그 사실이 그토록 그의 방을 낯설게, 다르게 느끼게 하는 이유의 전부인 것이다.

"언제까지 뻣쩡하게 서 있을래?"

나는 그가 당겨준 책상 의자에 걸터앉는다. 끼익, 잡음과 함께 한쪽으로 약간 기울어지는 듯한 착석감에다 팔걸이도 없는 낡은 의자. 방 안은 그가 떠나기 전에 쓰던 물건들이 대부분 그대로 놓여 있는 상태다. 그가 걸터앉아 있는 침대도 시트만 갈았을 뿐, 브랜드 자체가 없어진 가구 회사의 제품이다. 그나마 집기들을 들어내지 않고 고스란히 놔둔 것은 어머니의 보이지 않는 권위 때문이었다. 아버지마저도 최종적으로는 다치게 할 수 없었던 어머니의 권위란 결국 외가의 영향력과 무관하지는 않은 것이겠지만. 그리고 그것이야말로 아버지에게 있어서는 치명적인 아킬레스건(腱)이었을 테지만.

"의자가 영 구식이야. 요즘에는 이런 의자 구경하기두 힘든데……"

의자 타박을 하자는 건 아니다. 어쩌 쑥스럽고 어색하고 옛 죄상도 떠오르고 해서 그냥 해본 말치레에 지나지 않는다. 그렇건만 그는 빙글빙글 여유롭게 웃으면서도 속맘을 은근히 보태서 받아넘긴다.

"지금 그 의자에 앉아 있는 사람도 그래. 영 구식이지. 요즘은 찾아보기 힘든 아날로그 타입일 거다, 아마?"

"이 방은 어떻구? 타임 캡슐이나 무슨 생가 터를 복원한 유물 전시실에 들어와 있는 것 같잖아, 순?"

나는 괜스레 방 안을 두리번거린다. 별반 달라진 것이 눈에 띌 리 만무하다. 벽시계에 시선이 멎는다. 그 시계가 제대로 가고 있는 것이 신기하다. 그가 와서 건전지를 갈아끼운 것일까. 벽시계도 이 방의 다른 물건들과 구색이 딱 맞게 아주 낡은 것이다. 그가 이 집에 온 뒤 첫번째 생일에 내가 선물한 시계일 것이다. 그러니까 그와는 맨처음부터 불편했던 것이 아니었다는 증거물인 셈이다. 까마득히 잊고 있었던, 나조차도 미심쩍어지는 옛 기억의 복원이 놀랍기만 하다. 그래, 그런 때가 다 있었구나, 새삼스러울 따름이다. 째깍

째깍 초침 움직이는 소리가 제법 소란하다.

"제현이 오기 전에 너한테 보여줄 게 있어. 진짜 타임 캡슐에서 꺼낼 만한 것이지."

아닌게 아니라 제현이 약속한 시간이 거의 다 되어간다. 내일 떠나는 준오를 대접할 겸 나와는 화해를 할 겸 근사한 저녁을 사겠다고 연락이 왔다. 썩 내키는 제안은 아니었지만 내가 나서서 마다할 일은 아닌 성싶어 장소를 정해주견 바로 거기로 나가겠다고 했다. 한데도 굳이 집으로 들를 테니 같이 나서자는 걸 보면 달리 집안 간의 심부름일을 얹어서 올 모양이다. 한집안이나 다름없는 두 집안의 성실한 메신저답게.

그가 책상 옆에 세워둔 자신의 서류가방을 책상 위로 올린다. 가방을 열어 제현이 오기 전에 나에게 보여줄 그 무엇인가를 찾는 동안 나는 고개를 들어 그의 책꽂이에 꽂힌 책들의 제목을 무심코 읽어나간다. '사자(死者)의 서(書)', '영혼의 자서전', '숫타니나파', '절망이 아닌 선택', '무의식의 세계'……. 그의 책들은 대개가 전공과는 무관한 분야의 것들이다. 종교나 정신의학같이 인간의 영적인 부분이나 무의식적 내면을 다룬 서적들이 많다. 그의 장서들을 보면 그가 어떻게 초정밀 기계 공학을 공부해 냈는지 이해가 안 갈 때가 있다.

그는 유학을 가서도 진로를 수정하지 않았을 뿐 아니라 그 계통의 연구 논문으로 최종 학위를 받았다. 그는 매년 정초에 아버지 앞으로 연하장을 보냈고, 어머니와는 일 년에 서너 차례 안부를 묻는 정도의 통화를 하는 듯했다. 기본적인 예의를 갖추는 한편 관계 유지를 위한 최소한의 제스처였던 것으로 보인다. 보스턴에서 밴쿠버 근교로 직장을 옮길 때에도 집에다가는 사후 통보 형식을 취했다. 그곳에서 그는 전공과 유관한 연구직에 종사하고 있다고 했다.

딱히 매인 몸이 아니면서도 그는 돌아오지 않았다. 돌아올 수 없었던 것인지도 모른다. 이런 돌발적인 사태가 일어나지 않았더라면 그는 일시적인 귀국조차도 한없이 늦춰왔을 수 있다. 귀국 연기나 귀국 불가가 그의 임의로운 결정이라기엔 여전히 서글프고 석연찮은 구석이 남아 있긴 하지만.

이제는 그도 돌아올 수 있지 않을까. 그가 아버지를 마음에 걸려 했던 것이라면 말이다. 아니, 그는 내가 마음에 걸렸을까. 혹은 어머니에게 죄책감을 가졌던 것은 아니었을까. 내게 털어놓은 그 자신만의 수렁 같은 진실로 미루어보건대, 외가라고도 할 수 없는 외가에 대해서 심경이 복잡했던 것은 아니었을까. 어찌 되었건 그에 대한 지원이 어머니나 외가의 입김이라는 사실을 그도 모르지는 않았을 테니까. 비단 이국의 땅에 그 자신을 묶어두었던 이유는 그것만이 아니었으리라. 늪에 빠져 죽은 친구, 그 친구에 대한 부채감, 나아가 이 땅에 두고 간 모든 상처들로부터 항구히 멀어지고 싶었던 것은 아니었을지.

"미안해."

나의 사과에 그가 어리둥절해한다. 그의 손에는 작은 공책 크기의 수첩이 들려 있다.

"느닷없잖니? 내게 미안하다니 말이다?"

"그때, 오빠 유학 가고 싶었던 게 아니었잖아?"

"너도 참. 그 일은 잊어라. 그 일로 널 원망했던 적은 없었으니까. 결과로 보면 내게 나빴달 일도 아니고. 어쩌면 내가 꿈도 꾸지 못했을 기회를 네가 준 것일 수도 있고."

"아무튼 미안해. 이제라두 말할 수 있어 다행이야."

좀더 솔직하게 말할 수는 없는 걸까. 내 마음을 은폐하고 싶었던 것이라고, 두려워서였지만 정작 내가 두려워했던 건 하늘이 아니라 세상이었던 것이라고 왜 말해지지 않는 걸까. 무희는 하늘 앞에서도 그토록 당당했는데. 결코 하늘을 움직일 수는 없었던 집착이었을망정. 하늘과 겨루려는 패악이었을망정.

"이거, 기억 나니?"

그가 내 눈앞에 들이미는 것은 한 장의 사진이다. 나는 사진을 받아서 잠자코 들여다본다. 세상에. 짙은 어둠을 등 뒤에 두고 정면을 향해 어설프게 웃고 있는 계집애와 화난 것처럼 입술을 일자로 다문 사내애. 애릿한 계집애보다 표정이 굳은 사내애의 나이가 서넛쯤 더 들어보이는 건 사진 속의 소년 소녀로부터 느낄 수 있는 인상이라기보다는 그 당시의 그들을 너무나 잘 알고 있기 때문일 것이다.

"폴라로이드로 찍었던가, 그때?"

"기억하는구나?"

그가 반색을 한다.

"이 엄연한 물증을 보니까 생각이 날 듯해서 그래. 실은 이런 사진이 있었다는 사실 자체를 잊구 있었는데 말야."

"그 사진 속의 장소가 어딘지도 알겠구나?"

"아!"

뒤늦게 신음에 가까운 탄성이 새어나온다. 기차역 그릴 풍의 탁자와 의자, 통유리 상단에 덧댄 장식용 커튼 박스의 촌스러운 양식, 하얀 옥스포드 천으로 만든 테이블보, 육류 요리에 끼얹는 소스와 소금과 후추 병들이 담긴 테이블 위의 금속 쟁반……. 어딘지를 알아내려고 눈을 부릅뜨거나 머리를 굴릴 필요가 없게 익숙한 풍경이 그 사진 속에 온전히 들어 있다.

그곳은 '연못'이다. 십 년이 지나도록 내부 인테리어가 거의 바뀌지 않은 곳이며, 며칠 전 그가 나를 데리고 찾아갔던 곳이며, 어둠에 포위된 검은 강물이 창턱으로 넘겨다 보이는 곳이다. 나는 또 다른 의문을 가지고 그를 올려다본다. 대체 이 사진에다 무슨 추억의 마술을 걸어놓은 거지? 그런 다그치는 시선으로.

"내가 이 집에 오던 첫날, 거기서 저녁을 먹었지. 기념 외식이었을 거야."

그가 말을 끊고 내 반응을 살핀다. 아아 그래, 그랬어. 나는 고개를 끄덕인다. 그 저녁이 그가 집으로 살러 온 첫날 저녁이었던가는 모호하지만 아무튼 어른들과 그 레스토랑에 가서 함박스테이크든가 그 비슷한 음식을 먹었던 기억은 있는 것이다. 그는 내 속을 꿰뚫어보기라도 하는 것인가. 공교롭게도 그의 입에서 그날의 식탁

메뉴가 흘러나온다.

"넌 함박스테이크를 주문했고, 나는 돈까스를 주문했어. 레스토랑에서 음식을 주문할 수 있다는 건 대단한 사건이었지, 그제까지의 내 환경으로는."

"이 둘, 오빠와 내가 분명하고, '연못'인 것도 알겠어. 식사를 하러 갔을 테니까 함박스테이크든 돈까스든 먹긴 먹었을 거야. 게다가 포즈를 취해 보래서 웃기까지 했던 모양인데, 우리 집엔 폴라로이드 카메라가 없었잖어?"

"카페 여주인의 남편인지 애인인지 하는 남자가 그 사진을 찍어주었던 생각, 나지 않니? 특별 서비스라면서. 그 남자의 느끼한 멘트까지도 다 기억하고 있는데, 나는?"

그는 사진 속의 남자애가 세상 밖으로 걸어나온 듯 수줍어 보이기도 하고 의기양양해 보이기도 하는 눈빛으로 내 질문을 기다리고 있다. 물어주지 않을 수 없다.

"뭐라구 했는데?"

"정말 단란해 보이는 가족이군요. 기념으로 한 장 찍어드리죠. 브이아이피 고객을 위한 특별 서비습니다. 자주 찾아주십사 하는 차원에서요."

그는 대역이나마 성실하게 연습해 온 무명 배우처럼 토씨 하나 더듬거리지 않고 매끈하게 대사를 왼다. 그는 그때 그 사내애의 나이에서 거의 두 배를 더 산 어른이다. 그러나 추억의 마술 앞에서는 종종 나이가 무색해지기도 하는 것이다. 그처럼.

"징그러운 기억력이야. 근데 그 사진이 왜 오빠 손에 들어가 있지?"

"그 아저씨가 즉석에서 건넨 걸 차례대로 돌려봤을 거 아니겠니? 어쩌다 내가 맨 마지막으로 보게 됐는데 다시 어머니께 건네려고 하자 그러시더군. 그건 네가 가지는 게 좋겠다. 그리고 둘이 정답게 지내겠다고 맘속으로라도 다짐해 두길 바래. ……그러셨지."

확실히 나는 그보다는 많이 어렸던가 보다. 당연히 그러했을 것이다. 정신적 성장기에는 단 하루 볕에도 무시 못할 관록이 붙는 법인데, 내가 아무리 또래보다 조숙했다 한들 이미 사춘기를 통과했거나 그 열병을 앓는 중인 그만큼 자신의 안과 밖에서 일어나는 감정을 예민하게 점검하거나 기록해 두지는 못했으리라. 나는 그의 손에 사진을 돌려준다. 그는 사진을 물끄러미 들여다보다가 한층 가라앉은 목소리로 덧붙인다.

"가족이 생긴 날이었다, 내겐. 어머니와 아버지, 외가에 외사촌…… 여동생도 생겼지. 난 누구보다도 그 여자애가 제일 맘에 들었더랬다."

더 많이 기억한다는 건 더 많은 상처를 기억한다는 뜻일 것이다. 상처는 때로는 아픔이고 때로는 증오이고 때로는 부끄러움일 것이다. 그리고 때로는 돌이킬 수 없는 것을 향한 아련함일 것이다. 또한 어떤 상처는 한 개인의 내면의 진실을 증거하는 깊은 흔적일 것이다. 책상 한 귀퉁이나 고목의 기둥에 칼로 새겨넣었던 깊은 맹서처럼 사멸하지 않는 찬란한 훈장일 것이다.

　이제, 하필이면 '연못'엘 가고 싶어하던 그의 내심이 비로소 가닥이 잡히는 것 같다. 나는 그가 날깃하게 바랜 폴라로이드 사진 한 장에 걸어놓은 마술이 무엇인지를 깨닫는다. 그는 그 사진에 자신의 첫마음을 걸어놓았던 것이리라. 단 한 번 찾아오는, 생의 첫마음. 그로써 그 첫마음의 명예로움을 지켜낸 것이리라.

　"이 사진, 이젠 네가 갖고 있는 게 낫겠다."

　나는 사진을 받아든다. 그가 조심스럽게 묻는다.

　"……알고 있니?"

　"……알아."

　물론이다, 나는 알고 있다. 모른다고도, 모르는 체하지도 않으리라. 그 사실, 그가 명예롭게 지켜낸 첫마음을 두 손으로 받아드는 헌정식의 순간이라는 사실…….

12 십일월의 눈

……누구에게나 많은 일들이 일어난다. 돌아보면 내게도 많은 일들이 일어났다. 어떤 일

은 마음에 머물고 어떤 일은 마음을 떠났다. 앞으로도 많은 일들이 일어날 것이고 머물

것이고 떠날 것이다. 내 소망이 나를 비껴가기도 할 것이며, 내가 마음에 품은 것 몇 가

지는 생의 끝날에 이르도록 결코 내게 주어지지 않을 것이다. 그리고, 마음어 품고서도

결코 얻지 못할 그 몇 가지야말로 내가 생의 끝날까지 살아야 할 이유로 남을 것이다.

십일월의 마지막 날들이 지나가고 있다.

나는, 다시 주인이 떠나고 없는 방 창가에 의자를 끌어다놓고 앉아 바깥을 내다보고 있는 중이다. 무릎에는 이 방의 주인도 읽었을 책이 펼쳐진 채로 잠시 뒤집혀 있다. 낡은 의자는 몸을 조금만 뒤척여도 금세 알아채고 삐익삑 소리를 낸다.

준오가 돌아간 뒤로 나는 내 방에서보다 그의 방에서 더 많은 시간을 보내고 있다. 그의 방을 드나드는 일도, 그의 방에서 대부분의 시간을 보내는 일도, 이제는 자연스러운 일상이 되어간다. 책을 읽거나 에프엠 라디오를 듣거나 커피를 마시는 일 외에 나는 대체로 아무것도 하지 않는다. 가능하면 머릿속을 비워놓고 멍하니 밖을 내다보는 일에 전념한다.

창가에 다가앉아 밖을 내다볼 때, 십 년 이상의 연륜을 가진 그의 소지품들을 손끝으로 가만가만 쓸어내릴 때, 나는 약간의 쓸쓸함과 허전함을 느끼곤 한다. 가끔은 축축하게 물기가 배기도 한다. 알 수 없는 것은 그 쓸쓸함과 허전함과 마음의 결로 현상이 무즙처럼 알싸하면서도 묘하게 감미롭다는 점이다.

나는, 웅덩이에 고인 물 같은 이 시간이 흘러가기만을 기다리고 있다. 햇살이 드러난 웅덩이 바닥을 하얗게 말리면 거기, 무희와 아버지와 정명이 한 주먹 소금 덩어리로 남아 빛나지나 않을까. 다시는 그 소금 알갱이를 집어 혀끝에 올리지는 않으리라.

시간은 또 흐르고 나는 묵묵히 기다리리라. 내 소망이 내게 와서 이루어지기를. 내가 마음에 품은 모든 것은 다가올 시간과 함께 천천히 내게 주어질 것이다. 그러니 내게는 기다리는 일만 남았을 뿐……

햇살이 봄볕처럼 환하게 내리는데도 나뭇가지를 흔들어대는 바람의 기세는 예사롭지 않다. 나뭇잎들이 사방으로 흩어지며 날린다. 가으내 가지에서 떨어져 쌓인 나뭇잎들 위로 새로운 낙엽들이 쌓여가고 있다. 과수원은 이전 같지 않다. 버림받아 반쯤 넋이 나간 여자처럼 하루가 다르게 을씨년스러워지고 있다.

이즈음 정씨는 낮에도 걸핏하면 비틀걸음이다. 어제 과수원과 집을 둘러보러 왔던 퇴직 공무원이 매입을 결심하게 되면 정씨도 떠날 것이다. 정씨는 낯 모를 사람들이 돌아다니면서 나무의 수령이며 수확량이며 인공 수정이며 하다못해 일꾼들의 품삯이며를 이러쿵저러쿵 취조 조로 물어대는 것이 뜻해서, 그들이 가고 나자 현관문을 벌컥 열어젖히고 들어섰다. 흙장화 바람으로 현관에 버티고 서서 묻지도 않는 어머니에게 대뜸 으르대었다. 주인을 바꿔가며 머슴살이를 하고 싶지는 않다고. 그렇게 제풀에 못 박듯이 말하고는 휑 도로 나가버렸다. 아버지 생전에는 볼 수 없었던 언사였다.

영주댁도 매사 시들새들 건성으로 일손을 놀리고 있는 걸로 봐서는 붙들기가 어려울 듯싶다. 뭔가 신명이 다한 소리꾼처럼 판 떠날 궁리에 열심인 것 같은데 막연한 느낌으로는 정씨를 따라나설 꿍꿍이로도 보인다. 규모를 줄인 이사를 하게 되더라도 집안 살림 맡길 이 없이는 어머니가 당장 곤란을 겪을 것이다. 도와주는 일손을 늘 두고 살아와서 당분간은 적응하기가 어렵기도 하겠지만 어쩌면 혼자 남게 된다는 사실에 더 모욕감을 가질 수도 있으리라.

와중에 가장 속을 모를 사람은 단연 어머니다. 어머니는 꼭 필요한 말 외에는 하지 않기로 굳게 작심한 사람 같다. 준오를 보낼 때에도 올 때와는 영 다르게 배웅의 정이 인색해서 제현이 오히려 민망해했다. 어머니는 모두에게서 돌아선 듯이 굴었다. 관계가 소원해지거나 감정적으로 분리되어 가고 있는 분위기를 감지한 것일까. 그래지레 선수를 치듯 비장해지고 있는 것인가.

고모님이 왜 저러시지?

어머니에게만큼 누구보다도 호의적인 제현조차도 절레절레 고개를 내저을 정도로 괴팍스러워지고 있는 것은 엄연한 사실이었다.

반대로 어머니에게 있어 가장 속 모를 사람은 나일 것이다. 준오와 나에게 형성된 비밀한 기류에 대해 신경이 칼끝처럼 곤두서 있다는 걸 나라고 모르지는 않으니까. 어머니는 내게 묻지도 않지만 한편으로는 내가 그에 관한 이야기를 정면으로 꺼내게 될까 봐 두려워하고 있는지도 모른다. 원하지 않는 진실이란 교묘한 거짓보다 참혹한 것이기도 하므로.

제현은 그 기류에 대해 철저한 함구로 일관하고 있다. 무언의 항의일 수도, 방조일 수도, 묵인일 수도 있으리라. 나는 그의 함구에 동량의 함구로 대처하고 있다. 불간섭 천명과 대등한, 단호한 묵비권으로.

무릎에 엎어두었던 책으로 시선을 옮긴다. 준오의 책꽂이에서 뽑아낸 서간집이다. 도덕적 염결성을 지향한 젊은 날의 카잔차키스를 읽으면서 나는 광대무변의 자유인 조르바를 떠올리고 있다. 그 위로 아버지의 모습이 겹쳐진다. 그리고 그 순간 아래층에 울려퍼지는 전화벨 소리를 들으면서 불쑥 웅얼거리게 되는 한 가지 생각, 아버지는 실패한 카잔차키스였거나 실패한 조르바가 아니었을까. 아아 또 아버지라니…….

"이진이, 이진이, 좀 내려와봐."

때마침 영주댁이 큰소리로 나를 불러내린다. 고마운 호출이 아닐 수 없다. 읽던 책을 창턱에 올려놓고 그의 방을 나선다.

전화는 정명에게서 온 것이다. 그쪽 기기 자체에서 나는 잡음인지 외부에서 섞여드는 소음인지 감이 썩 좋지는 않다. 지난번 엉뚱한 제안을 들고 나타났다가 돌아간 이후로는 전화 통화로도 처음이다. 그는 카잔차키스도 조르바도 꿈꾸지 않는 성정이 아닐는지. 이런, 생각이 또 빗나가고 있다. 나는 얼른 그의 안부를 묻는다.

"어떻게 지냈어?"

"잘 지내보려고 노력하고 있어."

"여전히 어렵네. 잘 지낸다, 아니다 잘 못 지낸다, 명확한 인사말이 어때서?"

"여전히 넌 시비 조구나. 그러는……?"

"뭐라구?"

"넌 어떠냐고 물었어."

"아, 난 잘 지내."

"정말 그런 것 같군."

통화 음질이 좋지 않은 탓인가, 정명의 말투는 확실히 전과 다르다. 내게만큼은 다부졌던 일면이 있던 그였는데 지금은 우물쭈물 자신과 나 사이의 거리를 재고 있는 듯이 느껴진다. 동시에 나는 그에게 전혀 동요하지 않는 나 자신을 느끼고 있다. 사람이란 이토록 간사한 존재인가. 그렇다면 그도 내 말투에서 어떤 변화를 읽어내지 않았을까.

"여기, 떠……이야. 인천…….'

"어디?"

그러나 통화는 그것으로 끝이다. 나는 먹통이 된 송수화기를 내려놓는다. 다시 걸어오리라 하고 전화기 앞에서 선 채로 기다린다. 기다리면서 무심히 눈을 들어 밖을 내다본다. 거실 유리창 너머로 허공중에 희뜩희뜩한 물체가 휘돌아다니는 게 보인다. 뭘까. 무엇인가를 태우고 남은 재 같기도 하고 자잘하게 찢어 날린 휴지 조각 같기도 하다.

나는 창 쪽에서 눈을 떼지 않은 채 전화기와 전화기 사이에서 사라진 단어들을 끌어모아 완결된 문장을 만들어본다. 떠날 참이야, 인가. 떠나기 직전이야, 인가. 공항이라는 말인가. 인천 공항으로 간다는 말인가.

아무려나……

기다려도 전화는 잠잠하다. 다시 전화를 걸 만한 여건이 되지 않는 걸까. 중단된 통화만으로도 충분했다는 의미일까. 이번에는 내가 송수화기를 들고 그의 휴대폰으로 전화를 넣어본다. 고객의 전화기가 꺼져 있다는 안내를 다 듣기도 전에 후크를 눌렀다 뗀다. 재통화를 시도한다. 새로 입력한 전화번호는 그의 오피스텔 것이다. 짐작대로 신호는 가지만 받지를 않는다. 빈 공간을 요란하게 들쑤실 전화벨 소리가 어쩌 내 귓가로 되돌아와 쟁쟁 울려대는 것 같다.

송수화기를 제자리에 올려놓는다. 그리고 거실창 가까이로 다가간다. 뭐가 저렇게 희뜩희뜩 날리는 거지? 허공을 올려다본다. 놀라워라. 눈……이 아닌가.

세상에.

눈을 더 크게 뜨고 하늘을 올려다본다. 분명, 눈이다.

아직은 십일월이다. 사과나무 마른 숲 위로 발 고운 햇살이 내리고 있다.

창을 활짝 열어젖힌다. 창턱에 올려두었던 책이 바닥으로 툭 떨어진다. 거친 바람이 그의 방 안으로 우우 몰려들어온다. 손바닥을 위로 가게 펴서 두 팔을 허공으로 내밀어보지만 그새 눈발은 온데간데 흔적이 없어졌다. 그의 방에서 십일월의 눈을 바라보고 싶었다. 한데 아래층에서 위층으로 이동하는 그 잠깐 사이 감쪽같이 눈발이 그친 것이다.

십일월의 여우눈…….

무엇에 홀린 것 같다. 멀쩡한 하늘에 희뜩희뜩 날리던 그 가벼운 것들이 정말 눈이었을까. 그전에 나는 정말 정명과 통화를 하고 있었을까. 전화선 저 너머의 그는 정말 정명이었을까. 정명은 실존의 인물이었을까.

갑자기 모든 것이 의심스럽다. 내게 오래전 폴라로이드 사진을 두고 돌아간 그는 정말 준오였는지. 그 사진은 정말 처음부터 그의 손에 있었던 것인지. 그 사진과 '연못'과 첫날의 외식은 내가 만들어낸 그의 첫마음에 관한 환상이 아니었는지.

꿈을 너무 오래도록 꾸고 있어서 현실로 착각하게 된 것인지도 몰라. 아버지의 죽음도 무희의 마지막도 현실에서는 일어나지 않은 꿈속의 일인지도 몰라.

맥이 풀린다. 서 있을 수가 없다. 의자에 털썩 주저앉는다. 삐익 삑 소리가 전기 자극처럼 머릿속을 파고든다. 주위를 둘러본다. 그의 방이다. 그, 준오 혹은 현소…….

나는, 창가로 끌어다놓은 의자에 앉아 있다.

의자에 앉은 채 허리를 굽혀 바닥에 떨어진 책을 집어올린다. 열린 창으로 사나운 바람이 들이닥친다. 창문을 닫는다. 바람이 유리창에 온몸을 내던졌다가 앙앙히 물러간다. 언젠가는 무희도 내 안에서 물러갈 것이다. 아버지도 정명도 그녀처럼 물러갈 것이다.

고개를 숙이고 읽던 책으로 돌아간다. 찬찬히, 글자들을 읽어내려간다. 책 속에 씌어 있지 않은 글자들이다.

……누구에게나 많은 일들이 일어난다. 돌아보면 내게도 많은 일들이 일어났다.

어떤 일은 마음에 머물고 어떤 일은 마음을 떠났다. 앞으로도 많은 일들이 일어날 것이고 머물 것이고 떠날 것이다.

내 소망이 나를 비껴가기도 할 것이며, 내가 마음에 품은 것 몇 가지는 생의 끝날에 이르도록 결코 내게 주어지지 않을 것이다.

그리고, 마음에 품고서도 결코 얻지 못할 그 몇 가지야말로 내가 생의 끝날까지 살아야 할 이유로 남을 것이다.